賢者大叔的異世界生活日記

10

Kotobuki Yasukiyo
寿安清

Kadokawa Fantastic Novels

Contents

序章　大叔悠哉地朝桑特魯城前進

亞特和唯在哈薩姆村重逢，在那之後雖然經歷了一場小決鬥，傑羅斯等人仍平安地從村子出發，朝著桑特魯城前進。

他們打算花三天來行進以「哈里．雷霆十三世」和「輕型高頂旅行車」的速度只要兩天就能抵達的距離。

這是因為亞特的未婚妻（事實上是妻子）唯是孕婦，為求安全起見，他們才決定要悠哉地行進。最重要的是由於亞特製作的「輕型高頂旅行車」在設計上做了簡化，所以坐起來實在稱不上舒適。座位上的椅墊是很柔軟，但懸吊系統不佳，震動會直接傳到座位上。

雖說道路有整修過，但路面不平的問題還是沒能完全解決，為了減輕唯的負擔，這可以說是最好的行進方式了吧。

基於這些原因，他們正在靠近桑特魯城的露營地做這段路上第二次的露營。

「咖哩……我好久沒吃到了耶，阿俊。」

「我也是……超好吃的。」

「有傑羅斯先生在真是幫了大忙啊。雖然我很在意這是什麼肉……」

「別提那件事啦，夏克緹小姐……不過真好吃。」

這三人之前吃過用珍奇食材製成的天婦羅丼，非常在意大叔拿來煮咖哩的材料。

可是在抵達城鎮之前也不能什麼都不吃，只得兩害相權取其輕。畢竟飢餓會讓人失去專注力。

更何況他們正以本來不存在於這世界的汽車和機車在移動，得盡量小心不要引發意外事故。

「……味道還是不夠穩定。只比之前好一點啊。咖哩粉的調配比例真是一門學問。」

他覺得有比之前更接近自己熟知的味道了。

他用心地鑽研香氣、味道、咖哩特有的風味，煞費苦心。

但傑羅斯還是不滿意他用的咖哩粉成品。

他用來添增咖哩香氣與風味的香草「阿維拉夫葉」，只是香氣和風味類似地球上的咖哩而已，真要說起來地球上根本沒有這種香草。

其他的辛香料也一樣，才會讓傑羅斯覺得現在的咖哩味道只是更接近了他的理想，不管怎樣都還是留有一些不滿之處。

事實上，傑羅斯甚至沒有意識到，他想做出的是跟地球既有的食物相同的味道。

這種東西一旦開始計較起來就沒完沒了了。

「傑羅斯先生……你對這個味道還不滿意嗎？已經夠咖哩了吧。」

「我也試著加了優格進去，可是好像反而讓咖哩的味道變淡了……感覺辣味也不太夠，我該試著加『死亡辣椒』進去嗎……」

「喂，那個像辣椒但根本不是辣椒的玩意舔一口就會死了吧。我覺得就算只用少量也很不妙喔？」

「畢竟用來攻擊敵人的眼睛，可以讓龍王從天上摔下來呢～我是覺得只要用約小指前端大小的一小片就可以了啦，但剩下的部分很難處理掉吶。不過比用『惡魔胡椒』來得好吧。」

「死亡辣椒」和「惡魔胡椒」兩者是不同的藥草結出的果實，但都具有驚人的強烈辛辣味。不，是用強烈一詞都不足以形容的慘烈辣味。

不管是哪一種，平常碰到生的果實都沒有問題，可是將果實乾燥後磨成粉末的過程中會產生極強的刺激性成分。

雖然是有能促進血液循環和淨化血液的效果，但實在是太辣——應該說超痛的，所以派不上用場。

藥師和鍊金術師都將這兩者視為劇毒，其劇烈的刺激性所帶來的效果，光是一個果實就能使周遭化為地獄。是各國藉由法律規範徹底嚴格管理的危險物品。

從不會造成汙染，刺激性成分也會自然分解消失這點來看，以某方面而言可以說是最環保的終極兵器，然而實際上無論是哪個國家都沒有把這些果實用於戰爭的紀錄。

恐怕是由於效果太強，各國間透過訂定條約的方式隱藏了這些果實的存在吧。實在是危險到讓人不會認為這是藥草——辛香料的東西。

「兩種都是會創造出地獄的危險物品吧。是說……那邊那塊畫板上的是什麼？」

「你說這個？之前提過的車子的設計圖。我是以戴姆勒四輪汽車為基礎，試著設計成非常隨便——簡單的構造。畢竟也不能一下子就做出像亞特你的輕型高頂旅行車那樣的東西吧。」

「你剛剛是不是說了隨便啊？真的得和公爵做交易了嗎……我的胃都痛起來了。」

「你沒辦法帶唯小姐去伊薩拉斯王國吧？生活在那種如今環境仍相當惡劣的國家，小孩子生下來之後說不定很快就會夭折喔？那個國家不是位在高地上嗎。空氣也很稀薄吧，要是得了高山症該怎麼辦？

你還是和可以信任的人交易，以活絡國家經濟為目標比較好。這樣一來伊薩拉斯王國對你的印象也會變好吧。」

「我是有聽過關於索利斯提亞公爵的傳聞，但老實說我很怕和他碰面啊……據說他手腕很高明不是嗎？我很不擅長跟人交涉耶。」

亞特找到唯之後便不用再擔心，卻也必須要去挑戰新的問題。對於要和德魯薩西斯・汎・索利斯提亞公爵交易一事，他的態度顯得有些消極。

他聽到傑羅斯提議時雖然認為這是個好方法，可是隨著接近桑特魯城，亞特也想起了關於公爵的傳聞，開始覺得自己根本不可能和公爵對等地談生意。

不知為何身為貴族卻著手經商，一邊管理領地，一邊在短期間內成為國內屈指可數的商人。以惡劣的手段妨礙他做生意的商人，則被他從檯面上下兩方給徹底擺平，還是個曾經多次單獨摧毀黑社會組織的武鬥高手。

明明有兩位妻子了，還是有多到數不清的情婦，他既是個平等地愛著所有女性的後宮王，也是個會被雜誌用充滿魅力的危險男人為標題製作大型專欄報導的多情紳士。擁有的經歷實在太莫名其妙，令人不禁懷疑他真的是貴族嗎？

唯一能夠確定的，只有他是個非比尋常的狠角色這件事。

亞特實在不覺得自己能和這種人對等地交涉。

「哎呀，船到橋頭自然直吧。我也會在場，你就抱著上了賊船心情，交給我吧。」

「你這話反而讓我更擔心吧！上了賊船我的人生不就完蛋了嗎！」

「可以的話我是想讓你上大和號戰艦那樣的船啦，可是大和號不但被集中火力攻擊，船艙側面還直接被魚雷擊中，間接引爆了彈藥庫，船身進水翻覆後從中間斷成兩半，壯烈地沉入大海裡了啊。」

「你說的大和號是史實上的大和號嗎！我肯定會死在海裡嗎？」

「你要是做好了覺悟，就上我的船吧，亞特。」

「我才不想上這種毫無勝算的必沉戰艦～！而且這艦長人選也不對吧！」

亞特是個普通的小市民，要他和貴族——而且還是王族的公爵交涉，負擔實在太重了。他只覺得很不安。

伊薩拉斯王國的王族很沒氣勢，是個自卑又悲觀到讓亞特都不禁傻眼的人。不像德魯薩西斯公爵那麼可怕，可以輕鬆地和他交談。

然而德魯薩西斯公爵是相當危險的男人。要是手上沒握有足以和他對等交涉的籌碼，一定會反過來被他給吃得死死的。

「亞特……雖然計畫是我提的，但追根究柢是你先說要賣車的吧。你那時的氣勢和覺悟上哪去了？和唯小姐重逢後就變膽小了嗎？」

「我不認為公爵會利用唯，但是不管怎樣都很擔心啊！公爵也有可能會拿此事來和伊薩拉斯王國交涉，將情報洩露給促進戰爭派的人……」

「這方面你可以信任他。對公爵來說，比起出賣你給伊薩拉斯王國，把你留在手邊享受好處更有利於他。畢竟他是王族的直系血親，會以國家利益為優先啊。」

以亞特身為伊薩拉斯王國客座魔導士的立場而言，要是唯被當成人質就糟了。

光是擁有「賢者」這個魔導士職業，亞特在軍事意義上就是最強的王牌。而要讓他聽話，最有效的方式就是挾持人質。

莉莎和夏克緹雖然也有可能會成為人質，不過她們在這個世界也算是高手了，不會輕易地被挾持。儘管她們仍抗拒動手殺人，但只是自衛的話，憑她們的實力完全不成問題吧。

以這點來說，唯就很容易變成人質。既然伊薩拉斯王國中有促進戰爭派的人，不好好隱瞞唯的存在就會有危險。所以最好是將唯託付給能夠信賴的人。

而那個人就是傑羅斯，德魯薩西斯公爵則是合作對象的候選人。

公爵不會做出挾持人質這種暴行。如果他想利用對方，就會準備相應的報酬，採用掌握對方的弱點來要脅對方的手段吧。

在不與他為敵的前提下，他對任何人都是公平的。雖然危險，行事作風卻極為紳士。

從這個層面來看，公爵絕對是足以信任的人。

「因為他是個會在生存方式上堅持個人美學的人啊，跟那些會因為愚蠢的想法就輕率行動的傢伙水準不同。此外他也是可以溝通的對象。總之得看你交涉的狀況就是了～」

「就是這個交涉很可怕啊。為什麼傑羅斯先生完全沒事啊？我光想就覺得自己快要胃潰瘍了……」

「哈哈哈，只是去問他『要不要生產一下汽車啊？』而已嘛，哪裡需要緊張。你不是已經下定決心了嗎？」

「我是下定決心了，可是那是貴族，而且是王族直系血親的公爵耶？一般都會緊張吧……」

亞特的感覺就像是普通的小市民忽然要去國會議事堂，和政治家面對面談論國家大事。會緊張也是理所當然的。

要比喻的話，德魯薩西斯公爵就是能幹的議員。要一個大學中輟的打工仔跟這種人物交涉，門檻實在是太高了。

不知道傑羅斯是身為社會人士，已經習慣和人交涉或是出席相關的場合，還是單純只是膽子大，亞特很羨慕他泰然自若的樣子。

「不趕快把飯吃完我沒辦法收拾喔？而且她們三個一副要把咖哩全吃光的樣子……」

「……啊。」

在亞特和傑羅斯對話時，旁邊的唯、莉莎、夏克緹正以驚人的氣勢吃咖哩。大叔明明有多準備了一些，她們卻已經吃掉一半以上了。

她們對地球的餐點十分飢渴，猛吃的模樣就像是聚集在屍體旁的鬣狗。三人甚至沒有交談，默默地流著喜悅的淚水，把咖哩送入口中。

現場沒有禮儀、道德人品、客氣這些詞彙存在的餘地。

「因為伊薩拉斯王國的東西很難吃啊……這個國家的料理好吃歸好吃，但每天吃也是會吃膩。說起來這裡的東西完全不合日本人的胃口啊～根本不會想要天天吃。」

「對日式料理飢渴到了這種程度啊，對精神造成了很大的打擊呢～……」

她們的胃是無底洞。大叔看著她們心無旁騖地吃著咖哩的身影，不禁潸然淚下。

懷念日本的飲食文化，那份鄉愁讓她們化為了超級大胃王。

大叔說不出責怪她們如此暴飲暴食的話。大叔在自己還年輕，前往國外出差時，也曾多次體驗過同樣的感受，非常了解她們此刻的心境。

就算吃不慣國外的食物，想找有賣日式料理的餐廳，那些料理也幾乎都在外國廚師的手下變成了完全不同的創作料理，真正的日本料理只能在米其林三星級的高級餐廳裡吃到，吃即食調理包的味噌湯跟飯還比較好。

而且這次傑羅斯做的咖哩是調整成日本人喜好的口味，完全是一般家庭那種令人懷念的味道。

因為這種種緣故，他沒辦法阻止少女們氣勢驚人的狂吃。沒人能夠讓她們三個放下湯匙。

明明從外表來看都是些美女，但她們卯起來吃的樣子實在是太沒形象了。

「比起那個，吃完飯後你要來幫忙製造零件喔。因為我想在到家之前先做好一定的準備，幾天後帶著完成品去找公爵交涉。畢竟這關係到亞特你的未來啊～」

「……我知道了啦。你還是老樣子，很會使喚人耶～我不是練生產職業的人耶？」

「你都做出輕型高頂旅行車了，還說這什麼話啊？既然你會用『魔導鍊成』，那製作零件的事就交給你嘍。要你量產螺絲之類的零件應該不難吧。」

「那魔導引擎要由誰來製作啊？構造雖然很簡單，可是如何確保製作素材是個問題吧？」

「那就交給這個國家的人嘍。這裡有很多鍊金術師，這點程度的問題不讓他們自己想辦法解決可不行吶～」

關於傑羅斯他們打算製作的車（為求方便，將這種車稱作「魔導式四輪汽車」），要製作等同於汽車心臟的魔導引擎，也必須經由人手一一製作才行。

雖說產生磁力的魔法術式只要利用卷軸複寫上去，想做多少都能做得出來，可是得有相當好的技術才有辦法製作其他精細的部件。

這個世界沒有像地球的工廠那樣的工具機械，大多數的零件都得靠鐵匠製作吧。

除此之外也需要準備讓人乘坐的座椅、夜間行駛時需要的車燈等各式各樣的零件。

而引擎、燈、魔力儲備槽這些東西屬於魔導具，也就是鍊金術師負責的領域，所以鍊金術師們也得磨練自己的技術才行。

儘管在生產線穩定之前對於活絡經濟沒有太大的幫助，但因為製作者必須擁有一定的技術，之後鍊金術師和工匠的工作機會應該會增加吧。

「得讓他們從小地方開始慢慢做起。畢竟他們不可能一下子就做到像我們這樣啊，不管怎樣都需要花時間來磨練技術。」

「伊薩拉斯王國的魔導士人數不多，趕不上魔導零件需要的生產速度吧。到他們真的能夠生產出來為止，我想至少得花上二十年吧？」

「很難說呢，這個世界的魔導士以各方面來說等級都很低喔？附加在魔導零件上的魔法術式是可以用卷軸解決，但這樣就無法期望他們發展起技術了。結果只能想辦法提昇他們的技術水平啊。得反覆努力才行。」

「距離文明開化還有很長的一段路要走啊……我覺得我們的存在好像變得愈來愈重要了耶？」

「所以才要去找公爵交涉啊。在魔法方面，索利斯提亞的水準是世界第一。就算我們有再高明的技術，也還是只有一個人。得增加可以生產出主要零件的鍊金術師的人數才行啊。因此我才要準備範本，接下來就請他們自己努力了。」

「那樣根本是把問題全都丟給他們去處理吧。這樣好嗎～」

「那你要試著培育弟子嗎？我覺得那八成會是樁苦差事喔？」

賢者和大賢者是魔導士的頂點。是令眾多魔導士憧憬、當成目標，又因無法達到而受挫，傳說中的職業。

如果能夠接受這種高階人士的指導，一定會有很多人志願要當他的弟子吧。

這樣一來也會受到其他國家的關注，無論到哪裡都會受到矚目，很難自由的生活。

最糟的情況下，也有可能會出現不惜採取骯髒手段，只為了收攏賢者到自國內的國家吧。

「技術這種東西啊，慢慢發展就好了。像我們這種人還是隱姓埋名的過日子吧。」

「的確……我也承受了很多無謂的期待啊～伊薩拉斯王國確實也需要提昇技術力。不過又不能一下子拉高文明水平。就算想打造生產線，也缺乏專業的技術人員。」

「技術只能透過經驗和反覆的失敗來磨練。就算做不來魔導鍊成，還是需要鍊金術師來製作一些小零件，為了求取更多知識、習得技術，他們應該會派更多留學生過來吧。站在伊薩拉斯王國的立場，他們不管怎樣都需要強化和同盟國之間的聯繫……」

「不好意思～……」

莉莎用有些抱歉的語氣打斷了男人們的對話。

她雖然有些害羞，還是輕輕地遞出了盤子。

唯和夏克緹也跟著莉莎做出了一樣的動作。

「「「可以請你再多做一點嗎？」」」

「「妳們還想吃喔！」」

大叔應該有多煮了一些的咖哩，鍋子現在卻已經完全見底了。

儘管她們每個人都已經吃下了超過三碗飯的量，三人還是把湯匙放在嘴邊，害羞地紅著臉盯著空盤，用行動來催促大叔做更多的咖哩。

無可奈何的大叔只好再動手煮起第二鍋咖哩──

令人懷念的故鄉滋味徹底地滿足了她們的胃。

真擔心她們會發胖。

第一話　探索後發現地面上是危險地帶

「呼、呼、呼……」

「哈啊、哈啊……」

瑟雷絲緹娜和卡洛絲緹追著好色村和杏的腳步，潛入了伊薩·蘭特的柱子裡。

然而接下來的過程卻是辛苦萬分。

首先通道非常複雜，簡直是迷宮。而且沒辦法一口氣往上爬，得一層層地去找上樓的階梯。

這異常不親切的構造害得在跟蹤的兩人有好幾次差點跟丟好色村他們，或是得急忙逃跑，避免被掉頭往回走的好色村他們發現，耗費了許多體力。

其實只要出個聲說要一起行動就好了，這兩個女孩卻不知為何堅持要跟蹤他們。

「先不提那位男性……杏小姐為什麼都不會累啊？……呼，不管怎麼看……她都不像那麼有體力的樣子啊……」

「杏小姐……好像比安特羅比先生還強喔？呼、呼……好喘……」

由於這裡設計成抵達新的樓層後，又要走往相反方向去找階梯這種得多花力氣移動的構造，第一次來到這裡的瑟雷絲緹娜和卡洛絲緹光是不要跟丟好色村他們就已經用盡全力了。

「那兩個人……為什麼不會迷路啊？」

「他們該不會知道這裡的構造吧？怎麼會……這明明是最近才被人發現的遺跡……」

「可是不這樣假設，就無法解釋他們的行動了。那兩位像是在朝著出口前進，路上有瓦礫堵住的時候又一臉失望的樣子。」

「他們可能探索過構造相似的遺跡？那樣的行動簡直像是在確認自己的記憶。」

好色村他們沒有半點迷惘。

他們前進的方向一定有階梯，能夠確實地抵達上方的樓層。

兩人互相討論，意見一致時就會一邊去除瓦礫一邊前進。

行動中不帶任何遲疑。

「唔哇，又被瓦礫埋住了啦。要燒掉嗎？」

「看起來只是天花板上的建材掉下來了……禁止用火。」

「也是，要是釀成火災就笑不出來了。不過上層和伊薩・蘭特的動力來源不同嗎？來到上面四周就一片黑耶。」

「中樞控制裝置先壞了嗎……？所以城裡的人才會全被活埋。據說這裡最後是在不斷有人餓死的飢餓地獄中滅亡的。」

「這裡明明有很多魔導士和魔導具，想找出口的話，總會有辦法的吧？」

「我想是群眾因為集體恐慌化為暴徒……先打倒了能夠冷靜思考的人，狀況才會惡化吧。」

「原來如此。」

「伊薩・蘭特的系統停止運作，混亂的情勢使得居民變成暴徒後失控。包含市長在內的相關人士被群眾獵巫審問時，了解城鎮構造的人由於不想被波及，就率先逃走了。」

「……剩下來的只有陷入集體恐慌的人，負責維護系統的傢伙從工作人員專用的通道逃出去了嗎。然後還為了不被波及，從內側上了鎖。」

「維護用的通道需要有ＩＤ或密碼才能通行。因為門是利用緊急備援動力開啟的，只有一段時間內能夠運作。剩下的人們就打不開出口了，阿們。」

「要是沒有爆發恐慌，說不定他們就不用死在這裡了。喔，這前面的燈是亮的喔？」

「應該是先逃走的人把下層的電源關了。他們應該是覺得其他人發現的話自己會沒命吧……」

就算瑟雷絲緹娜她們豎耳傾聽好色村和杏的對話，也聽不懂他們是在說什麼。只知道兩人應該是在推論這個地下都市滅亡的原因。

好像是只有負責維護城鎮運作的相關人員從這裡逃了出去，害怕有人跟上來所以關掉了照明設備。不這樣做的話，不知道失控的人會對他們做些什麼。

所謂的群眾心理就是情緒會從幾個人傳播到周遭，讓眾人失去冷靜判斷的能力。

就算是為了守護家人而逃出去，在化為暴徒的人眼中也就只是叛徒吧。蠻橫不講理的想法橫行於世，壓抑不住的負面感情吞沒了一切。

沒有什麼比這更恐怖的事了。

完全不聽他人的意見逕自作亂，以某方面來說跟恐怖分子沒兩樣。

「為什麼他們會知道得這麼多？他們究竟是什麼人……」

「他們的口氣聽來像是知道許多我們不知道的事呢。簡直跟老師一樣……」

瑟雷絲緹娜從杏他們身上感覺到了某種和老師相同的氣息。

她的預感是對的，杏跟傑羅斯等人的判斷標準大多是源自「Sword and Sorcery」中的設定。而且他們因為遊戲內的活動曾來過這個地方好幾次。

就算多少有些記錯的地方，但大致上的構造仍殘留在他們記憶中的一角。

不過瑟雷絲緹娜等人無從得知這些背後的緣由，根據他們的知識與判斷狀況的能力，開始覺得他們與傑羅斯有共通之處也不是什麼奇怪的事。

那兩人身上的氣息有哪裡跟老師很相似。

瑟雷絲緹娜不管怎樣都覺得他們跟傑羅斯之間有種莫名的關聯性。

◇◇◇◇◇◇

好色村和杏走在被類似日光燈的照明設備照亮的通道上。

如果兩人的知識沒錯，支撐伊薩．蘭特頂部岩盤的支柱是能引入外側空氣，達到換氣效果的通氣孔，同時也是用來傳導魔力的巨大迴路。

為了維護系統，支柱裡自然有供工作人員往來的通路，也正因為是巨大系統的一環，各處都分別有這樣通路存在。

「從這個區塊開始光線就……只能說光是照明系統還能用就不錯了。要是這前面也是一片漆黑就糟了。」

「可是……電梯停了。麻煩。」

「正確來說是支撐電梯本體的纜線斷了，所以電梯成了沒用的廢鐵。畢竟這裡被放置了很長一段時間，這也是當然的吧。」

工作人員為了方便作業而設置階梯或電梯是很合理的安排，可是由於長期無人維護，已經從較脆弱的地方開始老朽損壞了。

雖說這是無可奈何的事，但畢竟他們想往上走就得去找階梯，一想到要是電梯能用就不用這麼麻煩了，還是忍不住抱怨了幾句。

這種複雜的構造主要是為了防止外敵入侵或是恐怖行動，可是站在探索者的立場來看實在非常的麻煩。像遊戲裡那樣會出現怪物的話還能轉換一下心情，然而這裡只有類似的景色不斷綿延下去而已。

順帶一提，因為換氣系統好像還沒壞，所以愈靠近頂部，機械運轉的聲音就愈大。

「小杏，妳覺得我們走到哪裡了啊？」

「……已經穿越岩盤了，接下來只剩抵達地面上……大概剩三層？」

「我記得上面本來應該是盆地吧？印象中那裡有地精們居住的洞窟。」

「嗯……初期受了那些地精不少照顧。也很適合用來訓練茨維特他們。」

兩人共享的是「Sword and Sorcery」中的情報，不知道到底有多少符合這個世界的現況。

不過從他們已經實際抵達此處這點來看，遊戲中的情報和現實感覺也沒什麼太大的差異。

要說有何不同，就是除了現在的避難通道外，這裡沒有延續到「法芙蘭大深綠地帶」的地下通道。

「這裡沒有東邊的大都市『梅莎・希・盧瓦城』嗎？」

「嚴禁臆測……也有可能是先毀滅了。」

「這可能性也不低啊……要是在地底通道連繫起來之前就毀滅了，現在這狀況也就說得通了。」

「嗯……比起那個，你發現了嗎？」

「喔，妳是指我們被人跟蹤的事吧？我不太確定，不過應該是哪個學生吧……」

他們早就注意到後面有在偷看他們的視線，不過判斷那至少不是魔物後就沒放在心上。可是接下來的區域將是未知的領域。

要是隨便和後面的人拉開距離，結果對方遭受魔物襲擊的話，難保他們不用負責。

好色村本來就曾一度淪落為奴隸了，如果又變成犯罪奴隸，這次就沒辦法再被恩赦了吧。

「要出聲叫他們嗎？畢竟有可能會怪我們督導不周啊。」

「嗯……那樣做比較好。忍者就是要避免無謂的犧牲。忍忍。」

「……小杏妳啊，很不像小孩子耶？」

「我常被人這樣說……我只是自豪地照自己的方式生活而已。」

「妳在現實中到底過著怎樣的生活啊……」

「你很在意？果然是戀童癖？蘿莉控？專挑女童下手的性犯罪者？」

「妳又在說那個了……可不可以別再說了啊？那麼……喂～你們要跟在我們後面跟到什麼時候？我們早就發現了喔！」

好色村為講不贏小孩子的自己掬一把清淚，同時出聲向跟在身後的人搭話。

沒有人回應他，跟蹤的人想必正嚇得手足無措吧。

跟蹤的人逃進奇怪的地方迷路了也會造成他們的困擾，所以他必須趕快催促對方過來。

「這裡光是前人未踏的區域就夠危險了，萬一有魔物襲擊你們，我們也很頭痛啊。可以拜託你們快點出來嗎？」

他又對著身後不知名的人物搭話，對方卻依然沒有回應。

「……沒反應。可疑人物？」

「說不定是。要不要試著打一發『爆破』過去？就算對方死了，我覺得也是做出這種可疑行動的傢伙不對，算是自作自受吧……」

「我們警告過了。是不回話的人不對……動手吧。」

小蘿莉忍者是個過激派危險分子。

好色村也擺出準備施放魔法的架式，這時從通道深處……

「請等一下！我們現在馬上就過去！」

「在這種地方用『爆破』太危險了！拜託你住手！」

傳來了對方拚命回應的聲音。

對方沒想到他們真的要使出魔法吧。

唉，就算是好色村，也從一開始就沒打算在這種地方使用魔法。

這只是為了誘使對方現身的謊言罷了。

「……緹娜啾，卡洛卡洛，跟蹤狂？」

「緹娜啾？」

「卡洛卡洛？」

兩人被杏取了奇怪的綽號。

「雖然不是什麼大事，但妳們單憑興趣就跟上來這點很不可取喔。萬一發生什麼意外該怎麼辦？」

「沒準備武裝就來探索遺跡，有勇無謀……兩個人都要反省。」

「唔……被年紀比自己小的人教訓了呢。」

「但就因為他們說得沒錯，我們也沒辦法反駁。」

兩個人只穿著制服配上最低限度的裝備，不是踏入危險場所該有的打扮。

明明不知道前面會出現些什麼，還穿著防禦力不怎麼樣的裝備來，簡直是自殺行為。

「可是這裡是未被發現的地點耶？身為求知者怎能視而不見……」

「妳們要是因此喪命，責任會算在我們頭上耶。」

「……發現未開放的區域，應該有義務要向上呈報吧。」

「那妳們去報告就好了……在妳們跟上來的時候，就無法確保妳們的生命安全了。」

「「唔……」」

瑟雷絲緹娜她們是作為調查團成員來到這裡的。

一旦發現未被發現的區域，她們就有義務要向國家派遣來的調查團報告。

好色村他們是傭兵，而且充其量只是護衛，所以沒有義務要向上呈報。

兩方的立場完全不同。

「可是妳們都跟到這裡這裡來了，也不能把妳們趕回去。要是妳們反而迷路了也很困擾啊。」

「嗯……麻煩。好色村，護衛工作交給你了。」

「我？真的假的……她們到處亂晃的話我會很頭痛耶～」

「等一下，你太失禮了吧？講得好像有我們在只會礙手礙腳……」

「實際上就是很礙手礙腳啊～如果妳們有小杏那種實力就沒問題了。」

「在我看來，好色村也很礙手礙腳。那麼弱……」

「妳這話也說得太過分了吧！」

杏雖然不到某個「大賢者」那種程度，卻也是相當高階的忍者。

忍者的高階職業是「忍者大師」，不過根據遊戲中活動的攻略狀況，也有「果心居士」、「兒雷也」、「鳶加藤」等別名成為職業的情況，杏就是「猿飛佐助」。

這雖然是題外話，不過除此之外也有「龜忍者」或「赤影」等別名存在，可是附帶了必須戴上奇怪的面罩或龜殼等限制。

「她們都跟到這裡來了，也沒其他辦法了吧。小杏，妳那邊有什麼多的裝備嗎？」

「……我不是魔法相關職業，沒有裝備。消耗型的道具倒是有。」

「我是有杖之類的東西……但沒有魔導士的裝備啊。就算有也是男用的，尺寸不合吧。」

想要繼續往地面上前進，光靠瑟雷絲緹娜她們身上的裝備實在無法安心。

因為現在無法判斷地面上的狀況，必須調度一些裝備給她們用才行。

可是杏是忍者，好色村又是「勇猛騎士」。兩個人的身上都沒有魔導士能用的裝備。

「啊～……如果是那個『殲滅者』大叔，應該就會有什麼裝備能用吧～」

「提起不在場的人也無濟於事……人生還是要向前看。」

「那個大叔身上都是些很不妙的裝備吧。兵器等級的危險物品……」

「他是生產職業，所以會半是出於好玩的亂改造。他雖然也是狂熱分子，不過比其他成員像樣多了……」

杏和好色村儘管嘴上抱怨著大叔，還是把古董洋娃娃造型的瀕死回復用道具「替身人偶」交給了瑟雷絲緹娜她們。畢竟是咒術系的道具，是造型寫實，感覺十分詭異的人偶。

看到她們兩個身穿制服抱著替身人偶的樣子，令人不禁覺得這裡比起奇幻世界更像恐怖系作品的世界。這畫面真的很不尋常。

「那個……這樣就無法戰鬥了耶。」

「我們至少能自己保護自己！」

「……妳們要是認為這裡跟拉瑪夫森林差不多的話，我勸妳們最好捨棄那種想法。」

「是啊。畢竟地點不同，有可能會出現一些高等級的魔物。太大意是很危險的喔？」

「唔……平常明明那麼不可靠，只有這種時候會說些很合理的話呢。」

「難道他意外的是個實力不錯的人？」

「妳們兩個很失禮耶！」

因為好色村平常的言行舉止太蠢了，所以她們不覺得他是個實力高強的人。

雖然這也是他自作自受，但是被兩位美少女這麼一說，好色村的玻璃心受到了很大的打擊。

「我就是……想打造奴隸後宮結果失敗了啊。反而害自己淪落為奴，被人當成用過即丟的棄子……與其說恩赦，不如說靠著人情才重獲自由的……可惡。」

「嗯……自作自受，你這怕嗆還加滿山葵，嗆鼻到不行的愚蠢程度，連爸爸都失望的哭了。你最好深刻反省。」

「這根本算不上是安慰吧！不如說妳根本在挖我的傷口吧！」

「我本來就沒要安慰你……都叫你深刻反省了。只有在色情漫畫或是遊戲裡才能把女孩子當成物品來對待……必須好好守護人權。」

「妳為什麼會知道啊！妳真的是小孩子嗎？」

「因為笨蛋哥哥推薦我玩色情遊戲……是相當色情又黑暗，關係又很亂的遊戲……攻略角色裡面也有小蘿莉。哥哥到底是想怎樣……」

「警察先生——這女孩的哥哥是變態！」

就算是好色村，也不會推薦小孩子玩十八禁的色情遊戲。

杏的哥哥既然做了這件事，表示他很有可能在盤算一些很不妙的事情。不管怎麼想都是危險人物。

「我對笨蛋哥哥說……『這是哥哥你的嗜好？在現實生活中根本不可能發生。都多大年紀了還在作夢嗎？你也差不多該去找工作了吧，媽媽都哭了喔？你這啃老族。』結果他就哭了。」

「小杏講話超尖銳——！哥哥的精神也太脆弱～！」

「然後我把哥哥的色情遊戲交給了爸爸，三天後哥哥就被趕出家門了……活該。」

「嗯，這也是當然的。那個笨蛋哥哥就算被移送法辦也不奇怪。」

「因為他惱羞成怒的跑來襲擊我，我就把他擊退了……我想父母也已經對他死心了吧。」

「居然被擊退了，妳哥到底多弱啊！」

「因為他很胖，動作遲鈍，兩三下就搞定了……」

看來是個整天都窩在家裡的哥哥。

儘管聽來是個有很多麻煩問題的環境，但好色村覺得自己不要再多干預別人的家務事比較好。

「順帶一提……好色村跟我哥很像。在笨蛋的方面……」

「不會吧～所以妳才對我這麼嚴苛喔。不過我可沒想對小孩子出手喔！」

「……呵，罪犯在說什麼傻話。想創造奴隸後宮還好意思說……」

「媽媽，這女孩一直在挖我過去的傷疤啊──────！小孩子明明就不在我的守備範圍內！」

「……笑話。你說過『對小孩出手也是一種浪漫』。」

「那是我當下順著氣氛隨便說的！只是開玩笑啊！」

就算是過去的事，曾經說過的事實也不會改變。

好色村現在正是在償還自己當時順勢說出蠢話的罪過。

這就是所謂的禍從口出。

「色情最棒好色先生……你這個人真是……」

「居、居然會對小孩子產生性慾？真、真變態！」

「我這白痴──────真想回到過去痛揍我自己！」

兩位女孩輕視的眼神實在太刺人了。

過去無法改變。就算本人只是當下順勢隨口說說，對於記住了這句話的人來說，那毫無疑問的就是事實。

不管是開玩笑還是認真的，至少在聽到的人認為「這傢伙身為一個人絕對有問題啊」的時候，結論就已經出來了。

好色村現在會身處於這種狀況下，正是自己的行為所導致的結果。

「……行動伴隨著責任。」

「嗯……我非常清楚。我已經親身體會到了……我往後會專情於精靈的。那些身材曼妙的……」

「……差勁。」

「……變態。」

他已經沒辦法推翻變態這個印象了。

好色村的前途一片黑暗。

「……別玩了，趕快站起來。一直在浪費時間。」

「這不是我的錯吧！」

「……好色村，是男人就不要找藉口。」

「……可惡。」

好色村被徹底地欺負了一番，儘管背部暴露在冰冷的視線之下，他還是邊哭邊往前走。

幸福究竟會不會造訪渾身散發著哀愁感的他，還是個未知數。

◇　◇　◇　◇　◇　◇　◇

四人繞了好幾次路，反覆穿梭於工作人員檢查用的通路後，終於來到了地面上。

他們不時除掉擋路的瓦礫後抵達的地方是一個巨大的圓形建築物。

這裡應該是用來換氣的通風設施吧。

「……總算到地面上了嗎。不過……」

「嗯……所見範圍全是廢墟……原本在地面上的城鎮，現在完全回歸自然了。」

「地面上也有遺跡嗎……可是嚴重荒廢了呢。」

「也積了不少雪。我們果然應該準備好裝備再來的。」

地面上有著類似伊薩．蘭特城內房舍的建築物，可是現在幾乎全都埋沒在森林裡了。

而且這裡還因為山岳地帶特有的氣候積了很多雪，至少也有三公尺深吧。

走到地面上一定會整個人埋進雪裡。

「該說幸好嗎，這個大型通風口的外圍是水泥製的。這可能也是強化玻璃吧，一片都沒破。不過問題是……我們出得去嗎？」

「沒問題，門是從內側打開的類型，不過就算出去眼前也只有雪構成的牆壁……」

「那樣一般來說就是出不去吧？」

「難道妳想用魔法轟掉那些雪嗎？」

杏就是會說些亂來的話。

「等一下，地面上不一定安全喔？就算門打得開，要是有魔物闖進來就糟了吧。」

「嗯……沒問題。只要犧牲好色村就好了。」

「小杏妳好過分！我到底做了什麼！」

「……性騷擾。」

杏意外的很會記恨。

「那個……我剛剛在森林深處看到有影子在動耶？」

「咦？在哪裡啊，卡洛絲緹小姐。」

「長在那個建築物上的樹木的樹蔭下。是哥布林嗎？」

所有人都試著從窗戶觀察外面後，確實有看到正在蠢動的影子。

那影子有著像是豬或山豬的頭部以及遲鈍的肥胖身軀，然而卻以顛覆形象的速度不斷地從建築物的陰影移動到下一個陰影中。

「喂……那個是『高階獸人騎士』吧？我想等級至少有足以進化為上級種的300級喔。說不定還有等級跟我差不多的傢伙在……沒問題嗎？」

「你說的等級是指階級對吧？咦……不會吧，我們連一隻都打不倒啊！」

「你們看！後面好像還有。」

森林中有許多的「獸人戰士長」或「高階獸人騎士」，他們分別拿著武器，採取有紀律性的行動。簡直像是準備開戰的戰士。

要是沒有「高階獸人領主」或是「高階獸人將軍」在場，他們是不會這麼有紀律的。

「嗯……另一邊好像也有什麼。」

「妳說另一邊是……真的假的，那個是……」

那是有著狗頭的人形魔物。

牠們全身都長有體毛，手上拿著劍或槍襲向「獸人戰士長」。

「這開玩笑的吧，那不是『高等地精』嗎。而且有好幾隻大型的。」

「嗯……簡單。」

「那是對小杏妳來說很簡單！對我們而言負擔太重了！」

雖然這是源自「Sword and Sorcery」的知識，不過「高等地精」是一般的「高階地精」因等級升到300而進化的個體中，偶爾會出現的特殊進化種。其中也有等級超過600的個體存在，就算是好色村，遭到牠們集體襲擊還是很有可能會落敗。

已經習得「極限突破」的杏或許可以輕鬆取勝，但這裡不是低等級的人該踏進的地方。

瑟雷絲緹娜和卡洛絲緹簡直是去送死的。

「超愛色色先生……你真的比女孩子還弱嗎？」

「你真是意外的不像話呢。你打算讓這樣的少女去戰鬥嗎？」

「因為我們等級不同啊！小杏至少有我的兩倍強吧！」

「我才不相信這種事呢！」

「對啊！是男人就不該找藉口！」

「小杏的等級——階級已經超過1000了。我好不容易才超過她的一半啊！」

「「咦？」」

「嗯……那是姊姊們。我現在等級913。我之前肚子餓，吃了七個『世界樹之種』，等級就升上去了。」

兩人聽了好色村拚了老命的發言後用力轉頭，只見忍者女孩正得意地挺著胸膛。沒錯，這群人之中最強的是杏。

在「Sword and Sorcery」裡，有光是吃下去就能提昇20～30級的道具。那就是神話級的稀有道具「世界樹之種」，也是拿來製作「萬靈藥」的素材之一，但還不確定是否存在於這個世界上。

看到杏若無其事的說出這種事，好色村心中非常的不安。

要是這消息傳到一般社會上，一定會有大量的傭兵為了尋求這還不知道是否存在的種子踏上冒險之旅。不管哪個世界都有很多期望能夠一舉致富的人。

這將會成為大冒險時代來臨的契機，國家也會做為後盾，把傭兵們送往世界各處。

「『影之六人』是實力緊追『殲滅者』大叔他們的頂尖小隊之一。小杏正是那個小隊的成員……她比我強太多了啊！她只要一擊就能打倒我，從裝備上來看也……等等，咦？姊姊？」

「小隊裡面有兩個人是我的親姊姊……不然小孩子才練不到這麼高的等級，時間不夠。」

「專挑強大的對手，靠著經驗值加成來練等級嗎……沒弄好的話一下就會被打死了吧。真是魔鬼。不過比起那個，希望妳介紹姊姊給我認識。」

「好色村……你要專情於精靈的宣言上哪去了？」

杏的兩個姊姊非常疼愛這個年紀小很多，個性冷漠的小妹。

她們一個是接案的程式設計師，一個是音樂家，兩個人都很愛玩遊戲。

兩人會用ＣＧ製作原創音樂影片，藉由發表在網路上來宣傳及販售。在阿宅之間被譽為神曲，大受好評，也靠這個賺了不少錢。

可是她們對學歷僅高中畢業，總是窩在家裡的雙胞胎弟弟之一相當嚴苛。或者該說很冷漠。

至於另一個對杏來說是哥哥的雙胞胎弟弟則是本身就對遊戲沒興趣，是個熱愛運動的清爽足球青年。加入了公司的球隊，在球場上十分活躍。

在雙胞胎之下，杏還有一個正就讀高中的哥哥和就讀國中的姊姊，不過一個是少年小說家，一個是腐女界的革命之子，七位兄弟姊妹的個人特色都異常的強烈。

杏在現實中則是運動天才型的遊戲宅少女。

她直接在家人的關愛及影響下長大。成長為現在的樣子。

「……僅、僅次於老師的高手？你在開玩笑吧？她明明還這麼小……」

「我是說真的……跟等級６２１的我相比，有著壓倒性的實力差距啊。說穿了就是怪物。是足以和『大賢者』匹敵的『忍者大師』。」

「嗯哼～『猿飛佐助』可不是浪得虛名。我想現在應該是『殲滅者』的實力遠勝於我。畢竟他在不久之前還為了蒐集素材，在狩獵災害級的怪物……」

「小杏，妳該不會……有去幫忙他做那個有勇無謀的狩獵行為吧？」

「嗯，因為報酬不錯，我有稍微幫忙一下。把其他小隊也拖下水，大家一起嗨翻天了。」

「等一下，足以和『大賢者』匹敵？瑟雷絲緹娜小姐……妳剛剛聽到『殲滅者』後，說了老師對吧？也就是說……教妳魔法的人是……」

「啊……」

不小心洩露出的情報。

當中含有卡洛絲緹絕對不能裝作沒聽到的事實。

「太狡猾了！妳明明知道我對『賢者』充滿了憧憬，卻自己一個人拜偉大的魔導士為師……」

「不……不是我忘了說，是這背後有很深刻的原因，所以我不能說……」

「妳在說什麼啊！如果是『大賢者』級的魔導士，是需要舉國款待的偉大人物吧！真不敢相信妳居然會讓這種人物隱沒於世！」

「嗯，因為『殲滅者』覺得權力很麻煩，不想要。他只想自在的生活，順著自己的興趣恣意妄為。做些多餘的事情會害國家滅亡的。」

「杏小姐……妳好像很了解『大賢者』耶？」

「嗯……我經常請他幫忙做武器。我背上的刀也是『殲滅者』特製的『八十六式村正特別版』。附有『麻痺』、『中毒』、『混亂』、『詛咒』、『即死』的效果。」

「做得太過火了吧……那個大叔在幹嘛啊。」

效果實在太狂了。

忍者的特性中有「提昇異常狀態效果」的職業技能特性在。因為這個特性，有極高的機率能讓對手中異常狀態。

而且杏還透過活動任務，讓職業名從「忍者大師」變為了「猿飛佐助」。

這個職業的特性除了會提昇用刀時的攻擊力之外，也會提昇使出暴擊的機率。

同時也會大幅強化「速度」和「靈巧」的數值，可以瞬間設置陷阱。讓她成了與之為敵將會相當難以應付的強大忍者。

「『殲滅者』也有練戰鬥系的技能。一般戰士系職業的人是絕對打不贏他的……」

「真的嗎……看來我背叛大姊是對的。根本是超乎想像的怪物嘛……」

「……他不是魔導士嗎？他是『大賢者』吧？」

「他是魔導士。只是不在常識的範圍內……」

卡洛絲緹所說的「賢者」，是故事中負責引導勇者或英雄，睿智且擁有信念，品格高尚的人，然而

大叔和這個形象差得可遠了。

不如說大叔和她想像中的賢者完全相反，期待大叔有什麼高尚的理念根本是緣木求魚。

「我覺得老師跟卡洛絲緹小姐口中的『賢者』有很大的落差。不如說他是會『因為感覺很有趣』就加入『魔王』那方大鬧一場的邪惡魔導士……」

「『嗯，妳的理解是對的！』」

「為什麼那種人會是『大賢者』啊？太奇怪了吧！」

「嗯……要當上『賢者』跟人格無關。事實上就算是惡徒，只要潛心鑽研就能當上『賢者』……有夢想是無所謂，不過現實世界可不會像故事裡那樣勸善懲惡。」

「杏小姐說話真直接。不過妳說得沒錯。因為老師好像在各地引起了不小的麻煩……」

「我、我不能接受……」

「殲滅者」那群人剛開始玩遊戲時都分別是不同的職業，可是跨足生產職業後，所有人都練成了大賢者。沒錯，「大賢者」只是他們最終練到的職業而已。

而且在「Sword and Sorcery」的世界裡，他們五個人全是愉快犯。

他們雖然會受牽連或是主動引發各種騷動，但對客人或朋友是非常有良心的。

他們也曾為了做人體實驗，以慈善活動為名，用便宜的價格販售回復道具給新手玩家。有幾成的玩家就因此落得了悽慘的下場。

受害的人數遠比因他們受惠的人數多上太多了，特別是多人共鬥戰時，一定會有人犧牲。

他們所作的事情跟恐怖分子沒兩樣。

「老師喜歡過著悠哉的生活，所以說要舉國款待他的話，他一定會立刻躲起來。他很不喜歡跟當權人士來往。」

「唔……不過他是『大賢者』耶？就算是很過分的魔導士，我還是會想請教他一次看看啊。」

「如果是以個人的身分去見他，我想應該不要緊，不過盡量避免盛大的歡迎比較好。因為他本人堅稱自己是個『捨棄俗世之人』。」

「那個大叔看起來不像家裡蹲啊。我覺得他應該很隨意的在玩樂吧……」

「嗯……『殲滅者』不喜歡被拘束。基本上很自由。」

再怎麼說都是傳說中的大賢者。卡洛絲緹畢竟隸屬於以研究魔法為首要目的的派系，沒辦法無視他的存在。甚至想要現在立刻就舉國去迎接大賢者。

可是聽起來對方很不尋常，實在不像是個可以納入國家體制內的人。

因為採取錯誤的應對方式而與之為敵的話，不知道將會帶來多大的風險，卡洛絲緹也只能放棄了。

內心嚮往著傳說的她現在的心情十分複雜。

「是說一直待在這裡也不是辦法吧。很冷耶……」

「來到地面上之後……便是雪國。」

「踏出這棟建築物也絕非上策，還是先回去一趟比較好吧。」

「我也覺得那樣比較好。要是魔物入侵這裡……哎呀？」

卡洛絲緹在通道前方發現了蠢動的黑影。

「各位……裡面好像有誰在喔？」

「什、什麼？」

「……！那個是……」

在裡面的是身高將近兩公尺的兩隻灰色地精。

「喂喂喂……才剛插旗馬上就成真了嗎？那不是『高階地精』嗎！這裡該不會已經成了牠們的地盤……」

「不妙……有三個拖油瓶。走為上策？」

在場的四人得知了目前所在的設施早已荒廢到了成為魔物巢穴的事實。

很有可能是設施某處的牆上開了個洞，使得魔物得以入侵。

好色村拔出腰間的劍，對著正面擺出了迎戰的架式。

第二話　杏和好色村的防衛戰？

地精這種生物的特性就是會集體行動。

這種魔物的智商很高，麻煩之處就在於牠們會以首領為中心，採取有組織性的行動。

狗原本就是會集體狩獵的生物，而身為人形魔物的地精仍保有這種特性。簡單來說就是擅長以軍團規模來作戰的魔物。

此外，在進化的過程中，「戰士」、「將軍」等上級種會獲得類似人類的職業的能力。

這會使得他們的集體作戰能力一下子提昇好幾倍，變得相當難討伐。

這不僅是地精，也是在哥布林或獸人等成群行動的魔物上常見的特徵。

光是有上級種存在，就會採取組織性的行動，也更重視效率，會利用陷阱或戰略確實地打倒敵人。

五感和體能都勝過人類。當這些魔物成群結隊起來，危險程度與平常是截然不同的。

所以每當發現這種魔物的集團或是聚落，迅速擊潰便是當務之急。

「真是……牠們是從哪裡入侵的啊。該不會有哪裡開了個大洞吧？」

「嗯……牠們還沒注意到我們吧。要是牠們用『嚎叫』呼叫伙伴過來就麻煩了。立刻處理掉吧。」

「總之先鑑定看看好了……（雖然來到這個世界後，鑑定技能的反應就怪怪的，但有總比沒有好。能多得到一點情報總是好事。）」

好色村立刻做出了在遊戲裡常見的行動。

＝＝＝＝＝＝＝＝＝＝＝＝＝＝＝＝＝＝＝＝＝＝＝＝＝＝＝＝＝＝＝＝

種族　高階地精（廚師）　　　　種族　地精（遊俠）

等級　457　　　　　　　　　　等級　58

技能　【短劍術「鬼」】　　　　技能　【投擲】【劍技】

【毒藥師】【陷阱師「鬼」】　　【五感強化】【弓術】

【偵查】【體能強化】　　　　　【夜視】【鷹眼】

——ERROR——　　　　　　　——ERROR——

＝＝＝＝＝＝＝＝＝＝＝＝＝＝＝＝＝＝＝＝＝＝＝＝＝＝＝＝＝＝＝＝

「地精等級有58？錯誤……這是怎樣啊？以等級來看是很弱，可是實際感覺上又不是那樣。而且……」

好色村的鑑定等級很低，可是過去從未出現過這種鑑定結果。

至少在「Sword and Sorcery」裡是可以正常發動的，來到這個世界後鑑定出的情報卻一點都不可靠。更何況是出現錯誤這種根本不可能發生的事情。

「小杏……這個世界是不是不太對勁啊？『鑑定』後出現了錯誤訊息耶？」

「現實不是遊戲。除了技術層面的東西之外，捨棄遊戲中才會出現的要素比較好……」

「說是這樣說，但這可以作為擬定作戰的基準吧。」

「太仰賴這些很危險。比起那個，趕快解決牠們。叫伙伴來就麻煩了……」

好色村和杏跑了起來。

接著高階地精和地精可能是察覺到危險了吧，立刻轉身用全力逃了出去。

地精的「嚎叫」是通知伙伴有敵人的信號。

牠們就算在逃跑中也能使用嚎叫，在帶著瑟雷絲緹娜和卡洛絲緹的狀況下，讓牠們叫伙伴來實在太危險了。

「『疾風迅雷』！」

「……『神風』。」

戰士職業技，被稱為「技巧（技能）」的「疾風迅雷」和「神風」，是結合了「縮地」和「斬擊」的劍技。雖然是能夠瞬間加速，給予敵人致命一擊的招式，不過至少「疾風迅雷」不是該在狹窄的通道上使出的招式。

「嘎啊！」

高階地精被杏給一刀了結了。

杏交互地來回蹬牆，減速後漂亮地著地。

另一邊的好色村則是在砍傷地精後直接撞上了牆。

被砍中的地精雖然還活著，體內卻有一道雷在牠轉身打算攻擊時竄過牠的全身，使牠觸電而亡。這是具有延遲發動特性的「疾風迅雷」造成的。

好色村使用的技巧是高速劍技，杏則是暗殺技。

跟容易控制速度的「神風」不同，「疾風迅雷」的加速力特別強。這也表示這不是適合在狹窄處使用的招式。

為了減緩有些加速過頭的速度，杏是靠著蹬牆減速完全控制住了。然而好色村使用了直線攻擊型的「疾風迅雷」，無法減速，直接撞上了牆。

不管是人還是交通工具都一樣，加速後就沒那麼容易停下來。

「痛痛痛痛痛……」

「……笨。你該挑一下用的招式。」

「事出突然，我沒空去挑招式啊！」

「外行人才會一開始就想用大招……能夠靈活運用基礎招式的人，才是真正的武士。」

「小杏……妳是忍者吧？比起戰士，更像是間諜吧？為什麼在闡述武士道啊？」

這不是小孩子該說出的台詞。

杏宛如身經百戰的戰士，挺直背脊，雙手盤在胸前，冷酷地轉身背對他之後——

「一旦拔刀，那裡便是地獄……所謂武士之魂，乃展現覺悟是也。」

——如此宣言。

頂多只活了十幾年的少女，身上帶著有如年邁高人的氣息，用背影訴說著自己的生存之道，若無其事遮住的嘴角露出了冷酷的笑容。

明明是少女卻是個男子漢。

「這不是小孩的台詞吧。妳為什麼那麼像個男子漢啊？幹嘛用背影說話啊！」

好色村在男子氣概上完全輸給了杏。

◇◇◇◇◇◇◇

支解高階地精和地精，取出魔石之後，好色村用魔法燒掉了魔物的屍體。

狹窄的通道中飄散著燃燒死屍的臭味，彷彿身在火葬場，令人有股難以言喻的感受。

但他還是想保住能拿去變賣的素材。

「總覺得啊～……明明在支解魔物，我卻不會覺得想吐耶～我本來是很不擅長面對這種血腥場面的啊……」

「……我心裡多少有底。不過現在要先封住魔物侵入的通路，趕快逃走。」

「妳……身為一個小孩子，是不是太達觀了啊？」

「忍者的世界和年齡無關……讓對手大意是忍者的專長。」

「完全投入角色中了……雖說妳是個一點都不低調的忍者。」

若是在地球上，光是目睹他人在支解生物的場面就會想吐了，好色村在支解魔物時卻完全沒有感受到這種精神上的壓力。他覺得自己這樣很不對勁。

如果是生活在現代日本的人類，內心大多都對殺害、支解生物充滿抗拒吧。如果是害怕血的人，光是聞到血腥味就會想吐了。

可是來到這個異世界後，他們卻從未覺得殺死魔物獲取素材這件事有什麼不對。

至今為止他已經做過好幾次類似的事情了，卻一直到身邊有同為轉生者的人，才第一次感到不對勁。因為杏也若無其事地殺了生物。

『這是在輕小說裡會看到的「改寫原有認知」現象嗎？不，說不定是基於轉移至異世界的影響，所以適應了這個世界的現況？這背後肯定有什麼力量在運作，不然一般人是承受不了的。』

這個原因不明的現象，使得他開始在意起一些事情。

可以說好色村是第一次意識到這是個異常現象。

就算是就職於食品加工業的人，也得費一番苦心才能習慣去支解食用肉。

更何況是沒有這些經驗的人，不管怎樣都會產生抗拒感。這是大多數人的認知，好色村和杏當然也生活在這樣的社會中。

明明是這樣，自己卻能毫不猶豫地執行本應會產生「抗拒」的行為，會感到不可思議也是理所當然的事。

他反而對自己之前都不覺得奇怪這件事感到奇怪。

「唔嗯……」

「妳還好吧？卡洛絲緹小姐……」

「我沒想到……血腥味居然……這麼噁心。」

『一般來說都會有像她這種反應啊～……果然是「認知」被改寫了吧。如果是地球上的我，肯定會吐的……為什麼我至今為止都沒發現呢？』

「……所以說你還是個小鬼。」

「小杏——！妳可以不要讀我的心嗎！」

好色村是那種心思都會表露在臉上的人，從他的表情很容易就能猜出他在想什麼。

而且杏的洞察力非常敏銳。

「毛皮、魔石、牙和爪……能剝取下來的東西就這些了吧。生物的某些部分能夠拿來做成武器或防具，真是不可思議。」

「嗯……事到如今雖然用不上這些東西，不過賣掉多少能充當一點零用錢。」

「小杏妳不會覺得噁心嗎？一般而言就算吐了也不奇怪耶？」

「不要緊……我痛揍哥哥的時候也沒吐。沒問題。」

「小杏……妳真的只有痛揍他嗎？沒有做比這更過分的事情？」

「……祕密。」

雖然聽說了一些杏的家庭狀況，但他認為杏絕對幹了什麼更過火的事情。

好色村只覺得杏對家裡蹲的哥哥非常凶狠——不如說杏極度厭惡她哥哥。

要說原因，就是杏雖然和平常一樣面無表情，好色村卻感受到杏身上散發出一股類似殺氣的玩意。

好色村要是隨便過問她家裡的狀況，被杏輕輕地「吐槽」，就有可能會對好色村造成致命的傷害，兩人的實力差距就是這麼大。

「忍者」或「刺客」本來就具有容易使出致命一擊的特性。因為多嘴而遭到暴擊那可不是什麼好玩的事。好色村立刻避開了這個話題。

「玩笑話就說到這裡——」

「……好色村的臉才是玩笑。」

「別管我啦——————！比起那個，要怎麼辦啊？魔物闖進來了喔？妳要帶著緹娜啾跟卡洛卡洛去探索嗎？」

「『拜託不要用那個綽號……』」

「好色村……冷靜點。我想魔物的數量應該不多。那麼首要目的就是封住牠們的出入口……我來解決小嘍囉。嗯……沒問題。」

「我呢？」

「負責保護她們兩個……人肉盾牌。絕對要守住，失敗就砍了你。」

好色村終於遭到少女的頤指氣使了。

而且還被當成保護兩人的盾牌，失敗就會有生命危險。

「我是不是忽然陷入危機了啊？對待我的方式太過分了吧？這根本無視我的人權吧？」

「嗯……是男人就閉嘴～乖乖當塊盾牌？沒問題。」

「不是，我的性命安危有問題吧？」

杏對男人的態度很嚴苛。

她特別討厭輕浮男或是噁心肥宅。而且採用斯巴達式的行事作風。

有些輕浮的好色村在杏眼中只是用來打發時間的玩具。

忠實地依照自己的想法行事這點，正是杏和「殲滅者」的共通點。

「嗯……那先走吧。」

「咦？等等，我們也要去嗎？」

「妳們兩個回得去嗎？」

「沒、沒辦法……我們不記得走來的路。」

「所以好色村會負責當犧牲——應該說盾牌。戰鬥交給我。」

「妳說了！妳剛剛確實說了犧牲！妳根本就打算看情況捨棄我！唔哇啊啊啊啊啊啊！」

好色村終於被杏弄哭了。

杏威風凜凜地走在最前面，身後跟著一個丟臉地啜泣著的「勇猛騎士」。

好色村能夠順利存活下去嗎？

這也還是個未知數。

◇◇◇◇◇◇◇

天頂的柱子用來傳送魔力至地下都市。

這柱子實際上也是巨大的通氣口，同時也是連接地面與地底，輸入物資的通道。

供給地底都市人口所需的食物也是透過這個柱子的電梯運送的，所以這柱子也是都市的生命線。

四人抵達輸送口後，繞過被鐵捲門或隔板封住的地方，來到了約地上三樓的地方，從上面靜靜地觀察狀況，然後驚訝地說不出話來。

他們馬上就看出高階地精是從哪裡入侵的了。

輸入口的鐵捲門破損，地精們硬是把那個微小的縫隙開出了一個洞，侵入設施中。本來是有設置防衛用的隔板，可以從輸入口前的左右兩側封住這區域的，可是沒有負責操作的人在，地精便大搖大擺地在設施內部四處遊蕩。

由於四人是繞路途中，在接近地上二樓的地方發現門被破壞的地方，所以恐怕是地精們利用強大的跳躍能力攀上了這個輸入口所在的二樓的爬梯，再從門侵入內部的。

為了保險起見，他們已經用未被使用的防火門封住了地精入侵的破口。

「喂喂喂……牠們可是撬開了鐵捲門喔？只是簡單封住這樣不行吧。」

「嗯……可能要殲滅這些地精比較好。『高等地精』或許是進不來，可是小嘍囉可以輕易地鑽進來吧。」

「真糟糕啊……隔板沒關上。要是這些傢伙闖進來那就不妙了。我記得只要拉下樓下的開關就能啟動隔板吧？但是我們人這麼少，牠們叫伙伴來就完了。」

因為隔板沒關上，地精們才會從壞掉的鐵捲門闖入內部，四處徘徊。

而要關上隔板，就得去樓下拉下設置在牆壁上的緊急用開關，可是地精的數量太多了，也不能貿然地行事。

「該怎麼辦……我們入侵的支柱入口，門也是可以從內側打開的。這些傢伙的腦筋也沒那麼差啊～這樣會有成群的魔物襲擊伊薩．蘭特喔。」

「嗯～……地精和獸人雙方正在外面作戰。這個地方很適合當作防守的據點，可是發展成混戰的話，鐵捲門有可能會被弄壞。」

「只能趁現在關上隔板了吧。不過是要怎樣啟動隔板啊？」

「隔板的開關……嗯～我記得是在左側牆上的電箱裡。你會用睡眠魔法嗎？」

「會用是會用，可是沒魔導士那麼有效喔？要是被發現，牠們會成群襲上來吧。」

「……沒問題。小事一樁。」

杏充滿了自信。

然而瑟雷絲緹娜和卡洛絲緹兩人臉上都沒了血色。

魔物入侵伊薩．蘭特。如果事情演變成那樣，絕對得進行防衛戰，可是考慮到魔物的等級，一定會造成大量的犧牲吧。

現在雖然靜靜地躲著，可是地精們要是發現了他們的位置，一定會立刻攻過來。而且現在的自己毫無勝算。

在這狀況下，他們能不能順利逃掉都很難說。

「隱藏氣息，靜靜等待。我會如影子般潛入，在電光石火間解決牠們。」

「那些傢伙不會憑著嗅覺找到我們嗎？他們的聽覺也很好吧？」

「我放了『去味消音結界』……牠們暫時不會發覺。」

「妳是什麼時候……我沒聽過那種結界喔？」

「是忍者祕傳之術……沒有對外告訴過任何人。」

在「Sword and Sorcery」裡，怪物也很寫實地擁有不同的能力。而視覺、聽覺、嗅覺較敏銳的魔物通常會率先襲擊玩家。

一直以這種怪物為敵的話，有時會獲得新的技能。像是「潛伏」、「察覺氣息（微）」、「毆打」

或「外行劍術」等等。

這種技能在滿足特定條件時，有時會習得名為絕招的稀有技能。

「去味消音結界」是咒術系技能「結界」加上魔法「沉默」、生產道具「除臭彈」組合而成的複合技能。

不管是哪個小隊或是公會，都會私藏一些這種靠著自己得到的力量或技術，加上創意後習得的技巧。杏使用的結界也是忍者小隊內祕傳的技能。

「那個……要是魔物爬上了階梯怎麼辦？」

瑟雷絲緹娜指著用來連接上方爬梯的階梯，說出自己的疑問。

「就算可以瞞過牠們的嗅覺和聽覺，視覺上還是無能為力吧？」

「這種時候就……殺無赦。」

「那裡雖然連接著管理室，不過管理室深處有防火門保護著，應該不要緊吧？」

和遊戲裡不一樣，在這個世界只要脖子被折斷，人就會輕易的死去。這就表示物理法則是適用於這個世界的。

比方說使用「鑑定」看哥布林的能力參數，的確會看到ＨＰ。

可是藉由攻擊要害，對頭部造成致命傷的話，有時候僅需一擊便能殺死哥布林，所以不是一項值得參考的數值。

只要先破壞腦部，對手就不可能繼續存活下去。現實中有等級這類法則存在的世界反而很不正常。

「總覺得好像很奇怪耶？」

「嗯……把HP視為生命力的強韌度比較好。有時候只要頭被打爛就會瞬間死掉了。」

「雖然使用『鑑定』時很少看到HP，但不要太相信這數值比較好嗎……現實中只要瞄準要害，就能想辦法搞定對手吧。」

「……嗯？牠們的行動……變了？」

從外面傳來的嚎叫聲響徹設施內部，地精們全都動了起來往外走。

只是牠們入侵進來的洞太窄了，一次頂多只能讓一隻地精通過。所以地精們正在侵入的路線上大排長龍。

「牠們陷入了必須呼叫伙伴的苦戰嗎？獸人也那麼強喔……真的假的。」

「地精們正硬是從洞裡擠出去呢。看來是就算受傷了也得趕過去的緊急事態吧？」

「這是個好機會！我們應該趁地精不在的時候去關上隔板。」

「這想法太天真了點……我想他們至少會留些士兵下來。」

如同杏所說的，地精們留下士兵出去了。

留下的數量有十七隻。如果只有個位數就輕鬆了，但還有這麼多隻的話，就算想用魔法讓牠們睡著，也會出現幾隻漏網之魚吧。

「……好色村。」

「好好好，我知道啦。『沉睡之霧』！」

「……好只要說一次。」

「妳是老師喔！」

白色的霧氣籠罩住物資輸入口，一股強烈的睡意襲向吸入霧氣的地精，使牠們接連倒下。

不過果然還是有幾隻地精沒睡著。

「……出發。」

說完的瞬間，杏就從等同於三層樓高的地方一躍而下。

她在墜下的同時丟出苦無，並確實地沒入了地精的頭部。

『奇怪……強度不太對。是等級差距？也不對……有什麼根本性的東西完全不同……而且從地精身上冒出的那些像黑霧的東西……是什麼啊？』

杏覺得這些地精們不太對勁。

杏自己是覺得這些地精沒多強，但好色村很難當牠們的對手。

她雖然沒有「鑑定」技能，可是很擅長憑直覺感應對手的實力。也就是這份直覺讓她感覺到地精的強度有問題。

不過現在還有其他該做的事，她便先把湧上的異樣感收進了腦袋的一隅。

「杏小姐好……好厲害喔。」

「絕無失手，瞬間打倒了呢！」

「唉，就因為她那樣還不是認真的，所以我才說她是怪物啊～與她為敵的話，她一擊就能讓我人頭落地了。」

「我懂你為什麼會說她和老師是同類了。杏小姐實在太強了。」

「她年紀明明那麼小，到底是怎麼變得那麼強的？這太奇怪了！」

杏解決了所有還醒著的地精後，把手伸向設置在左側牆上的電箱。

可是——

「……搆不到。」

——她雖然打開了電箱的蓋子，手卻搆不到朝上的開關。

從上面看來電箱的位置沒有很高。

可是實際上這個電箱位在比杏更高的地方。光是從電箱底部的位置來算，就距離地面有大約一百七十公分。

身高大約只有一百四十公分的杏，就算打得開電箱，也沒辦法拉下開關。這很明顯是古人的設計失誤。

「好……好可愛。」

「總覺得讓人萌生起一股保護慾呢。這就是所謂的萌嗎……」

「不，現在不是覺得她很萌的時候吧。」

然而她的身影實在太可愛了。

杏拚命地挺直背脊，想要拉下開關，過了一陣子才發現自己只要跳起來拉就好了，便往上一跳，靠著體重一口氣拉下了開關。

——嗶——！嗶——！嗶——！

『警告。緊急防禦用隔板已……已已……已啟動。距離隔板封鎖區域剩下十五分鐘，請員工們立刻至指定區域避難。重……重重……重複一次……』

在通知員工避難的語音結束，之後便響起了警示音，左右的牆上緩緩地冒出了厚重的隔板。

這下伊薩．蘭特就不會被魔物入侵了。瑟雷絲緹娜他們安心地鬆了一口氣。

在隔板關上的期間，杏去收回了丟出的苦無。

她就算想購買武器，忍者用的裝備在索利斯提亞魔法王國卻屬於特製商品，得直接去委託鐵匠製作才行，意外的算是貴重物品。

像撒菱這種每次使用都需要一定數量的東西，光是要補充用掉的份就是件苦差事了。日系的武器用起來相當麻煩。

「啊……」

杏這時注意到了自己的失誤。

高聲響起的警報聲。這聲音讓地精們醒了過來。

出去外面的地精們似乎也察覺到狀況有異，有少數掉頭回來了。現在正拚命地鑽過鐵捲門上的洞。

「糟糕！小杏，快逃啊！」

「笨蛋……」

地精們聽到好色村的聲音，全都抬頭往上看，發現了敵人的存在。

然後令人難以置信的是，牠們用爪子攀著牆壁一口氣爬了上來。水泥製的牆簡直像豆腐一樣。

「呃，真的假的！」

地精跳上好色村他們所在的通道前方後，便順著扶手往上攀爬。

現在已經有三隻地精在他們眼前齜牙咧嘴，發出低沉的威嚇聲。

「只能動手了嗎……可惡！」

好色村儘管口吐惡言，還是拔出了劍。另一邊的杏則確實地處理掉了打算往上爬的地精。

可是地精的數量還在逐步增加。

地精們正強行穿過鐵捲門上的洞。也因為這樣，鐵捲門上的洞逐漸被撐大，現在已經變成了可供兩隻地精穿過的大小了。

隔板尚未完全關上，現在還在緩緩地移動中，起不了防衛的效果。

「……速速解決吧。『影分身』。」

影分身是使用魔力製造出分身的招式。杏在瞬間用背上的刀解決了三隻位於地上一樓的地精，同時出手妨礙新出現的地精，讓牠們去不了上面的樓層。

在樓上的好色村也開始和地精交戰。

「……小嘍囉，礙事。麻煩。」

這些地精絕對稱不上強，可是就算打倒仍不斷現身的小嘍囉實在太煩人了。

◇　◇　◇　◇　◇　◇

「給我力量吧，我的聖劍『石中劍』！」

身為「勇猛騎士」的好色村可以對著手中的劍喊出關鍵字，藉此發動封印在劍裡的力量。

「聖劍」是以特殊素材製作而成，製作方法也不是一般的鍛造，比較接近鍊金術。

只有同時擁有鐵匠和鍊金術師的技能的生產職業才做得出聖劍，而「石中劍」屬於較初階的聖劍。

這是在遊戲中假裝自己是勇者來玩的好色村第一把拿到的聖劍，其能力是可以暫時將身體的能力強化至一．五倍。

「『體能強化』、『雷電強化』、附加『電漿烈焰』！」

還追加了強化體能和強化屬性的魔法，也在劍上附加了雷屬性的魔法。

地精很怕雷屬性，他打算藉此給予地精造成數倍的傷害。再加上聖劍的效果，大幅地提昇了好色村的戰鬥力。

「一口氣解決牠們！『雷光一閃』！」

雷電纏繞在他身上，他以驚人的速度逼近位於正面的地精後順勢橫劈，把地精身體劈成了兩半。

他沒停下來，又接著靠近了後方的地精，往左斜上方就是一劍。第二隻地精也沉入了血海之中。

「再一隻，『雷尖烈刃』。」

他銳利的劍光刺向第三隻地精，接著往上一揮，砍下了地精的右手臂。

「嘎啊啊啊啊啊！」

「糟糕，完蛋了！」

他沒能確實擊倒的地精逃往了瑟雷絲緹娜她們所在的方向。

現在的她們不是地精的對手，最慘的情況下地精甚至一擊就能殺害她們。

「妳們兩個快逃啊！」

好色村慌張得不得了，但她們兩人舉起手後分別喊出了「『閃光長矛』！」、「『電漿球』！」同時使出了攻擊咒文。

兩人的攻擊直接擊中了高階地精，使地精一下子有些踉蹌。

先不提瑟雷絲緹娜可以不經詠唱就使出魔法，卡洛絲緹似乎是事先詠唱好了咒文。

「好機會！『斬鐵劍』！」

好色村沒放過這瞬間的破綻，立刻衝上去，用「石中劍」一劍解決了地精。

不管他平常的態度有多糟糕，看來他身為一個中堅玩家也不是隨便玩玩的。

眼力相當好。

『距離隔板完、完全封閉尚有……十分鐘，員工請盡快避、避、避難……重複一次……』

「小杏呢？」

好色村擔心要獨自應付比自己這裡更多魔物的杏，急忙過去確認樓下的狀況——

「嗯……太慢了。」

「嘎啊！」

「咕噗！」

忍者少女正在大開無雙。

周遭屍體成山，化為一片血海。

可是杏身上連一滴血都沒沾到，明顯的可以看出雙方的實力差距。

那裡簡直是地獄。

「不會吧～我是覺得她很強沒錯，但根本無敵嘛。我在這裡有任何意義嗎？超強～實在太強了……我想叫小杏一聲大姊頭。」

等級差距使得男人的尊嚴毫無意義。

「啊，感覺好像升級了。」

「是啊……身體有些疲憊呢。」

因為多少有幫忙攻擊，兩位女孩升級了。

「隔板就快關上了……小杏一個人就能輕鬆解決了，我應該也沒必要去幫……」

——喀啦啦啦啦啦啦啦啦啦啦！

這次換好色村插旗了。

突然有大型魔物撞破了損壞的鐵捲門闖了進來。

那魔物頭是山豬，身體是巨大的熊，背上長著蝴蝶的翅膀。

是一般稱為奇美拉種的魔物。

「什、什麼啊？那個噁心的魔物到底是……」

「我甚至沒在魔物圖鑑上看過。難道是新品種？」

「那是……『豬熊蝶』！怎麼會，為什麼那種玩意會出現在這裡！」

「豬熊蝶」，正式名稱是「山豬蝶翼熊」。

與外表如出一轍的名稱，讓牠在「Sword and Sorcery」裡算是相當受歡迎的魔物。

但是很強。

分類上屬於奇美拉種，有用不盡的體力及強韌的軀體，不過比起那些，牠還有一個玩家們最害怕的恐怖能力。

那能力就是──

「那個魔物總之就是很臭啊～光是放個屁就能摧毀一個上級小隊……」

沒錯，麻煩的就是牠的「屁」。

在極近距離下聞到的話，會引發「惡臭」、「中毒」、「麻痺」、「混亂」、「昏厥」、「即死（微）」等異常狀態，而且效果持續的時間非常長。

新手玩家在初期遇到牠的話，常會因為「即死（微）」而反覆死亡重生好幾次。

「惡臭」這個狀態則是不用「高級除臭劑」這個道具就除不掉。而且屁還會引來周遭的魔物，是使大量的玩家死在一個屁下的惡魔。

可是這個魔物的素材可以賣到很好的價格。

是有名的惡劣魔物，以會使出過分攻擊的魔物來說，受警戒的程度僅次於「巨人羅得里奎・強大姆哈熊貓」。

『距離隔板完全封、封閉，尚有九分鐘……員工請立刻避難……重複一次……』

「嗯～……隔板已經關一半了。以爭取時間為優先……」

杏和正用銳利的爪子捕食地精的「山豬蝶翼熊」保持距離，打算爭取時間到隔板完全關上。

她將攻擊目標轉為打算爬上牆壁的地精，用苦無射下地精，讓牠們到不了樓上去。

杏知道自己現在已經沒空去在意苦無剩下多少了。

第三話　然後成為都市傳說～好色村受到懲罰～

「山豬蝶翼熊」對於盯上的會動的東西具有執拗襲擊的習性。

正因為頭部是山豬，只要眼前有會動的生物便會不顧一切地衝撞過去，非常凶猛。種族上雖然和奇美拉屬於同種，然而不會思考，只知道憑著衝勁行動，是一身蠻力的笨蛋。

而且牠可以短時間飛行，也因為有類似熊的身體，有很強的瞬間爆發力。

真要說起來，雖然說具有飛行能力，可是飛行速度比小孩跑步還要慢。如果能趁牠飛行時逃掉，多半就能存活下來吧。搞不懂那對翅膀是長來做什麼用的。

有威脅性的是牠的臂力和持久力。用盾絕對防不住牠那一擊就能折斷大樹的力量。防禦力也很高，只用劍砍的話根本無法傷到牠。

想打倒這種魔物，必須有一定程度的熟練度和等級。

『牠該不會是追著地精跑來的吧？地精正和獸人爭奪地盤不是嗎，這礙事的傢伙幹嘛來攪局啊！』

好色村也忍不住在心中抱怨。

他曾在「Sword and Sorcery」裡和「山豬蝶翼熊」戰鬥過，當下至少有兩個小隊在當牠的對手。這魔物強大到當時害他們有一半的人都可憐地死亡重生了。上級玩家或許可以單獨應付，可是要好色村單挑牠太難了。

順帶一提，好色村那時打的「山豬蝶翼熊」具有能讓對手陷入「狂亂」狀態的特有技能。中了「狂亂」的生物只要聞到血腥味就會興奮，引發無法掌控的失控行為。雖然不知道眼前的「山豬蝶翼熊」有沒有「狂亂」這個技能，有的話戰鬥狀況就大不相同了。

就因為他知道自己身處於現實，雙腿才會因這絕對無法獲勝的狀況而顫抖著。

那是生物遠從原始時代持續至今的，對於死亡的恐懼。

『距離隔板……完……完全封閉……尚有八分鐘……』

「妳們兩個快逃到裡面的通道去！那傢伙的身高進不了通道。和那玩意戰鬥等於是自殺！」

光是他還能冷靜地觀察狀況就已經很值得褒獎了吧。

好色村一臉拚命地對瑟雷絲緹娜她們下指示。因為他知道那兩人面對那魔物肯定是必死無疑。

好色村從道具欄中取出鳶盾後，舉盾擋在兩人身前。

「那、那杏小姐怎麼辦？」

「你打算拋下她嗎！」

「因為小杏她強得足以單獨對付那玩意，想逃也逃得掉。可是有妳們兩個在場的話反而會妨礙到她。不如說她很有可能會因為保護我們而受傷！」

瑟雷絲緹娜她們雖然露出了無法接受的表情，可是追根究柢，杏和她們的等級就有差距。

只有杏一個人的話，要對付「山豬蝶翼熊」也是綽綽有餘吧。

可是身邊有需要保護的對象時，行動就會受到限制。

更何況瑟雷絲緹娜她們不知道「山豬蝶翼熊」有多強，她們的實力又弱到敵人只要一擊便足以使她們喪命。因為無聊的堅持或先入為主的觀念留在現場這件事本身就相當的危險。

「那傢伙超凶猛，會毫不留情地襲擊會動的傢伙，趁現在還有地精們當誘餌時快逃到裡面去！我們待在這裡也只會拖累小杏而已。」

「我不能接受！就算我們很弱，還是多少能幫點忙……」

「沒有妳們能幫上的忙！小杏有實力隻身幹掉那傢伙，有妳們在反而會害她的行動受限。那個魔物可沒好對付到她能夠一邊保護弱小一邊作戰！少在那邊廢話了，快點退到後面去！」

「唔！」

不知道是出於正義感還是出於身為貴族的義務感，卡洛絲緹很堅持要援護杏，可是好色村比在場的任何人都清楚他們這些人只會礙事，他就是判斷這樣下去的話所有人都會喪命，才會口氣強硬地要她們逃走。

平常的他根本不可能會用這種態度說話，這也連帶說明了現狀有多嚴苛。

「我們退到後面去吧……卡洛絲緹小姐。憑我們的實力，就連要援護他們兩位都有困難。」

「畢竟等級有著決定性的差異在。逃走並不可恥……只要利用通道狹窄這一點，我們也能找出一些方法來應戰！」

到隔板完全關上之前正是這場勝負的關鍵。

只要隔板完全封閉，地精和其他的魔物就無法入侵了。通道很窄，「山豬蝶翼熊」不可能進得來。

為求安全起見，逃走是最有效的手段。

「小杏正在利用那傢伙阻止地精們的侵略。可是也不知道這招能撐到什麼時候。要是情況變了，應該也會有地精逃到這裡來。」

「……沒辦法。總不能害杏小姐因為我們而受傷。」

「杏小姐真的不要緊嗎？」

「沒問題。她和那個大叔是同類喔？是什麼都辦得到的怪物。『影之六人』認真起來的實力可不只如此。我們趕快退後吧。」

山豬蝶翼熊正在襲擊不知該逃往何處的地精們，在底下開起了地獄饗宴。

杏看準了時機，集中火力瞄準打算爬上牆的地精，把山豬蝶翼熊的注意力引到地精們的身上。

然而杏丟出苦無的次數也漸漸減少了。

雖然她也有混著使用手裏劍，但或許是數量本來就不多吧，她也沒有很常用。

好色村把這件事告訴瑟雷絲緹娜她們之後，也朝著通道跑了過去。

『嗯……他們總算逃走了。苦無的數量也所剩無幾。這筆開銷可不小。之後要剪斷好色村……』

雖然不知道杏是打算要剪斷什麼，但那三個人一直在上面拖拖拉拉的行為讓她有些不滿。苦無和手裏劍可不是免錢的。

用掉了就得請人特製才行，光是要專程委託鐵匠打造，所需的費用就會變高。

就算只是個小小的手裏劍，一旦數量多了，也會對錢包帶來嚴重的打擊。杏在這瞬間決定要對一直無謂地浪費時間的好色村施以物理性的懲罰。

「那麼……稍微拿出點真本事吧。『陽炎幻影斬』。」

杏的身體如海市蜃樓般搖晃變形，現場出現了無數的杏。地精們惱羞成怒地襲向她，卻在穿過她的身體的瞬間丟了腦袋。

這是利用忽快忽慢的動作擾亂對手的視覺，透過好幾層的幻影迷惑對手認知的特殊技巧。就連現實中不可能使出的招式都因等級而化為了可能。常出現在漫畫中的不合理招式也能靠著鍛鍊而登峰造極。

這招式裡也加入了稱為「演舞」的技術，能對應斬擊等攻擊動作。

杏確實地減少了地精的數量，也靠著引誘山豬蝶翼熊去攻擊從物資輸入口闖入的魔物，成功驅逐了牠們。

到目前為止都照著她的計畫在進行。

『嗯~……有兩隻逃掉了。交給好色村吧。加油……等事情結束後我才會剪斷你的……』

好色村已經確定會被剪斷了。

『距離隔板完全封閉尚有六分……沙沙……請立刻……』

隔板間的縫隙變小，原先闖入的地精數量也變少了。

這樣一來，最後的問題就是要處理那個大傢伙了。

山豬蝶翼熊揮動雙臂解決地精後，理所當然地盯上了杏。

只是周遭還有十幾隻地精在，也有幾隻地精硬是想要從正在關上的隔板間鑽進來。在這種無法預測的狀況下，要一直持續注意周遭的情況也很累人。

這時山豬蝶翼熊突然張開雙臂，將力量凝聚在下腹部。

「……緊急避難。」

看到這個記憶中的行動模式，杏連忙移動到輸入口的角落，用來回蹬牆的方式衝到了樓上。

——噗喔喔喔喔喔喔喔喔喔喔喔喔喔喔喔喔喔喔！噗！

在此同時，「山豬蝶翼熊」使出了放屁攻擊。

黃色的瓦斯氣體擴散開來。

「「「咕嘎啊啊啊啊啊啊啊啊啊啊啊！」」」

地精的慘叫聲響徹周遭。

由於地精的嗅覺本來就特別好，放屁攻擊帶來了致命性的必殺效果。

地精們痛苦不堪，紛紛口吐白沫，翻著白眼倒臥在地。其中說不定有地精當下就喪命了。

這放屁攻擊不僅是帶有惡臭的瓦斯，有時甚至會有糞便飛過來。真的是很討人厭的攻擊。

「……『炎火』。」

杏在手掌中創造出火焰，丟往那一片瓦斯。

——轟轟轟轟轟轟轟轟轟轟轟轟轟轟轟轟轟轟轟轟轟轟轟！

放屁瓦斯的臭味雖然很可怕，但成分是可燃的。

不只甲烷，從臭腺分泌出的揮發性臭氣成分也很容易引燃，在封閉的空間內根據引燃的火力，爆炸的威力也會隨之提昇。

這爆炸當然也會對「山豬蝶翼熊」造成傷害。

因為敵人是利用了牠自己放出的瓦斯，所以對魔物而言這招或許是把雙面刃吧。

——咕喔喔喔喔喔喔喔喔喔喔喔喔喔喔！

「山豬蝶翼熊」渾身是火，在地板上打滾。

因為牠對火的抗性很低，這種火焰攻擊是牠的弱點。更何況是這種全身著火的狀態。

四周滿是魔物的體毛燃燒後產生的臭味，噁心的感覺讓杏皺起了眉頭。

『……毛皮不能賣了。失策。』

杏本來是想藉此來補貼購買消耗的苦無和手裏劍的資金吧，然而現在只能放棄毛皮了。毛皮雖然能用高價賣出，可是燒壞的只能賣到半價以下的金額。

正因為是自己失手造成的，害她有些消沉。

這在「Sword and Sorcery」裡雖然是常用的攻略手法，可是這裡並非遊戲世界。用火攻擊就會傷到素材，所以為了獲取資金，必須採取其他的手段。

儘管這麼做很麻煩，但也幸好她藉此確認了異世界和「Sword and Sorcery」兩者之間法則的差異性。杏決定用刀一擊收拾牠。

「比想像中還弱……輕鬆獲勝？」

「山豬蝶翼熊」儘管渾身焦黑還是站了起來，威嚇著杏，但杏並不覺得牠有多大的威脅性。

根據實際戰鬥的感覺，這魔物頂多只有相當於５００級的實力，在等級超過９００的杏眼中看來當然可以輕鬆取勝，不過這個世界不是遊戲，是現實。還不知道這魔物身上是否藏有什麼能力。

她將透過視覺及經驗觀察出的情報作為參考，繼續謹慎地狩獵。

——轟嗡嗡嗡！

「山豬蝶翼熊」張開翅膀後，緩緩地浮在空中。

然而那看起來就像牠因為自己的體重太重，拚死命地想飛起來的樣子。

牠的翅膀同時撒下鱗粉，有如大量的花粉飄散在空中。這鱗粉具有引發幻覺及使人麻痺的效果，也有很強的毒性，所以在牠飛行時，一般來說是無法接近牠的。

要是具有抗性技能那還另當別論，沒有這類技能的情況下，只能從中距離使用魔法攻擊牠。鱗粉的毒性就是這麼強。

不過杏的抗性技能等級早就練到滿了。能夠抵禦所有異常狀態。

『距離隔、隔板完全……封閉尚有三分……鐘……沙沙……請、請立刻避難……』

「無謂的垂死掙扎……『紫電一閃』。」

杏用力蹬牆，高高地跳上空中，接著突然化為宛若閃電的一道閃光，用手上的刀瞬間劃開了「山豬蝶翼熊」的鎖骨到胸口的位置。

她強行使出了空中攻擊。

血液慢了一拍地噴濺而出，下起了血之細雨。

『稍微……砍偏了。』

「山豬蝶翼熊」原本就基於體重的緣故，無法長時間飛在空中。這種魔物很不擅長飛行，被砍傷的痛楚就足以讓牠們痛得難以飛行。

牠雖然拚命地揮動翅膀想停留在空中，但畢竟原本是棲息在地面上的魔物，就算多少擁有飛行能力，也和鳥型的魔物或飛龍不同，沒有就算遭受攻擊也能持續滯空的能力。

杏看準了牠因受痛而放棄飛行，緩緩落地的時機，為了一口氣分出勝負而跑了過去。

要形容杏的身影，那就是掠過空中的一道粉色彗星。

她瞬間施展出一連串的斬擊，維持拿著刀的架式和魔物拉開了距離。

「奧義，『影葬連擊第三式——斬影烈閃』……殲滅。」

杏面無表情地低聲說道。

間隔了一小段時間後，「山豬蝶翼熊」噴出了大量的血液後斷了氣。

『好色村……他沒在我支解完之前就打倒地精的話，我要剪斷他三次。』

不僅沒藏身還大鬧了一場的忍者身上甚至沒濺上半滴血。

雖然很在意她到底是要剪斷哪裡三次，但總之她為了支解魔物而拿出了小刀。

好色村的危機還在持續著。

◇◇◇◇◇◇◇

「喔喔？」

忽然竄過兩腿之間的寒意令好色村不禁一陣顫慄。

『是怎樣？剛剛有股非常強烈的寒意竄過我的兩腿之間耶？我有種不好的預感……』

他下意識地按著自己的下體並四處張望，想找出那股寒意的來源。

不過他沒能找到寒意的來源，卻有別的威脅逼近了他們。

「好色好色先生，那個……該不會是？」

「好色已經是固定下來了啊……是『高階地精』嗎，而且還是兩隻喔。就連小杏出手也會有這種漏網之魚啊。」

「我已經事先詠唱好咒文了。接下來只要發動就好嘍？」

朝著通道走來的兩個影子，好死不死的居然不是普通地精，而是地精的上級種。

好色村也不是笨蛋。他好歹是個有攻略到中級頭目戰的玩家，還是事先準備好了在杏回來之前能夠爭取時間用的陷阱。

瑟雷絲緹娜她們當然也有幫忙設置陷阱。

問題是等級差距。

假設高階地精的等級跟好色村一樣，他就得和兩隻與自己實力相當的魔物作戰。情勢對身後有人要保護的好色村不利。

為了顛覆這個不利的情勢，他必須先出手攻擊，逆轉雙方的戰力差距。

『拜託牠們順利上鉤啊……』

可以事先設置的魔法也是有時間限制的。

就算用魔法設下了陷阱，要是在一定時間內沒有發動，魔法就會還原成魔力後消散。

他現在正巴不得對手在陷阱尚未失效前上鉤。

『過來、過來、過來過來……來了、來了、來了來了——————！』

高階地精察覺到好色村他們的存在，兩隻地精齜牙咧嘴，嘴角還垂著口水地猛然加速逼近他們。

他們不能失敗。不在此同時打倒這兩隻地精，就沒有後路了。

只要有其中一隻成了漏網之魚，瑟雷絲緹娜她們肯定沒辦法抗衡，立刻就會沒命吧。

等級差距就是如此地不可顛覆。

「就是現在！」

「釋放延遲發動術式！」

「釋放魔力，展開『神盾』！發動職業技能『勇氣之心』！」

好色村的盾「神盾・仿」可以藉由釋放出封入其中的魔力，展開足以封住整個通道的屏障。地精們被這道看不見的牆給擋下，向後彈飛了出去。

他們在此同時釋放了好幾個設置型的延遲發動術式，發動了「麻痺雷電」、「暗影束縛」、「電漿鎖鏈」等拘束型或能誘發異常狀態的魔法。魔法從地板和天花板襲向高階地精。

高階地精被拘束住，陷入了麻痺等異常狀態。

這是不成功便成仁的背水之戰。

「唔喔喔喔喔喔喔喔喔喔喔！『雷鳴劍』！」

好色村朝著他直覺認為比較強的那隻地精揮下靠著屬性效果及斬擊強化，威力大幅提昇的「石中劍」，擊碎了地精的頭蓋骨，讓牠受了致命傷。

『這個手感……等級相當嗎！不過我確實擊倒牠了！下一隻！』

好色村透過手感確認了對手的實力和等級。

對手等級低的話，他甚至有可能一劍就將對方劈成兩半，可是等級相當的情況下，能造成的傷害必然會比較輕微。

然而這也不是絕對的。

就算對手很強，只要用塗了劇毒的武器攻擊眼睛等弱點部位，還是有可能擊倒對手。

這是因為現實和遊戲不同，攻擊要害是有效的手段。

『魔法的拘束效果已經快失效了……這傢伙也得用一擊解決！』

便於運用的設置型延遲發動術式也有弱點。

魔法設置好之後經過的時間愈長，能發揮效力的時間就愈短。

這是出於從魔法設置好的瞬間，還原為魔力的法則便持續在運作，使得實際發動時展開的魔法陣變得比原本更為薄弱的緣故。雖然注入在魔法中的魔力量跟設置者的等級會大幅地影響魔法的有效時間，不過一度顯現出的魔法術式會逐漸分解是這個世界絕對不變的法則。

先不提好色村的魔法，瑟雷絲緹娜她們的魔法有效時間非常短暫。可是由於很難一擊打倒同等級的魔物，所以好色村還是盡量避免使用過多的魔法，將魔力拿去運用在他當成最後王牌的職業特有技能

「勇敢之心」上。

「勇敢之心」是以使用者持有的所有魔力來強化體能，大幅提昇攻擊力的技能。因為只要發動一次就會用光所有的魔力，所以真的可以說是最後王牌。

這個技能的效力約十分鐘。使用的魔力愈多威力就愈高，效果非常的強。

好色村在發現對手是同等級的魔物，更何況自己還有必須要保護的對象時，就知道自己不使出最後王牌是過不了這一關的。

因為沒一擊打倒對手，瑟雷絲緹娜她們就有可能會遇害。

「『十字煉華』！」

「發動延遲術式！『電漿騎槍』×3！」

「發動延遲術式！『冰結騎槍』×3！」

好色村強烈的攻擊砍中了高階地精，對地精造成了致命傷的瞬間，後方的兩人又追加了最後一擊。

三人成功的打倒了高階地精。

「呼、呼……搞定了。我得喝點魔力藥水……」

「我再也不要經歷這種冒險了……我要腳踏實地的鍛鍊自己才行……」

「回去之後要開反省會呢。我們贏是贏了，但我覺得這稱不上是最好的作戰方式。」

不算瑟雷絲緹娜在內，至少好色村和卡洛絲緹從未和自己同等或有壓倒性等級差距的魔物戰鬥過。

特別是好色村，他平常身邊總是有一起玩遊戲的伙伴在。然而這次卻要一個人面對兩隻同等級的魔物，使得他有點賣力得過了頭。

瑟雷絲緹娜則是有在法芙蘭大深綠地帶作戰的經驗，認為剛剛這一戰並未做到盡善盡美，正在思考是否有更有效率的作戰方式。

「呀啊！」

「呼哇啊！」

按照慣例，她們又感受到了升級對身體帶來的負擔。

沒有任何前兆，疲憊感便猛然襲來。就算她們事前早已有覺悟，還是拿突如其來的暈眩和連站都站不起來的疲勞感沒轍。

兩人的身體都失去了力氣，癱坐在地。

「……等、等級……升到１０８了呢。」

「我是……１７２。那魔物……和我們到底有多大的差距呀？」

和好色村等級相當的話，應該在５００級以上吧。

由於使用了好幾次的攻擊與魔法，兩個人也拿到了不少的經驗值。可是對於等級還很低的她們來說，升級帶來的負擔實在是太大了。

如果是她們獨自打倒魔物，甚至有可能會因為升級的負擔而喪命。是因為有好色村擔任前鋒，負擔才能控制在這種程度。

「喂喂喂，妳們沒事吧？」

「不行……了呢。我完全動不了了。」

「很久沒感受到……這種疲憊感了。對我們來說……負擔果然還是太重了。」

「現在這樣該怎麼辦？要我扛妳們兩個走嗎？」

「「這……恕我拒絕。」」

兩位女性很怕好色村會性騷擾她們。

就算當事人完全沒有那個意思，只是出於好心才如此提議的，可是好色村平常的態度就讓人認定他是個變態了，所以沒人願意相信他。真有點可悲。

「……好色村，確定要接受懲罰了。」

「哇喔！小杏，妳是什麼時候……呃，是說懲罰？為什麼啊？」

「我剛到。比起那個，你害她們暴露在危險中……需要懲罰。」

「我很努力了耶！我都那麼努力了還要受罰嗎！」

「嗯……你要是冷靜對應，應該可以輕鬆取勝的。讓她們和有等級落差的對手作戰這點要扣分。」

面無表情的忍者少女身上散發出驚人的氣勢。

要說瑟雷絲緹娜她們儘管很弱還是拚命努力了也行，可是好色村遠比她們兩人強多了。

然而他卻幾乎用盡了魔力，十分疲憊。

也就是說，一看就知道他只是順勢強行應戰而已。

「不是，這妳就睜一隻眼閉一隻眼吧……我很努力了耶？那是同等級的對手喔？這裡又不像遊戲裡那樣，就算同等級也很弱，一般來說都會慌張的吧？」

「我會考量這些原因來懲罰你的……睜一隻眼閉一隻眼，只剪斷你一次。」

「剪哪裡！妳是打算剪斷我哪裡啊！」

「從明天開始……好色村就是個小姐了。這是決定事項。」

「妳……妳這話是在開玩笑……吧？」

杏的表情完全沒變。

可是她沒有停下腳步，步步逼近好色村。這就是她的回答。

杏是認真的。

「放心……我對哥哥做得很熟練了。明天你就是淑女們的一員了……」

「這根本沒辦法放心吧！妳對哥哥做了什麼啊！而且是我的錯覺嗎？妳是不是很開心的樣子啊！」

「嗯……是你的錯覺。還有我向父母告發哥哥的性癖好時……有先說我已經讓他變成小姐了。放心……我不會弄痛你的喔？」

「妳騙人啊啊啊啊啊啊啊啊啊！妳那句話根本不是肯定句！妳真的想要閹了我嗎？這女孩跟外表完全相反，是個毫不留情的虐待狂啊！」

我被猛獸給盯上了。好色村打從心底這麼覺得。

身為男人的自己……還有他兩腿間的小弟，他在雙重的意義上遭遇了危機。

「剪票是很辛苦的工作……無論刮風下雨，都得一直剪、一直剪，剪個不停……而且要是數量對不起來，還會被罵。」

「被誰罵啊！而且妳搞錯職業了吧！小杏妳想剪掉的是別的東西吧！」

「……這對變態來說是獎勵嗎？」

「我才不是變態！我只是個普通的一般民眾喔！」

「……哪裡普通？」

「被否定了！」

好色村企圖逃離危險。

逃跑中的好色村，追在後面的杏。同為轉生者，不剪就吃虧了。

衝出去的兩人消失在通道深處的陰影之中，沒過多久便響起了好色村慘痛的哀號聲。

◇　◇　◇　◇　◇　◇

「唉……瑟雷絲緹娜小姐從昨天就沒回來。她是怎麼了……該不會是被壞男人給纏上了吧！」

「不，那傢伙比你還強喔？她可沒弱到會被這附近傢伙怎麼樣的程度。」

「茨維特你都不擔心妹妹嗎！她再怎麼強也是個女孩子耶！」

茨維特為了讓面色凝重的迪歐安心，提起了瑟雷絲緹娜的實力。

可是戀愛中的男人有夠噁心。茨維特的行為只得到了反效果。

迪歐淚眼汪汪地湊過來的樣子老實說有夠恐怖的。

「冷靜點。好色村和杏也從昨天就沒回來了，我想他們應該是在一起行動吧？」

「跟那個輕浮的男人一起？不妙……他們現在一定在做這樣的事跟那樣的事……嘖，我得立刻找到他們，幹掉那傢伙！」

「你啊，在擔心瑟雷絲緹娜的同時，腦中是不是在想什麼色色的事情啊？唉，不過這件事已經引發騷動了啦～」

卡洛絲緹和瑟雷絲緹娜外出未歸的事情，在調查團內引起了一陣騷動。畢竟是侯爵家和公爵家的大小姐失蹤了。

周遭的人當然集體動員起來，甚至開始編組搜救小隊，讓整件事情變得嚴重了起來。

而且這裡是古代都市。不可否認這裡或許還有不為人知的未發現區域，也不排除那裡有可能暗藏著危險。

「他們是有說要去那個柱子的上面……嗯，該去調查看看嗎？」

「……是啊。要是她有個什麼萬一，我有可能會殺了那傢伙。」

「……你根本沒告白過吧。想以男友身分自居不會太早了嗎？」

「你既然這樣想，就多想點辦法幫忙加深我和她的感情啊！總覺得她根本沒把我當成對象，我很不安啊！」

「我還不想死在爺爺手裡！要是我做那種事，肯定會被送進地獄！」

問題就出在他要選擇友情，站在迪歐這邊，還是身為家人，站在爺爺那個笨蛋老人那邊。夾在道義和血緣之間，保持中立又得不到信任，沒有比這更痛苦的立場了。

「這件事情先放一邊……我要去好色村他們前往的柱子那裡看看。」

「這對我來說雖然是重要的問題，但也沒辦法。現在得先確認她們的安危。」

總之先不討論複雜的感情問題，茨維特等人朝著聳立的其中一根柱子走去。

伊薩．蘭特城內早已有商人住在完好的建築物裡，儘管規模不大，還是有在做生意。

敏銳地掌握了情報，最早開始在此經商的商人實在強得令他們驚訝不已。兩人花了五分鐘才抵達了目的地。

可是他們在柱子底部找不到像是入口的地方。

「可以上去這點應該沒錯吧？問題是那兩個人是從哪裡進去的。」

「是有發現一個設有大型機關的物資輸入口，可是想上去也打不開門的樣子。或許哪裡藏有暗門吧。應該有做些偽裝，避免被人發現。」

「嗯～……光看實在是看不出來呢。這裡的建築技術或許也超乎我們的想像。」

「靠過去仔細地調查柱子……喔？」

他們打算調查的柱子牆面一角往內側凹陷進去，出現了一個能讓人通過的空洞。

從空洞中現身的正是茨維特他們在找的瑟雷絲緹娜一行人，看到她毫髮無傷的樣子，兩人都鬆了一口氣。

「你們幾個，在這之前都在做些什……喂，我沒看到好色村耶？那傢伙怎麼了？」

「嗯……他馬上就來了。無視他也無所謂。」

「瑟雷絲緹娜小姐，妳平安無事啊！大家都很擔心妳喔。」

「對不起。我碰上了一點危險……」

「「妳說危險？」」

然後兩人就大致問了他們到了地面上之後發生了什麼事，但是愈聽內容，茨維特他們的表情就愈是嚴肅。

魔物企圖從地面上連接地底的物資輸入口入侵其中的事實，讓他們得知伊薩・蘭特在他們不知道的時候曾一度陷入了危機。

而拯救眾人脫離險境的，就是眼前的杏他們一行人。

「妳說魔物群正在毀壞的城鎮遺跡裡爭奪地盤？等等……這應該正好可以拿來當成實戰訓練吧？」

「別說笑了！上面的魔物可是強得嚇人喔？要是抱著輕率想法前去訓練，鬧出人命也不奇怪啊！」

「真虧妳們沒事耶？除了受到幸運女神的寵愛，我還真想不到要怎樣從那種地方活著回來。」

「都是因為有杏小姐在，所以女神就是杏小姐吧。還有被虐村先生也賭上性命保護了我們……」

「所以說好色村他人在哪裡？我沒看到他耶。」

「嗯……在那裡。」

杏手指的方向是維修人員用的工作人員專用出入口。

臉色蒼白的好色村搖搖晃晃地從那後面的陰暗處走了出來。可是……

『『那傢伙……為什麼用手按著兩腿中間啊？』』

沒錯，他淚眼汪汪地按著兩腿中間，像個小動物似的帶著恐懼，緩緩地走回來了。

雖然不知道他發生了什麼事，但他的身上散發出一股悲壯感。

「……那傢伙怎麼了？總覺得他看起來不僅是肉體，還受到了相當嚴重的精神打擊……」

「因為他搞砸了，所以我懲罰了他……很遺憾沒能剪掉他。意外的強韌呢。」

「妳、妳說剪掉……該不會！」

茨維特和迪歐身上的某個部位也縮了一下。

如果被杏盯上了，確實有可能會失去重要的東西。對男人來說沒有比這更恐怖的事了吧。

比起那個，他們也很擔心好色村這位當事人的精神狀態。

杏則是在他們身後像個在練習射門的足球選手一樣，反覆地做著往上踢的動作。

「喂、喂……你沒事吧？同志……」

「嘿嘿嘿……好可怕喔。我差點就要失去重要的東西，變成小姐了。小杏她啊～是個超級虐待狂喔……她很冷酷地想要剪掉我的……途中還改變心意想要直接踢爛……用她的彗星三倍速踢。」

「這、這樣啊……」

「明明是個小孩子～卻面無表情的鎖定我的小弟……超痛的喔。我有好幾次都以為自己要被踢爛了……腦中也閃過好幾次自己變成小姐的樣子……媽媽，謝謝妳生了這麼強壯的身體給我……嘿嘿嘿嘿。」

超不妙的。

要說哪裡不妙，就是少女不僅毫不留情地想摧毀男人的重要器官，還徹底地將人逼到了精神崩壞的程度。

好色村當場跪了下來，為了從絕望中生還的喜悅，以及勝過那份喜悅，刻畫在心底的恐懼啜泣著。

「……我很想見見好色村小姐的。真遺憾。」

「「……！」」

看到杏明明面無表情卻真心感到遺憾的樣子，茨維特和迪歐懂了。

絕對不能忤逆這個少女。讓她生氣等於是犯了對神吐唾沫的重罪……

兩人看著眼前可憐的犧牲者，暗自在心中發誓。

在那之後，為了詢問他們詳細的經過，四個人被帶到了衛兵的待命室。他們雖然被痛罵了一頓，卻只有杏在不知不覺間消失了。

瑟雷絲緹娜他們一直到了三個小時之後才得以解脫。

接下來這雖然是題外話，不過在那之後的大約一個月內，發生了多起在伊薩．蘭特鬧事的傭兵全都被強制變性為小姐的事件。

根據衛兵的調查，這些人多半都是素行不良，很有可能會成為性犯罪者的傢伙。其中也有人根本就有相關的前科。

由於商人中也有不少女性同行，這些傭兵們的惡行也是一大問題。以結果來看，這些事件反而減輕了衛兵們的工作量，是很值得高興的事。

可是讓這些人變性為小姐的犯人始終沒有被抓到，真實身分依然成謎。

想要調查的衛兵也不知為何遭到商人們的阻止，完全掌握不到任何線索，搜查進行得非常不順利。

身分成謎的襲擊傭兵犯人受到了眾人的感謝。

而遇害的傭兵們在事件過後則是打開了新世界的大門。

他們也不得不打開。

雖說是自作自受，還是令人同情。

這個事件最後成了某些地區的都市傳說。

小小的惡魔，「小姐製造者」——

第四話　大叔帶著亞特小隊抵達了桑特魯城

隔天早上，由於他們開始趁著晚上輪班看守的空檔用魔導鍊成製作零件，傑羅斯和亞特完全處於睡眠不足的狀態。

從半夜開始就一直製作零件做到天亮，入睡時大概是太陽已經出來露臉的時候了。在那之前他們都一直默默地持續製作著。

睡眠時間約三小時。他們來到異世界後就學會了不用熟睡也能讓身體休息的技術，所以只要感受到野獸的氣息，便能立刻進入備戰狀態——儘管如此，他們沒什麼睡也是事實，既然要靠汽車和機車移動，就不能拖著疲憊的身軀上路。要是出意外那可就不好玩了。

為求保險起見，他們決定休息久一點，中午前再出發。

反正他們認為不管怎樣都只需要半天就能抵達桑特魯城了。

『呼啊～……好睏～』

傑羅斯騎著「哈里·雷霆十三世」，一邊抵抗著睡意，一邊奔馳於道路上。

穿梭於綠意間的漆黑機車完全無法融入周遭的景觀中，跟奇幻世界非常的不搭。

唯不知道為什麼帶著燦爛的微笑，對他說了「你們昨晚過得很開心吧？」這種話。那完全不是出於本意的言行，直接表現出了她的嫉妒。

她可能是好不容易才和戀人重逢，希望能一起休息吧，可是晚上沒有好好輪值守夜，便有遭受魔物襲擊的危險。這方面唯應該可以理解才對，不過他的說法可能也有問題吧。

莉莎和夏克緹不知為何用閃閃發亮的眼神看著他們，害他跟亞特有好一陣子都覺得坐立難安。

『我對男色一點興趣都沒有就是了～那是這麼吸引人的玩意嗎？』

大叔無法理解迷上ＢＬ的女性的心情。

他不明白是哪個點挑起她們的興奮。

不如說有種要是能夠理解就完蛋了的感覺──

不過照道理來說，就跟男人會喜歡百合是一樣的吧。

會不會對此感覺到美是個人的價值觀與主觀的問題，不是所有人都能理解的事。

不過不管是多是少，他都希望別人可以不要把自己的價值觀或期望強加在他身上。

明明沒有那個意思，卻被人用熱烈的眼神看著，沒有比這更非他所願的事情了。

『……後面現在是什麼狀況呢。我有點想要知道，又不是很想……到底是怎麼回事呢～這股奇妙的感覺。』

他看了一下輕型高頂旅行車，正在開車的亞特看起來有些害怕的樣子。

有道是三個女人湊在一起一定有得吵，但他一點都不想主動去干涉這件事。

因為那絕對不是什麼好事。

『我是不會去蹚這灘渾水的……加油吧，亞特。』

大叔祈禱亞特能勇於面對困難。

他不知道女性們在輕型高頂旅行車裡面聊些什麼，不過從亞特的表情看來，想必是在精神上很令人難受的話題。這種時候他就覺得還好自己是騎機車。

男人獨自去參加女性的聚會，就會像現在的亞特那樣吧。被欺負、被拿來開玩笑，一點都不想聽的應酬對話沒完沒了的延續下去。

大叔決定無視他的辛勞，專心在前面帶路。

他是不會去碰自己沒興趣的麻煩事的。

大叔只是貫徹了自己的原則。

◇◇◇◇◇◇

「我累了……傑羅斯先生，你為什麼不來救我啊？你注意到了吧？」

「你是指哪件事？我光是要小心騎車避免發生意外就沒多餘的精力了呢～」

「不是，我們兩個確實是都睡得不夠，可是啊～你途中有看一眼我們的狀況吧。我還期待你會體貼的提議要休息一下呢～……」

「這還真是不好意思。不過畢竟我想盡可能地早點抵達桑特魯啊～怎麼說都該避免在太陽下山後才到啊。」

「嗚……那些傢伙不僅亂猜測我們有一腿，還擅自懷疑我喜歡男人。我要是真的有那方面的嗜好，根本就不會和唯有孩子了啊……」

「辛苦你了～」

果然不是什麼好事。

亞特看外表也稱得上是帥哥，但他實在沒想到會被人懷疑是同性戀吧。

像是某部在女性月刊雜誌上連載的漫畫一樣，莉莎她們也對帥哥之間有不可告人的關係感到莫名的興奮。

深入便會直直墮入魔道，此乃腐之路。

大叔真心覺得自己沒做多餘的事情真是正確的選擇。

「唯那傢伙也用懷疑的眼神看我……手上還拿著之前那把菜刀耶～傑羅斯先生，拜託你想點辦法啦～」

「……呵，那與我無關。」

「這麼快就捨棄我了！過分，你太過分了，傑羅斯先生！我們的交情對你來說只是玩玩而已嗎！」

「你在說什麼啊。我跟你之間是互相交換利益的關係，我可不認為我們至今為止有過那麼熱烈的交情喔？而且往後也一樣。」

「冷酷的避開了問題……你就這麼不想扯上關係嗎，要是唯拿刀刺我該怎麼辦啊。」

「哈哈哈，現在是說那種事情的時候嗎？你是不是忘了現場有幾位現在仍在用熱情的眼神看著你的小姐們啊。我可不想因為誤會就落得必須跟你殉情的下場。」

「……啊？」

亞特轉身後，莉莎和夏克緹便紛紛開口。

「亞特先生……你果然……」

「是亞特先生這邊呢，而且還是單方面的……」

她們用肯定的眼神看著他。徹底的誤會了。

「阿俊……你居然是雙性戀……我都不知道。」

「為什麼要顫抖啊！我對男人沒有興趣啦！」

「因為你說『只是玩玩而已嗎』，又說『捨棄我了』……怎麼看都像是因為你以為是戀人的人對你說『我根本不把你當一回事』，大受打擊的樣子啊？」

「為什麼要這樣斷章取義啊！是說妳們就這麼想懷疑我喜歡男人嗎？就這麼想把我塑造成一個同性戀嗎！」

「我相信你喔……阿俊。」

「妳可以不要手上拿著菜刀說這種話嗎。妳根本就不信任我嘛！還有後面那兩個！可以不要偷偷在那邊討論攻受嗎！」

「「咦？不是這樣嗎？」」

明明是用幾近徹夜的狀態做了一整晚的零件，被人這樣對待實在令人不快。

然而他拚命去說服正覺得有趣的兩位女性也沒有用。

男人不是在嘴上能夠贏過女人的生物。

「不用開車只要坐在後座的傢伙真好啊～我可是得耗盡精神，想辦法集中注意力避免出事呢。而且妳們對於今後的事情也沒有擬定任何計畫嘛。大家還真是都把事情丟給我，想說什麼就說什麼耶～

既然這樣，和公爵大人交涉這件事就交給妳們吧？畢竟對方是個女性主義者，可能會多少對妳們寬容一些……嗯，就這麼辦！之後的事就交給莉莎跟夏克緹，我專心製作車子就好。妳們加油喔。」

「「對不起，我們太得意忘形了！請原諒我們！」」

『亞特開始自暴自棄了呢～在車裡到底是發生了什麼事啊……唉，我也不想問就是了。』

根據他的推測，八成是莉莎和夏克緹擅自曲解他們昨晚在忙著魔導練成時的事情，藉著調侃亞特來打發時間吧。後來唯也加入了，因為嫉妒讓事情朝著混亂的方向發展。

這對睡眠不足又疲憊，還得注意安全小心駕駛的亞特來說，等於是在拷問他吧。

處在女性們在一旁吵鬧不休的情境下，亞特肯定累積了不少壓力。

以某方面而言那根本是地獄。

「好了好了，接下來除了唯小姐之外，大家得走去桑特魯城喔。雖然拖車主要是由我和亞特來拉，但有需要的話也得請兩位幫忙喔？」

「傑羅斯先生，你為什麼會有拖車啊？雖然用來護送唯小姐是很方便，可是一般人身上會有這種東西嗎？」

「呵呵呵……我就回答莉莎小姐的疑問吧。這只是因為我下田工作的時候會用到啦～用拖車搬運稻草比較方便吧？一捆捆的搬太麻煩了。」

「……傑羅斯先生也有在種稻米啊。不過那是誰在顧田？傑羅斯先生是一個人住吧？」

「咕咕們和教會照顧的孤兒們會幫忙顧喔。我也會分農作物給他們，有需要的話我也會免費送田裡的蔬菜給他們呢。我最近常常不在家，沒辦法下田工作呢～要是田已經變成叢林了該怎麼辦啊。」

這個世界的植物不知道為什麼成長的異常得快。

以生活在地球的感覺放著幾天不管的話，開闢好的田轉眼間就會被大自然給吞沒。

這是題外話，不過亞特他們並未留意到烏凱牠們不知何時不見了。

「雖然我很擔心田裡的事，不過現在的首要任務是抵達桑特魯城。我也準備好座墊了，請唯小姐坐到拖車上吧。」

「我和傑羅斯先生在前面拉，莉莎妳們從後面推吧。要是被石頭卡住了，就麻煩妳們推一下嘍？」

「感覺真是不好意思。好像只有我一個人特別輕鬆。」

獨自坐在拖車上的唯歉疚地低頭道歉。

「因為妳有孕在身嘛。別在意。妳現在得好好保重身體啊。」

「是說為什麼拖車上有加裝懸吊系統啊？唉，雖然用來給孕婦搭乘是正好啦……」

「沒什麼理由吧？應該只是傑羅斯先生當下想到就裝上去的。畢竟那個人做事都是出於好玩……」

兩個車輪分別獨立，靠著板式彈簧和減震筒來吸收多餘的震動。

用來護送孕婦確實是很安全，但若是問起用來下田工作的拖車有需要做到這種地步嗎？那答案就確實是個問號了。

對傑羅斯來說，可能就是「沒有也無所謂，但有比較方便吧？」的感覺吧。

「那我們出發吧，要是我們騎機車跟開車奔馳在路上事情傳開了，肯定會被當權者盯上，到時候就只能開溜了呢。」

「我們都已經高速通過商人的馬車旁邊了，我是覺得說這話好像也太遲了啦。算了，我想傍晚前應該能抵達，趕快走吧。到了之後再找個地方吃晚飯。」

「剛剛那句話會不會變成是在宣告死期啊？特別是我的死期……」

他們在距離桑特魯城尚有數公里的地方換了移動方式，四個人邊拉著拖車邊走在法芙蘭大道上。

由於這裡再往前走就是連接到北邊舊矮人通道的新通商路線，所以得瞞過往來商人的耳目才行。

他們打算在前面的岔路轉往東大道，再從東門進入城內。

兩小時後，一行人平安的抵達了桑特魯城。

第五話　大叔和亞特等人一起回家～小邪神的名字定案～

下班後的工匠和商人們使得傍晚時分的桑特魯城顯得十分熱鬧。

今天拚命工作了一天，有些人在飯館解決了晚餐，有些人則是和伙伴們一起飲酒作樂，大肆喧鬧。

其中也有還在做生意的人，或是工作永遠做不完的人，他們的樣子也明確地表示了桑特魯城有多麼地繁華。

「你也給我差不多一點，是還想在牢房裡待上一晚嗎？啊？」

「吵死了，混帳！嗝！我要做什麼是我家的事吧～」

「又是這傢伙啊……這是這星期第幾次了啊？」

「我記得他因為老婆跑了，才變得這麼自暴自棄的吧？看他酒品糟成這樣～也難怪老婆會跑啊。」

「別提我老婆的事！唔哇啊啊啊啊啊啊啊啊！」

——當中也有這樣的人。

這裡的確是相當繁華的城鎮，然而這並不代表城鎮的每一個角落都是安全又和平的。

只要有人居住，那裡就會有著各種或大或小的犯罪行為。

「哇喔……是『貼身採訪衛兵二十四小時～桑特魯城徹夜不眠。兩小時特別節目～』呢。」

「你當這是紀錄片專題節目啊。這裡雖然很繁華，但果然還是有些麻煩事呢。」

「那當然。有人在的地方就必定會有犯罪行為呀。從無聊的爭鬥，到黑社會的走私或械鬥……其中也會有殺人之類的犯罪行為吧。」

「就算世界不同了，人還是一樣呢。衛兵們也真是辛苦了。」

就算是在異世界，人的本質還是沒有任何改變。

在城鎮的各處都能看見過去曾看過的景象，負責維護治安的衛兵們忙得要命。

因為現在是容易有醉漢吵架鬧事的時段。

就算有文明水準的差異在，負責維持治安的人是有組織性的在行動這點，還是可以用來當成判斷治理這個國家或領地的人的政治手腕優劣的基準。

儘管警察和衛兵不同，但從這個角度來看，索利斯提亞公爵領地管理得非常好。

這可以說是紮實的行政活動帶來的成果吧。

「比起那個，去找飯館吧。有沒有哪家店有空位呢～這個時間吃飯的人很多啊。」

「傑羅斯先生住在這座城裡吧？你知道哪裡有不錯的店家嗎？」

「傭兵公會吧。那裡跟有些規模的餐廳差不多大，餐點的味道也不錯。」

「這座城裡的傭兵公會不會出現那種品行惡劣的傢伙嗎？」

傍晚時段不管哪間飯館都坐滿了客人。

相較之下，雖然一般客人也能去傭兵公會用餐，但會去的主要還是傭兵，所以在這個時間反而意外的會有位子。

可是亞特或許是擔心唯吧，他問了：「沒有其他店嗎？去傭兵公會的話，感覺會被醉漢給纏上。」

這樣的問題。

「我想一般的餐廳在這個時間人都很多喔。而且亞特擔心的事情已經是過去的事了。最近傭兵公會裡的契約內容好像有修改過，變得更嚴格了，要是吵架鬧事就會喪失傭兵資格。畢竟也有來自女性的委託，他們應該是想讓一般的客人也能放心的進去吧。唉，不過衛兵的巡邏次數也相對的變多了。總之因為這樣，傭兵公會的飯館是個好去處喔。」

「做了組織構造的改革啊。那些潛在的小混混要是不守規矩一點，就會連委託都接不到啊。這世道還真難混。」

「你會想要委託那種會跑去糾纏女性的傭兵嗎？這社會最重視的可是信用喔。」

「畢竟變得可以悠哉的在那邊吃飯了，我也是那邊的常客喔～」

「傑羅斯先生過著很悠然自得的生活呢。真虧你這樣還能找到阿俊耶？」

「是碰巧的吧……是說要吃晚飯是沒問題，不過拖車要怎麼辦？」

「………………啊？」

唯一坐著的拖車。

不能隨便放在路上，也不能在人來人往的大街上收進道具欄裡。

雖然可以找藉口說是收進了在非常少見的情況下，會在遺跡或迷宮中發現的「收納包」中，不過只有具有一定地位的王族或貴族手上才會持有這種道具。

簡單來說就是會很引人注目。

「只有吃飯的時候放在路上之類的好像也不行呢～太擋路了。」

「原來你根本忘了這件事喔……到底要怎麼辦啊……」

「……沒辦法了。去攤販買點什麼吃的，在我家吃飯吧。我至少可以烤點麵包啦。」

「也只能這樣了嗎……你知道這附近有什麼好吃的店嗎？」

「我是有固定會去的串燒和炸物店啦，教會的孩子們常要我請客，所以我跟那些店家很熟。」

「你真的過著很不錯的生活耶～好羨慕喔。」

因為拖車的緣故，他們沒辦法進餐廳吃飯。

最後他們去了傑羅斯常去的攤販，買了肉串和蔬菜等食材，打算自己簡單地準備晚餐。

應該說他們也沒別的選擇了。

所謂的預定，就是會不得不因為一些小事而更改的玩意兒。

◇◇◇◇◇◇

辛香料的香氣從紙袋中飄了出來，傑羅斯一邊忍受著這股香氣的引誘，一邊帶亞特他們回自己家裡去。途中傑羅斯為了把從攤販那裡買來的伴手禮送過去，和平常一樣繞到了教會去。

「我回來嘍，路賽莉絲小姐。」

「啊，傑羅斯先生，歡迎你回來。」

「我買了肉串當伴手禮回來，你們還沒吃晚餐的話請拿去當成配菜吧。」

「不好意思總是這樣麻煩……凱！」

「嘖，被發現了啊……」

一如往常的喜歡吃肉的凱把手伸向紙袋，儘管他被路賽莉絲斥責後退開了，手上卻早已拿著一支肉串。對肉的執著深得嚇人。

「真的很抱歉。不管我怎麼說他，只要提到肉，他就會像變了一個人似地，變得非常野性……」

「他那個習慣啊～再怎麼叮嚀他都改不掉的啦。我勸妳還是放棄吧。」

傑羅斯早已經放棄糾正凱的習性了。

畢竟他除了對肉異常的執著外，就是個隨處可見的普通少年。

「他接下來就要出社會了，不改掉那個習慣之後不知道會惹出怎樣的事情來。要是將來出人頭地後有機會去到貴族的宅邸，那別說失禮了，會得罪對方的。」

「因為他那幾乎是衝動之下做出的行為，我覺得口頭叮嚀也沒辦法矯正過來就是了。應該只有把他綁在木頭上，在他面前烤肉這種衝擊療法才有效吧。」

「那不會造成反效果嗎？」

「是很有可能啦……」

凱在教會的孩子們之中是最飢渴的，大叔實在不認為他會捨棄對肉的執著。畢竟他是受到身為一個人最根本的渴望驅使，才會做出那種行動的。

「是說這邊這幾位是……」

「啊，我太晚才介紹了。這是我的朋友亞特和他的妻子唯小姐。另外兩位是他的後宮成員，莉莎小姐和夏克緹小姐。」

「「「說明得有夠隨便！而且還謊報！」」」

「啊，初次見面，各位好。我是負責營運這所教會及教育孩子們的路賽莉絲。不過……真厲害呢。我很在意這位先生夾在妻子和情人間，到底是怎樣度過那些在檯面下的激烈鬥爭的。」

「「「而且她還相信了！這全都是誤會啊！」」」

大叔完全沒有打算要好好說明。

他簡單地想著只要朋友和他老婆的部分是對的就好了，不想多說什麼情報。

這是因為要是從頭開始說明，就得把自己是轉生者的事情也告訴路賽莉絲了。

就連伊莉絲那個小妹妹都沒把自己是轉生者的事告訴嘉內她們了。

「那麼，我想你們接下來也要吃晚餐了吧，一直聊下去也很不好意思，我們就先告辭了。啊，路賽莉絲小姐，麻煩借我走一下後門。因為有孕婦在，我想還是盡量抄近路走去我家比較好。」

「如果是這種緣故的話，請用吧。你們長途跋涉想必也累了。」

「不好意思啊，我之後會再補償妳的。」

「不會，請別在意。為了肚子裡的孩子著想，還是讓孕婦能早點休息比較好。」

「那我們先走了，明天見。喂，亞特，走嘍。」

雖說是教會，但大叔利用別人的私有地來抄近路這件事還是令亞特他們一時間不知如何是好，不斷地在內心問自己「真的可以嗎？儘管有得到對方的同意，可是真的可以嗎？」

而路賽莉絲就這樣目送他們五人從後門離去。

「唉……孩子嗎……」

「怎麼了，修女。妳想要有傑羅斯閣下的孩子嗎？」

「妳想和嘉內姊姊三個人一起恩恩愛愛吧？需要我們幫忙嗎？」

「強尼，你太沒神經了吧。修女也是女性，別亂推測人家的暗藏的心意。」

「居然會聽到安潔說出女性這個詞啊。妳也長大了呢。」

「拉維，你是想找我吵架嗎？」

「就是現在！趁這個機會保住更多的肉！」

「你、你你你們……」

路賽莉絲身為女性，對結婚生子也抱有一些憧憬，可是她沒料到會被孩子們看到自己的這一面。

沒過多久，路賽莉絲害羞的慘叫聲便傳遍了整座教會。

◇◇◇◇◇◇

「嗯？好像聽到了什麼聲音……」

從教會的後門穿過後面的田，傑羅斯終於回到了自己的家。

「這就是傑羅斯先生的家啊……」

「小木屋……而且還有兩層樓，簡直是度假小屋。」

「要做什麼才能有這樣的房子啊……我也想要有自己的家。」

「傑羅斯先生真厲害呢，阿俊。」

亞特等人至今從未擁有過能夠作為據點的家，看到雖然不大，卻像是別墅的傑羅斯家，全都愣住了。一樣是轉生者，大叔和他們的處境完全不同。

明明是同一時期開始在異世界生活的，大叔卻已經有了自己的房子，讓亞特甚至有些嫉妒起他來。

雖然嫉妒他也毫無意義，但人就是無法控制自己的心。

「一樣是轉生者，為什麼會有這麼大的落差啊……這世界真不公平。」

「因為你沒有出社會工作的經驗啊。不是打工仔那種輕鬆不用負責的立場，我想差別就在於有沒有當過社畜，經過社會的蹂躪吧。」

「妳的意思是差在經驗和交涉能力？嗯～……雖說國家不同，但我沒想到文化上會有這麼大的差異啊。」

「我想他應該是分次給了公爵家一些情報吧。這應該是他基於自己有恩於對方，充分地運用了自己不會與對方為敵，但也不會站在對方那邊的立場所得到的成果。」

「換個說法就是讓對方覺得有和他往來的價值，卻又不成為對方的手下吧？真虧他能讓對方接受這件事耶。如果是在伊薩拉斯王國，肯定會被捧上天喔？」

「那是因為那個國家很缺乏人才。所以才會想給些好處，讓人才留在他們國內久一點。他們只是打著想找機會把對方擁有的知識全都挖出來，等覺得對方礙事了就拋棄他的如意算盤吧？」

「畢竟那個國家盛行的是強化軍力的政策啊～真出了什麼事的話，會把妳們兩個當成人質吧？就算沒有唯，事情最後還是會往那個方向發展嗎……唉，感覺他們很有可能會這麼做。」

有時藉由冷靜的分析彼此的立場，可以發現一些原本沒注意到的盲點。

當然他們在這裡說的都只是推測，不過也不能說這些內容全是錯的。

伊薩拉斯王國中雖然有用善意的眼光看待亞特他們的人，但也有不少人是用明顯帶有敵意的厭惡眼神看著他們的。

因為國王不可靠，所以軍閥的將軍們握有權勢。是一群為了國家著想而堅持走強勢路線，被稱為主戰派的人。

儘管如此他們還是無法隨便發動戰爭，原因就出在國家嚴重地缺乏兵力和糧食。

士兵的人數比周遭的梅提斯聖法神國或阿爾特姆皇國都來得更少，就算攻進其他國家，國力也弱得無法應付長期戰。

也不能強制徵收兵糧，使人民陷於困苦之中，國軍內部自然累積了不少偏頗的想法或嫉妒的情緒。

過去曾是一方大國的伊薩拉斯王國，如今也是今非昔比。

正因為如此他們才會奮起，想要找回過去的榮光。

亞特會協助主戰派沒有其他原因，只是因為那裡現在仍有為飢餓所苦的人們。

他雖然做了確保糧食的改革，但還不夠完善，要讓食物流通到全國各個角落還得花上一段時間。他能理解對方在那之前想要多少獲得一些肥沃土地的想法。

那是主戰派和穩健派之間最後得出的妥協方案。是為了保護人民展開的侵略。

「因為那裡有很多沒在動腦的理想主義者啊～」

「要是經濟狀況稍微好轉一點，他們或許就會拿大部分的稅金去擴張軍備了。畢竟那些人不重視人民啊。」

「唔……我不想回那個國家啦～」

「你之前過得很辛苦呢，阿俊……」

「那個國家有這麼糟嗎？我是覺得既然這樣就更有必要認識一下其他國家的大人物了……不過比起那些事，你們不進來嗎？」

「「「打擾了。」」」

四個人在玄關前聊了半天，終於踏進了傑羅斯家。

大叔把裝有肉串的紙袋放在客廳的桌上後，走進了廚房拿盤子。

畢竟他是一個人住，家裡非常簡樸。

沒有多放什麼擺設，說得難聽點就是棟空虛的房子。

「我隨便烤點麵包喔。用石窯應該一下就烤好了，我是想再做點沙拉啦。」

「喔喔……傑羅斯先生實在是太可靠了～！」

「老實說我真的很感激能和傑羅斯先生會合。還吃到了令人懷念的料理。」

「是啊。雖然我是不想再碰珍奇料理了……」

「可以的話我是希望你們來幫忙一下啦。除了唯小姐之外，大家分頭準備會比較快吧。」

「「「好～」」」

亞特等人為了準備晚餐而動了起來。

唯雖然也主動說要幫忙，但大家不可能讓孕婦做事，唯就被請去坐在椅子上，乖乖地等著吃飯了。

大家忙了一陣之後準備好了晚餐。內容是剛烤好的麵包和沙拉、從攤販那裡買來的肉串，還有隨便煮的湯。

唯等三個女生坐餐桌，傑羅斯和亞特則是搬出小茶几坐在地上，一邊吃飯一邊討論接下來的打算。

既然要和索利斯提亞公爵做交易，亞特他們就很有可能被視為是叛徒，必須透過交涉，處理好政治層面上的問題。

得賣人情給伊薩拉斯王國，給他們嘗一點甜頭才行。

在說到重點在於要怎麼樣借用德魯薩西斯公爵的力量時，手上拿著麵包的亞特想起了旅途中的事，開口問傑羅斯。

「喂，雖然這只是我個人單純的疑問，不過你為什麼會把麵包的麵團放在道具欄裡帶著走啊？只是偶爾會用到的話，不用帶那麼多在身上吧？你是想試著做老麵麵團嗎？」

「哈哈哈，我不知道自己什麼時候會踏上旅程，所以才會事先在身上準備好各種食材啊。只要利用魔法取代烤箱，要做多少就能做多少。既然有這麼方便的能力，沒道理不用吧？」

「沒人會想到要把魔法用在家務上啊。考慮到消耗的魔力成本，太不實用了，而且一般人基本上都認為魔法是用來攻擊的手段吧。」

「就算是用魔導具，也要用到『魔石』、『魔晶石』或是『魔寶石』吧？而且據說能夠儲備的魔力量是依大小來決定的，要做瓦斯爐的話，體積應該會變得很大吧？」

「阿俊也有做過魔導具對吧？你不做些方便的用具嗎？」

「我基本上是以攻略關卡為主的玩家，手沒有生產職業的人那麼巧。那輛輕型高頂旅行車的性能也沒有外觀看起來的那麼好喔。零件也是拿跟著傑羅斯先生他們一起玩的時候做的東西來用而已。車體的框架是因為我知道構造，才勉強能夠做出那個樣子來，我的個性不適合做刻劃術式那種工作。」

亞特經過傑羅斯他們那幾個殲滅者的鍛鍊，已經有足夠的實力勝任生產職業了，可是他不擅長繁瑣精細的作業。刻劃魔導術式的工作他更是能避就避，沒必要的話他是絕對不做的。傑羅斯對此也覺得有些遺憾。

「魔石」、「魔晶石」、「魔寶石」儘管有魔力存量的差異在，但不刻上術式，便無法發動魔法。此外能夠刻入這類觸媒結晶的術式，也會依據結晶的魔力存量和堅固程度而有所不同。

魔石完全看尺寸大小來決定效果和威力，無法再度補充魔力，用完便必須丟棄。

魔晶石可以反覆使用多次，但性能取決於加工者的技術。

魔寶石則是內藏魔力量低，性能也有著極大差異的天然寶石。

使用的素材不同，製成魔導具的加工過程也大不相同，很難處理。

亞特接下來也會很需要錢，傑羅斯是覺得他用個性不合這種理由徹底放棄賺錢的機會實在太浪費了。因為在這個世界光是簡單的魔導具就夠有賺頭了。

也可以不要賣給店家，像傑羅斯的魔法卷軸那樣把生產的工作交給其他人，利用版權來增加收入。

大叔雖然有點在意他明明還有家人要照顧，是打算怎麼辦，不過在亞特主動提問之前，大叔也不打算教他這種做法，若無其事繼續對話。

「要怎樣才能弄到昂貴的觸媒結晶啊。特別是魔石，不打倒強大的魔物是拿不到的吧。魔寶石和魔晶石雖然可以重複使用，可是品質參差不齊，也不好加工。」

「單論魔石或魔晶石的話，可以靠人工方式量產喔？不過我不會把做法告訴你。因為你不靠自己去研究，以後就沒辦法憑感覺去做細微的調整。」

就像必須要完全了解魔法文字和魔法術式，才能夠創造魔法一樣，要製作「魔晶石」那種「觸媒結晶」，也需要相關的技術和調配方式。

要製作出媲美天然產物的高純度觸媒結晶，不從挑選素材開始做相對應的研究是無法製造出來的。製作「人工觸媒結晶」時就連傑羅斯都歷經了一番苦戰，目前還不是一般魔導士有辦法仿效的事。

「連魔石都能做，太犯規了吧……」

「就算犯規，這也不是可以隨便傳出去的情報吧。要是知道有辦法製作觸媒結晶，危險的魔導具就有可能會散布在世間。甚至還能在裡面加上詛咒喔？難保這種危險的技術不會被人拿去做惡，還是得讓他們花時間慢慢發展才行。」

「原來如此……要是技術突然有所進展，也只會引起騷動啊。說不還會有人因此失業呢～」

「技術之所以會有所進展，最大的理由就是軍事運用喔。據說就連網路原本都是軍事相關技術，後來才傳入民間的。人工魔石技術會對這個魔法文明世界帶來怎樣的影響還是未知數。我是不想造成太大的變動啦。」

魔石可以運用在魔導具上，從傑羅斯等人的角度來看就等於是電池。

只要湊足數量並將魔石結合在一起，便能蘊藏龐大的能量，也能像傑羅斯的機車或亞特的輕型高頂休旅車那樣，驅動魔力引擎。

像這種技術要是有所進展，就能發展出以魔力作為動力的機械文明吧。特別是會對加工技術的發展帶來極大的影響。

雖說這是總有一天會發展出的技術，不屬於這個世界的轉生者仍會猶豫這種智慧是否該現在推廣開來。當發現了這種未知的技術，一開始都會被運用在能夠提昇國家軍事實力的軍備擴張上吧。

梅提斯聖法神國就藉由勇者之手開發出了火繩槍和黑色火藥。

因為索利斯提亞魔法王國已經透過阿爾特姆皇國得到樣品了，所以近期內或許會利用魔法，著手生產強力的槍砲。畢竟這樣就能以少數的人力創造莫大的戰果，可以大幅削減人事費用。

戰爭爆發的話會增加不少開銷，對於王公貴族而言，沒有比這更有用的武器了。

此外因為敵對國家占了上風，他們在防衛上也需要更強大的武器。

當然這也有可能是傑羅斯多慮了，但他還是想避免因為這種理由而出手干涉武器或魔導具的發展。

「嗯……肉串的口味真重呢。他們是換了調味料嗎？」

「我們現在在討論重要的話題吧？可以不要忽然把話題又轉回食物上嗎？」

「簡單來說就是我們如果靠著製造武器出人頭地就糟了。就算想要施恩給伊薩拉斯王國，你也不希望害死更多的人吧？儘管目前的敵人是梅提斯聖法神國，但這也不代表我們必須在戰爭上有所貢獻。哎呀，我是很討厭那個國家，所以要請他們消失就是了。」

「你很乾脆地說要摧毀掉一個國家耶。不過我也是希望他們不要隨便發動戰爭去侵占其他國家的國土啦……啊，肉的味道真的很重耶，感覺調味可以再清淡一點。」

「很難說呢。畢竟那個國家基本上把人類以外的人種都視為是奴隸，至今為止也一直都以強勢的態度在四處侵略吧？我可不覺得他們會願意受阿爾特姆皇國和獸人族軍團擺布喔？他們絕對會幹些亂來的事情。」

「不就是為了不讓事情變成那樣，小國家們才會結為同盟嗎？也靠著去除其他的阻礙和散布回復魔法，對那個國家施加經濟壓力了吧？一般來說在這個時間點上，那個國家就做不出什麼傻事了吧？」

傑羅斯一邊喝著綠茶，一邊小聲地說著「那真的有成為他們的經濟壓力就好了」。畢竟一般市民無從得知國家間在檯面下的外交內容。

事情變成新聞傳開也得花上幾週的時間，在這段期間梅提斯聖法神國就能準備好軍備了。更何況宗教國家很容易就能找到一些冠冕堂皇的開戰理由。

而且現在這個時代的司法和行政並未分開，因為當權人士的希望而忽然開戰也不是什麼稀奇的事。這世界的文明還不夠發達，光靠打著信仰名號的屁道理就能輕易地唆使人民行動。

「『聖戰』……你覺得他們會幹出這種傻事嗎？照現在這個狀況，我覺得風險很高啊～應該會讓政治經濟都陷入混亂吧？」

「既然他們已經不能像以前那樣獨占回復魔法了，就沒辦法用『神的奇蹟』來占有外交優勢。國內因為『災害』而嚴重受創，就算想讓經濟穩定下來也得花上一些時間。既然這樣只要把所有的原因都推給國外就好了。也有以『聖戰』為名，宣稱要建國的恐怖組織的例子在。這就是宗教國家會做的事。我們很清楚這種歷史吧？」

「帝政時代啊……態度強硬，不把自己等人以外的人當人看，認為自己是神的選民，甚至容許奴隸制度的存在。梅提斯聖法神國也步上了同樣的道路，也樹立了很多外敵。從無法透過兵役成為國民這點來看，他們的行徑還更過分啊。北邊的獸人族也已經統合成一個國家，聖法神國的確是沒有後路了。而且隨著時間經過，狀況只會對他們更不利。感覺他們真的很有可能會因為不知所措而做出蠢事……」

「那個獸人們的國家……在中心領導他們的是布羅斯吧？感覺那也會變成一個很不妙的國家呢～」

大叔的腦中浮現了頭上戴著獸骨製成的頭盔，半裸著身體的壯漢身影。

雖然對方實際上好像是個國中生，但大叔也無從得知對方現實中的模樣。

不過他是傑羅斯熟識的「凱摩先生」的弟子。以生產職業而言也是頂尖的人才，根據亞特的說法，他還利用龍穴打造了一座超處刑要塞。

整個要塞裡全是用來殲滅敵人的機關，將敵人誘導到內部後就開始進行單方面的處刑。既然有無窮無盡的魔力來源，也不用擔心因魔力用盡導致欠缺了某些機能的問題。

真的是座難以攻陷的殘暴軍事設施。

「是受了凱摩先生的影響吧～我想他為了守護獸耳，要他成為魔王他都願意吧。畢竟他好像受了嚴重的洗腦……不是，受了不少教育呢～」

「你剛剛明確的說了洗腦吧？那的確是座會用惡意和殺意徹底殲滅敵人的漆黑危險要塞啦……」

「我想他應該是利用了在活動中獲得的特殊技能『創造迷宮』吧。那是只有凱摩先生和布羅斯才有的特殊技能。」

「這麼說來他好像有說過這件事……咦？可是在『Sword and Sorcery』裡，好像有很多人在做迷宮啊……」

「因為那兩個人在私底下偷偷販賣『人工迷宮核心』啊。有不少玩家利用那個成了迷宮之主。要是這個世界還有其他擁有『人工迷宮核心』的玩家在，那事情可就不得了了。」

「那兩個人到底在做什麼啊……有人在現實中創造迷宮的話那可不妙啊。」

被流放到異世界的玩家。

根據那些玩家手上持有的道具和技能，有可能會讓這個世界陷入莫大的危機之中。

特別是「人工迷宮核心」可以任意設置迷宮，迷宮之主還能任意的操縱迷宮。由於這個道具甚至可以在城鎮裡創造出迷宮，是比自然發生的迷宮更棘手的玩意。

「光是想起這件事我的頭就開始痛起來了。總之現在先吃完晚餐吧……」

「是啊……總覺得一開始思考之後的事情我就快病倒了。我還不想過勞死啊。」

雖然這可能是他多心了，但傑羅斯總覺得轉生過來的都是些個性或人格上有些毛病的人。先不提他自己，可是他至今遇到的不是有些特殊癖好，就是在性方面特別積極的人，沒一個像樣的。

像是好色村跟布羅斯。杏也有一些奇怪的堅持。

就連看起來很普通的莉莎和夏克緹，大叔都開始懷疑起她們是不是有些奇怪的嗜好或是性癖好了。

大叔可能變得不太相信人類了。

在傑羅斯他們兩個聊著男人間的話題時，在他們身後圍著餐桌吃飯的女性們也一樣聊了起來。

「為什麼呢？這肉明明是異世界風格的調味，我卻覺得這是日式料理……是我的錯覺嗎？這不是日式料理吧？」

「我想那是因為傑羅斯先生總是在做日本的家庭料理吧？就算知道調味不一樣，但最近這幾天都是傑羅斯先生在做飯，所以才產生了這樣的錯覺。」

「我有點羨慕妳們呢。因為哈薩姆村的料理味道很怪……那道料理好像叫『司巴拉寇特利司提』，味道又酸又甜。」

「「那是怎樣的料理啊？好令人在意……」」

雖然三個人都對異世界的調味不太滿意，但唯似乎吃過奇特的地方料理。

光是她說「又酸又甜」，味道聽起來就很怪了，從料理名稱也無法判斷是怎樣的料理。

最重要的是看唯臉上那個不滿的表情，更讓人肯定她吃的料理味道很奇怪。應該是特別不合日本人口味的料理吧。

「雖然是用肉燉煮而成的料理，可是入口瞬間的黏稠口感加上強烈的酸味，還有在那之後出現的那股難以言喻的甜味，感覺真的很噁心。可是村裡的人們吃那道燉煮的料理都吃得津津有味呢。」

「……那不是料理吧。怎麼想都覺得那應該沒經過什麼像樣的調理過程。」

「嗯……就算是在伊薩拉斯王國鄉下，也沒有那麼糟糕的料理。材料先不提，基本上都能吃吧？」

生活在不同地區的人，習慣的口味也會不一樣。

以日本為例，通常愈往北邊，料理的口味就愈重。

所謂的地方料理，就是會用當地特有的方式來調味，所以來自其他地方的人有時候不一定會覺得好吃。生活環境和風土民情會讓人的口味有著很大的差異。

光是地區都會有不同的口味了，換成是距離更遠的外國，更甚至是異世界的話，各地就算有些什麼亞特他們不知道的危險料理也不是什麼怪事。

大叔的「珍奇食材天婦羅丼」他們還能普通地吃下肚，所以算是比較像樣的料理了吧。

「大家吃完飯後，今天就各自休息吧。亞特你明天起還要繼續來幫忙，所以今晚你就好好睡一覺吧。畢竟魔導鍊成很耗神呢。」

「喔？我還以為你今晚也會逼我繼續做零件。」

「你想要的話也行啊，不過我可沒有那麼黑心喔？該休息的時候我還是會好好讓你休息的。」

「「「……你騙人。」」」

亞特小隊全員都否定了這句話。

大叔叼著香菸，迅速地逃到屋外，點燃了香菸。

傑羅斯在窗外裝傻地吞雲吐霧的樣子，在亞特看來只覺得他正拚命地想要把這件事蒙混過去。

他很熟悉這狀況……不，應該說太熟悉了吧。

傑羅斯身為一個玩家，似乎完全得不到大家的信任。

◇◇◇◇◇◇

兩位女性和亞特夫妻分別借用了二樓的兩間空房，早早就寢了。

雖說有照明用的魔導具，可是這個世界的居民們多半晚上十點就睡了。就連酒館也幾乎都只會營業到晚上十二點。

這是異世界的常識。除了罪犯或是有什麼要事需要處理的人之外，沒人會在深夜活動。

日出而作，日落而息。可以說他們過著非常規律的生活，但更顯得他們沒什麼娛樂。

這裡沒有像地球上那樣營業到深夜的店家，酒館也因為要事先備料跟補充食材、酒類，所以白天時也很忙。

他們在某種程度上算是有著固定的生活節奏。

就在這個已經過了半夜的時候，傑羅斯從床上爬了起來，打開了位於一樓客廳的地下倉庫的入口。

他的目的地是位於倉庫深處的邪神的培養槽。

「唷，小邪神。不好意思這麼晚打擾妳。畢竟不到這個時間，我沒辦法來找妳呢。」

『……汝似乎離開了很長一段時間。老實說吾正閒得發慌啊。』

他從培養槽的小窗看了看裡面，只見邪神正以年幼少女的姿態漂浮在培養液中。

雖然她看起來好像還滿開心的，不過沒事可做，所以很閒這點倒是沒錯。

大叔苦笑，但他仔細一看，發現邪神的樣子似乎有些變化。

「咦？小邪神……妳的翅膀跟角怎麼了？」

『嗯？因為閒著沒事，吾就對這副身軀做了各種嘗試，發現能夠將翅膀和角收起來。不，應當說可以分解及重新建構，這樣汝能理解嗎？』

「那樣不是收起來吧，是妳可以改變自己的身體。」

『只是枝微末節的小事。身體之於吾本來就毫無意義。只是顯現於物質界時需要罷了，畢竟吾原本是所謂的能量生命體。唉，實際上吾也無法說明其定義。』

「是指這個世界上沒有能夠說明的用詞，或是很難定義妳的存在嗎？我想簡單來說，只要把妳當成奇妙的生物就對了吧。」

『……感覺吾被汝當成了珍禽異獸，儘管沒錯，但吾很不悅。』

她完全足以被當成是珍禽異獸。

大叔一邊和她交談，一邊從道具欄中取出紙袋，把內容物倒進筒子裡。

『……嗯？汝在做什麼？』

「這是帶給妳的土產，只要按內側的按鈕，就會一個個掉進培養槽裡，妳有空時品嚐看看吧。」

『按鈕？是指內側這個凸起物吧。汝說品嚐……是食物嗎？』

「是糖果。因為一般的食物沒辦法放進培養液裡啊。不是固體的話馬上就會溶掉了，得有一定的硬度才行。」

『哦……吾來試試。』

小邪神把手伸向培養槽內側的按鈕後，糖果隨著「叩咚」的聲音掉進了培養槽裡。

邪神拿起了那顆糖果放入口中。

『喔？喔？這……這就是所謂的美味嗎？』

「妳……在邪神戰爭時吞噬了不少生物吧？捕食的時候沒有味道嗎？」

『沒呢。那時吾一心只想吞噬那些傻玩意，再說吾本來就沒有味覺。那時的吾只是會強制蒐集情報的存在。』

「沒有世界的管理權限，神也只是麻煩的生物啊……不對，已經脫離生物的定義了，是會帶來麻煩的暴食生命體嗎……」

『說得真難聽。吾確實藉由吸收物質獲取了情報，但吾可有好好地將魂魄歸還至輪迴之圓環喔？每個魂魄都像是吾等的卵，經歷永劫時光後將臻至於「神」。吾只是為求方便才稱為神，並非人類信仰之神喔？本質上近似於機械吧。感情只是配合這個世界存在的，吾等原本是沒有情感的。』

簡單來說，就是管理世界的「神」本來就不具有情感。

然而從高次元顯現於物質世界時，感情——人格的情報能派上不少用場。

從上位的高次元世界讓終端降臨於三次元世界進行管理的情況下，若是維持原本不帶情感的人格，很難控制力量的強弱。因為三次元世界和本體存在的世界及其法則不同，從上位世界進行干涉，將對世界造成莫大的影響。

人格在管理低次元世界時相當於限制器的功能，讓神能基於善惡的判斷基準和思想等情報來順利地管理世界。

儘管如此，愈上位的存在愈難掌控力道，所以每當要管理時就必須建構管理用的終端才行。

沒有管理者的這個世界處於異常狀態，小邪神只是要完成她身為管理終端的責任罷了。

儘管如此，她還是超脫了人類常識的範疇，最初創造這個自己要管理的世界的「神」似乎搞砸了很多事。

實際上原本負責管理這個世界的高次元神，就把小邪神視為是失敗作。

而小邪神醒來後，世界已經快要崩壞了。

「別說添麻煩了，根本超不負責任的吧……這個世界的創世神也太隨便了。」

『吾僅須完成任務。一個星球毀壞也無所謂。』

「事情的規模實在太大了呢。我是希望別摧毀這個世界啊。而且管理神好像也有個體差異呢～」

『有吧。吾之創造主有著優異的能力，在管理世界上卻十分隨意。將汝等送來的諸位管理神比較細心地在管理世界吧。』

「轉生者——還是該說轉移者？不管是哪個，都為這個世界帶來了影響。恐怕是為了隱藏小邪神的存在吧。畢竟妳要是一直那麼脆弱，四神便能輕易地收拾掉妳。」

『期盼哪天能達到那個領域吶。嗯，糖果真好吃。』

明明在說非常重要的事情，小邪神的嘴裡卻舔著糖果，很是開心。

她在培養液中邊轉圈圈邊品嚐糖果的樣子，不管怎麼看都是個普通的年幼女孩。

「這麼說來，小邪神妳沒有名字嗎？」

『沒呢。因為吾在獲得名字前便被封印了。』

「那我幫妳取個名字吧。一直叫妳小邪神也很奇怪。」

『嗯。有個方便稱呼的名字比較好。拜託你想個適合管理者的名字。』

被她用期待的眼神看著，大叔有些慌張起來了。

老實說他想起了自己的命名品味實在不可靠的事。

連現在用來自稱的名字，也是他年紀一把了還中二病發作所取的角色名。是因為在異世界才能過關的玩意。

『神……既是個體又是一切，是Α（Alpha）又是Ω（Omega）……阿爾法，阿爾菲雅？阿爾菲雅・奧米加……不不不。奧米加……梅加……梅加斯？』

大叔超級拚命。

他就像是在想孩子名字的父親，用盡了全力在思考。

畢竟這是直到這個世界毀滅為止都會一直流傳下去的「神」之名。不能順著當下的情勢隨便亂取。

「好，從今天起妳就叫做『阿爾菲雅．梅加斯』。」
『嗯……聽來不錯，但總覺得有哪裡怪怪的吶？』
果然在下意識之間還是脫離不了中二病。
『……嗯？』
「那個……妳不喜歡這名字嗎？」
『不，沒事……（這是……）』
「那今天就先到這裡吧。畢竟到了早上我還有很多事情要忙。」
『嗯，下次來時也帶糖果來吧。』
趁機要求他帶糖果來的「阿爾菲雅．梅加斯」。
大叔對她苦笑著，但還是答應了她，離開了地下倉庫。
留在原處的她則是——
『儘管只侷限於一部分，但阿卡夏紀錄的閱覽權限開放了？造訪神域的權限也……雖說距離吾能出去的時間不遠了，但要是被四神們發現就不妙了。』
她從封印中被解放出來時，這些權限依然是鎖上的。
所以她才會追著四神，企圖併吞她們的管理權限。
可是這次她光是獲得命名，就成功的獲得了部分的管理權限。
『嗯……是存在的確立嗎。愈是為人類所認知，其認知便能轉化為行使管理權限的力量。那麼該怎麼做呢……』

加諸於自身的另一個封印。

她雖然想以管理者的身分復活，但若維持現狀，她不是四神的對手。

就算被視為是「神」，自己的力量還是太弱了。

重生後的「神」認知到自己的弱小，開始盤算著接下來的計畫。

同時享受著嘴裡的糖果滋味——

第六話　交給無關的人去擦屁股

在位於世界之外的某個領域，一位天使正被工作追殺著。

那裡是龐大的情報領域，看起來就像是科幻作品中常見的系統管理室。

大量的資訊投影在透明的螢幕上，迅速地操控著控制面板的鍵盤比電腦的還多。每當投影出新情報時，空間中便會出現發光的線條，構成無數類似魔法陣或基座的圖樣。

儘管天使拚命地嘗試造訪管理領域的系統，仍毫無進展。她試著用了各種方法，還是難以掌控這龐大的資訊量和次元領域。

「辦不到啦……要我解析這麼複雜的系統，我辦不到啦……光是能完成神域的物質化投影就該誇獎我了。」

有著一頭美麗金髮的天使路西菲爾因為超乎預期的困難任務而哀號著。

她也是被創造出來當管理世界的系統的，雖然不如觀測者，還是具有能處理龐大資訊量的能力。然而就算她用上了所有能力，作業依然沒有任何進展。

她只覺得上司派錯人來了。

「至少也要有十位處理能力與我相當的管理者，才有可能掌控啊。那個笨蛋主人……回去之後我要痛揍他一頓！」

她口中只吐得出怨言了。

「高階觀測者」創造的系統正是如此的堅固。

管理系統徹底拒絕她的接觸，甚至讓人覺得路西菲爾所在的次元世界還比較鬆散。這根本不可能。

系統的水準高得嚇人，而且還堅不可摧。在某種程度上說這是個完美的系統也不為過。

『連緊急特例都不允許，到底是怎樣啊！這個次元的觀測者是有多保密主義？沒有管理者的世界系統卻這麼堅固……不，應該說頑固，太奇怪了啦！』

在次元管理上，鄰接世界的異常狀況是不可忽視的問題。

一個次元世界的崩壞有時會產生連鎖反應，牽連其他的世界，所以同性質的管理者通常具有造訪其他世界系統的權限。

然而這個權限在途中就被系統擋下了，這根本是前所未有的事。

更何況這個世界上沒有觀測者，幾乎是系統在自動管理，低階的神則是在各個地上世界恣意妄為。

那些低階神之中的一部分神，對包含路西菲爾他們的世界在內的好幾個次元世界造成了麻煩，但既然無法掌控神域，其他世界再怎麼不滿也無可奈何。

尤其是魂魄體的管理非常重要，如果是轉化為高位的魂魄還有辦法回收，低位的魂魄被召喚至異世界將會改寫現象法則，並且由於脫離了輪迴轉生的架構，很有可能會轉變為引發異常狀況的ＢＵＧ。

不，應該說已經變成ＢＵＧ了。

最慘的情況下還有可能會化為破壞次元領域，引爆次元連鎖崩壞的炸彈。

來自不同法則的魂魄——能量體會變成如此危險的存在。

包含路西菲爾在內，各個不同次元世界的使徒們都必須想辦法回收被召喚過來的魂魄。

『幸好，根據在該處獲得的情報，召喚陣已經遭到破壞，不會再造成更多的危害了。做得好！幹得好！』

儘管掌控系統的作業毫無進展，但她還是成功的從阿卡夏紀錄抽出了情報。

拜此所賜，她可以看到目前發生的現象，確認被送至這個世界的刺客的狀況。

『不過被送來這個世界的人也有一半已經死了呢。得想辦法回收他們的魂魄才行……真是的，那四個人就會惹事！』

身為她上司的「觀測者」。

暱稱是「凱摩先生」，由他送來的刺客們。

主要的刺客現在也很有活力地在活動著，但其他多半都死了。

這是因為四神不是把轉生者們丟在難以確保食物來源的沙漠地帶，就是有凶惡的魔物棲息，生存條件十分嚴苛的原始森林，再不然就是山脈的山頂上。根本是超過惡作劇程度的殘忍行為。

這些遭到任意棄置的轉生者中也有年幼的孩童。在她搜尋稍微有辦法操控的「聖域」監視系統時，也看到了四神笑著觀賞那悽慘景象的紀錄。

這過分的行為讓路西菲爾相當生氣，不過看到主要的刺客（傑羅斯）用舊時代的兵器破壞了用來召喚勇者的魔法陣時，她的心情爽快多了。甚至忍不住說了句「活該！」

路西菲爾盡可能地回收了那些本來就是為了藏住主要刺客，負責混淆視聽的無辜魂魄，並將這些魂魄送回了原本的世界，然而擁有強烈的自我或抱有深刻恨意的魂魄到現在還沒能全數回收。

這是因為這世界的現象扭曲嚴重到超乎預期，讓他們在原有的管理世界做的調整出現一些誤差。

然而眼下的狀況就是儘管事態不斷惡化，他們卻無法出手干涉。

「這個個體……代號666，叫『傑羅斯』嗎。真是優秀呢。他能再多找一下那些傢伙的麻煩就好了。」

他是上司「凱摩先生」送來的強力刺客之一。由於是刺客中最受期待一位，總之就安排了這個不吉利的代號給他。

期待他的主要原因，是因為凱摩先生讓他帶著「尚未成熟的觀測者」的核心。

邪神戰爭時期尚未成熟的觀測者——「後繼者」沒有這個次元世界的管理權限，引發了系統上的錯誤。在自我意識也尚不成熟的狀態下，只會順應本能地追著擁有管理權限的四神，並為了獲取情報而反覆地捕食、吸收生命體，使自體進化。

雖然捕食的魂魄回歸了輪迴之圓環中，然而後繼者同時分析了知性體的記憶和現象情報，再搭配阿卡夏紀錄來追蹤四神。考慮到這些行為很有可能會使世界崩壞，就覺得這實在不是觀測者該做的事情。

內部蘊藏的力量過於龐大，觀測者本身就差點要引發次元崩壞現象了。

雖說付出了莫大的犧牲，但真虧他們光靠召喚來的勇者們就成功封印了觀測者。簡直可說是奇蹟。

『是該感謝前任觀測者留下了封印用的神器，不過實在太容易毀損了。要是還留存在這個世界上，我們就能回收並調整成最適合那人使用的狀態了……』

要是觀測者的雛型還在，就可以透過外來者確實地掌控並將其修正為原本應有的姿態。可是這個次元世界是完全獨立的，完全不接受其他觀測者的請求。

正因為無法隨意出手干涉，只能慢一拍的來對應現況。

光是沒演變為最糟糕的狀況就足以算是不幸中的大幸了。

路西菲爾思考著這些事，卻在下個瞬間遮住了自己的臉。

因為她面前的螢幕上正顯示著「漆黑流星巨蟑」的英姿。

「殺了我——————！」

非她所願地強制行使正義的影像，讓她的生命值歸零了。

那畢竟是過去的紀錄，是無法抹滅的黑歷史。只有能夠操縱現象的觀測者有辦法抹去這件事曾發生過的事實。

「喔……這裝扮跟動作還真是特別啊。」

「這發展很熱血耶！」

「……」

「誰啊？」

她猛然回頭，只見那裡有三名位階明顯高於她的上位存在。

一名是漆黑的魔神。外觀看起來明明極為不祥，卻散發出神聖氣息的高階管理神。

另一名看來像是中性的幼童，但有著遠勝過另外兩位的強烈存在感。不管怎麼看都是位「觀測者」吧。

最後是白銀色的龍，恐怕是直屬於觀測者的守護者。

不過仍可感覺得出位階遠高於路西菲爾。

「我是回應請求過來幫忙的。我叫『威爾薩西斯』，原則上是個一級次元管理神。」

「我是『————』。抱歉，那是這裡沒有的語言呢。為了方便稱呼，叫我『索拉斯』吧。這比較接近我原本的名字。」

「……『普洛特．傑洛』。遵循主命，前來協助掌控系統。」

來者是態度桀驁不馴，外觀像魔物的管理者，還有像個孩子的觀測者，以及感覺不到任何情緒，機械性的龍。

雖然感覺是很可靠的幫手，但路西菲爾的心中仍有股難以抹去的不安。

「多謝各位。我叫路西菲爾。事不宜遲，請各位協助我掌控系統。因為這些資訊量光靠我實在處理不來……」

「這還真難處理啊。我也沒見過這種狀況……」

「嗯～……我在某種程度上掌控住了。不過這有點問題吧？多次召喚勇者而和異界有所接觸，未回歸的異界魂魄……原因出在這裡吧～現象產生了異變。為什麼等級式的急速成長系統會變成現實啊？這根本是遊戲吧。不對，應該說是受到化為ＢＵＧ的轉生者魂魄影響，『順勢變成了這樣』吧？狀況變得很奇怪呢。」

「我們需要這個世界的觀測者權限，要是有後繼個體在，就能解鎖系統了……但目前無法解開保護程式。中樞系統的防護鎖被分割為四份。現在解除了３％。」

「「「咦？」」」

「後繼個體現在以未成熟的狀態甦醒了。已解除阿卡夏紀錄的閱覽權限。現象干涉權限仍維持現狀。甦醒個體開始閱覽情報。次世代觀測者權限固定由個體名『阿爾菲雅．梅加斯』所有。」

狀況突然產生了變化，令三名協助者啞口無言。

因為他們確認了這個世界有次世代觀測者存在，且由於系統登錄了個體識別名稱，而解除了部分的防護鎖。就算僅解除了3%，以廣大的世界來看，那也是十分龐大的資訊量。

這是很值得高興的結果，然而這件事要是被那四名管理者知道就糟了。

「現在將管理者權限移交給『阿爾菲雅．梅加斯』，神域及聖域的管理權限維持現狀。以次世代的成長為最優先事項。」

「也就是說，因為後繼個體在未成熟的狀態下甦醒，所以沒辦法完全解除系統的防護嗎？」

「看來是這樣。不過這樣就能從管理者範圍中剔除那些『麻煩的傢伙』了。」

「不過這個世界的管理權限是固定的呢。就算被世界認可為觀測者了，管理權限現在還是在那些笨蛋手上。問題就在於要怎樣抓住她們，奪取管理權限。」

「在那之前要先讓醒來的後繼個體變強吧。照現在這樣，連笨蛋們都能輕鬆取勝。異常進化種——是叫魔物嗎？我提議聚集這種生物內含的力量，讓後繼個體吸收。反正要修復這個世界的現象平衡，就利用現況來強化她吧。」

「嗯～……雖然是這樣說，不過勇者？以我們的角度來看是抗體啦，總之現象系統吞噬了不少勇者的魂魄。不僅魂魄一直被放著沒被回收，還有很多是從和凱摩先生同樣的物質世界召喚過來的。因為他們的世界沒有魔力，未經過調整又出於好玩的給了他們強大的力量後產生異變，因此這些魂魄已經變成BUG……不對，變成病毒了吧。」

「等一下，這表示『抗體系統』失控了嗎？到底是什麼狀況啊！」

「不把異常狀況視為異常狀況的世界……比方說等級低的個體可以輕易地打倒高等級的個體，或是出現了成長速度異常的進化物種，這明明很矛盾，卻沒有人感到奇怪。理所當然的接受了這些事，把這些視為是常識。」

「或是出現了力量非比尋常的高等級個體……真麻煩啊。『魔王級』雖然在預想的範圍內，可是數量隨便增加的話，會破壞整個生態系的。沒弄好可能會使一個星球消失。而且他們還意識不到事情已經太遲了。」

「光是犧牲一個星球就沒事了那還好說。這要是變成了特異點，這個次元會整個崩壞呢。不趁早想點辦法的話……」

事情變得出乎預料的麻煩。

如果問題只出在四神上那就好解決了，但是世界的法則本身出現異常的話，總有一天會惡化到無法修復的程度。

正由於系統非常複雜又精細，崩壞的餘波會影響到所有在系統管理下的世界，一個不小心甚至有可能會因為自行崩壞而消滅。

最糟的情況是化為虛無的空間把其他的次元空間給吸引過來，引發連鎖崩壞。

「該說幸好只有一個星球的法則崩壞了而已嗎？不過也不可否認這裡有可能成為起點。機率太高了。我是希望能盡快修正這個錯誤，可是……」

「問題在於沒辦法掌控神域呢。要是次世代的觀測者來得及趕上就好了……」

「不容易啊……嗯？這麼說來，那個喜歡獸耳的觀測者，利用這個世界的資料建構了一個虛擬世界吧。我記得是叫『Sword and Sorcery』的遊戲……？有那個遊戲的資料嗎？」

「有喔。但我覺得那只是主人在玩而已……」

「可以讓我們看一下那些資料嗎？我很在意，有種很不好的預感。」

路西菲爾的神核中存有關於「Sword and Sorcery」的資料。那是從邪神戰爭開始前到邪神戰爭終結，並延續到近代的法則為基礎打造的模擬世界。

她自己認為那只是主人用在玩遊戲的感覺去建構的東西，所以沒把這件事看得太重要。

她知道主人曾多次改寫「Sword and Sorcery」內的現象情報，反覆在進行某種模擬測試，不過路西菲爾只覺得那是主神在玩而已。

「全生命體的生態崩壞危險性，高。檢測出複數異常變質個體組成的群體——已超過生物應有的極限值。推測遲早會發生生命體崩壞現象。」

「喂～那些被召喚過來還覺得『超爽的啦！』的傢伙們的知識情報是不是混進去了啊？各式各樣的法則都混在一起了耶？這裡本來應該是個沒有等級概念那種東西存在的世界啊……這很顯然是大規模召喚行為造成的影響。太亂來了。」

召喚勇者是在世界出現異常事態時，請求外界世界的觀測者協助之後派遣過來的救兵。可是要戰鬥的話，一般的人類肯定一下就死了。

由於受召喚方的世界和召喚方的世界法則乍看之下或許相同，實際上卻完全不同，所以會藉由在召喚時做一些調整，讓受召喚的勇者變得更適合作戰。這就是所謂的「抗體系統」。

透過讓勇者打倒異常個體，吸收變質的力量來達到淨化的效果。同時讓力量積蓄在勇者的體內，讓勇者自己成長為強大的個體。然後在將勇者們送回原有世界時收回他們吸收的力量，回歸於世界，藉此確保世界的平衡——本來應該是這樣的。

然而這個世界多次召喚了勇者，而且沒做任何關於各個世界的調整，就這樣放置不管。

再更進一步來說，因為是維持這個世界的系統負責處理受召喚前來的勇者的調整事宜，這當然也加重了現象的負擔。

最糟糕的是沒被送回去的勇者們的魂魄脫離了輪迴轉生的圓環，異樣的力量沒被回收，就這樣持續滯留在世界上。這些力量侵入了現象管理系統領域，開始侵蝕起管理系統。簡直像是電腦病毒。

這影響甚至波及到生態系，使得愈來愈多的生物進化得異常強大。

麻煩的是被召喚來的勇者們，是分別從不同現象的世界被召喚過來的。

本來應該要由召喚方和受召喚方的觀測者們事先做好調整的，勇者們卻全都在未調整的狀態下被召喚到了現行的系統下，使抗體系統陷入了飽和狀態。

而四神們連這種事情都沒事先確認過就不斷召喚勇者們前來的結果，就是異世界的現象也漸漸地深入並累積在這個世界裡，大幅地侵蝕了這個世界。

造成了次元本身都出現了扭曲這種極為嚴重的事態。

「『界線突破』這我還可以理解，可是『臨界點突破』和『極限突破』是怎樣？這個已經脫離生物的範疇了喔。直接跳到了成為上位存在的階段了耶？過不久說不定連『復活死者』這種事情都有可能會出現。很麻煩啊。這種事情怎麼能發生在現實之中……」

「在短時間內完成需要耗費稱得上是永遠的時間來完成的變化。生命體怎麼可能承受得了這種事！正常來說肉體和靈魂應該會在『臨界點突破』的時候就消失飛散了。還好是在虛擬世界裡啊。」

「持有的能力也不正常呢。與其說矛盾，不如說搞得一團亂啊。法則根本不成法則。明明是這樣，卻創造出了新的定理。沒完沒了啊……在虛擬世界的模擬測試結果，實際發生在這個世界上了。出現了一大堆異常進化物種啊。」

法則失效瓦解，這將導致世界的崩毀。

異常現象取代了正常的定理，為世間萬物帶來巨大的矛盾，而矛盾的現象變成極大的負擔，最後世界便開始自行崩壞，使一切回歸於無。

如果這是依循自然法則而產生的創造與破壞那還沒有問題，然而異常的世界崩壞會擴散到周遭的領域，造成更大的崩壞現象。在某種意義上說是侵蝕也不為過。

能將這個異常現象控制在一個星球內是奇蹟，同時也是引發悲劇的契機。

可是問題就在於棲息在這個世界上的知性生命體無法意識到這個異常現象。

「本來生命體變得再怎麼強，等級到達５００也就是極限了。這居然超過１８００？而且還是在短時間內達成的！」

「弱小的生物……是叫魔物嗎？等級３００的生物在和等級超過５００的生物戰鬥耶，這下已經太遲了吧？一定有哪裡扭曲變異了……」

「扭曲……要去找出特異點嗎？可是目前很難去執行這件事啊。」

「我想應該是被召喚過來的人，他們的魂魄像是侵入了體內的病原體，正在侵蝕系統。既然無法掌控系統，也就沒辦法去找出這些病原體。自淨系統好像也有在運作，以現狀而言無法得到更多的情報了。雖然大概可以猜想得到，仍脫離不了臆測的範圍啊。」

「要求與『終結者』接觸。要求『終結者』不進行『臨界點突破』及『極限突破』。建議藉此減輕系統負擔。固有觀測者名『凱摩先生』的干涉程度不明，須確認。」

「我也不知道主人到底干涉了多少。畢竟我是忽然被送到這個世界來的。比起那個，要怎麼處置包含知性體在內，進化至上位的異常生物們？我是覺得要全數剔除也有困難啦……」

「認可威爾薩西斯建議之方案，利用於次世代的成長為有效手段。讓魂魄回歸輪迴轉生之圓環，力量成為彼之食糧。建議在這段期間內掌控系統。」

「那些笨蛋們不會來礙事嗎？她們是一群自我中心的傢伙吧？」

「這可能性很高。該先執行哪一邊呢……還有一個手段就是了，可是這得和『終結者』接觸後拜託他執行才行。」

刺客──「終結者」是用來對抗四神的存在。

同時也肩負了復活並守護次世代觀測者的任務。這個計畫目前看來是成功的。

然而次世代觀測者是尚未成熟的個體，別說攻擊了，就連防禦都辦不到。

而且和「終結者」接觸，有可能會讓四神察覺「觀測者」的存在。

若是在現階段遭到抹煞就麻煩了。

「那麼先掌控聖域比較快吧？而且讓系統穩定下來的話，也能減輕負擔。只是得先堵住那些傢伙的退路才行。」

「可是那些笨蛋們窩在那裡耶？而且在那之前的問題是次世代還未發展完全。以目前的狀態，次世代光是來到外界肉體就會崩毀。唉，雖然說用上絕招是可以提早讓她復活啦。」

「就算成功了，既有的異常進化物種……也得放著那些凶惡的生物不管吧？要花上多少時間，次世代才能夠處理那些生物啊？」

「以上位者權限干涉聖域的系統，利用神託要求『終結者』。在施加偽裝後持續觀測。」

「結果還是只有這個方法啊～畢竟比起神域，聖域比較輕鬆。我們這裡人手也不夠，還是在事前先去拜託他吧。要什麼時候實行？」

「要等到次世代能夠行動吧？別擔心，那應該花不了多少時間。不過在那之前得別讓那些傢伙察覺到才行。」

「這樣感覺也有點太慢了呢……嗯～現在立刻接觸比較好吧。」

要掌控管理系統的步驟是依據諸神的規定來訂定的，不按部就班執行，是無法強行介入的。所以他們只能像這樣挑弱點來下手，無法迅速推進，令人焦躁。

目前事情是按照他們的期望在進行，但也不保證這種狀況會一直持續下去。

對現在的他們而言，重要的是要謹慎行事。除了其中一名——

「那誰要負責跟『終結者』接觸？」

「我來。反正只要運用分身，就不會被那些笨蛋發覺了吧。事不宜遲，我這就去找他。不過居然送了神級的刺客進去，還真是大膽耶～」

「看來主人有好好的在思考呢。我還以為他只會玩。」

「要求訂正發言內容。推測觀測者『凱摩先生』有七成是為了享樂。『終結者』的威脅指數目前仍持續增加。推測已具準低階管理神級。危險度高於四神。」

「……」

「也得去找出特異點才行啊……事情比我預期的還要麻煩。沒弄好的話『終結者』有可能會成為特異點啊。」

神及神的眷屬們多了許多要做的事情，認真的開始行動了。

◇◇◇◇◇◇

半夜，睡在同一間房裡的傑羅斯和亞特忽然醒了過來。

那是一種感覺，有某個人讓他們感受到了他存在的氣息。

有種說是呼喚聲，或是某種波動都不太對，一股難以形容的力量在呼喚著他們。

「傑羅斯先生？該不會……」

「亞特也感覺到了嗎……有誰在呼喚我們呢。雖然我不是聽到聲音，而是感覺到了某種意念。」

「而且他就在這個家裡面吧？」

「是誰呢？雖然我大概猜想得到，但也沒有明確的證據……」

對於出現在家裡的那個某人，大叔原則上是有個推論。

不過也無法排除對方是小偷的可能性。

像是聲音的波動也有可能是因為他太累而產生的誤會。畢竟那感覺十分微弱。
睡在床上的兩人起身，開門走向氣息傳來的位置。
「是在客廳吧？」
「你有確認門窗有沒有關好嗎？」
「我好像忘了看後門……」
兩人提高警戒，慎重地前進後，發現客廳的燈亮著。
從客廳裡也傳來了「喀鏘喀鏘」的聲音，他們不知道前面到底有些什麼。兩人手上拿著小刀，分別靠在門的左右兩側。
『我一打開門，我們就同時衝進去……』
『了解！』
他們用手打著暗號，盤算著衝進去的時機。
大叔緩緩地伸手握住門把，小心不要發出聲音，謹慎地轉動門把後，一口氣闖進了客廳裡。
「ＨＯＬＤ　ＵＰ！」
「我們是勇〇警察！」
然後阿宅魂就忍不住冒出來了。
「嗨，嚼嚼嚼……這個生火腿很好吃耶。我可以再吃一份嗎？」
「「………」」
有位散發著說不出他是少年還是少女的奇妙感覺的小孩子，擅自從冰箱裡拿了食物出來，正在那裡吃飯。

是個神經不是普通大條的小孩子。

「你是……」

「誰啊？」

「你們不是大概知道了嗎？比起那個，還沒要端茶上來啊？」

「你已經在喝麥酒了吧……這個畫面沒問題嗎？」

「小孩子喝酒……不能讓乖孩子看到這一幕呢。」

「畢竟不健康呢。不過我喝沒關係。是合法的啦。」

看來他不像外表那樣是個小孩子。

「唉，不過就算合法也實在不太妙吧。好了，畢竟時間緊迫，我就直接說我要拜託你們的事了。我叫索拉斯。只是方便上的稱呼就是了，因為人類唸不出我的本名，抱歉啊。然後我要拜託的事情是，我希望你們能和次世代的『觀測者』締結契約。」

「你在說什麼啊？觀測者？那是誰啊……」

「……」

傑羅斯懂了。這個小孩子所說的觀測者，指的是「阿爾菲雅．梅加斯」。

也就是說對方早就知道邪神復活的事情了。

他不記得自己有洩露消息出去，所以對方應該是透過什麼超自然力量得知的。

而且他發現對方肯定是「自己人」。

「嗯，不愧是代號666。我也很明白他為什麼很看好你了。」

「你是讀了我的心嗎？我看你應該算是站在我們這一邊的吧……而且是遠勝於四神的上位存在。」

「那表示……他是『神』嗎！」

「啊哈哈哈，人類不知道我們的存在啦。所以我跟你們口中所說的神不一樣。不過你的答案沒錯。不愧是讓次世代的觀測者復活的人。不僅冷靜，也很謹慎。」

索拉斯大笑了一陣子後，開始簡單地說明狀況。

要讓「阿爾菲雅．梅加斯」成為完全體，必須要有龐大的存在力──魂魄積蓄的力量。存在力也就是所謂的經驗值，可以藉由打倒魔物取得。

只是這麼做總是伴隨著危險，所以需要透過和「阿爾菲雅．梅加斯」定下契約，建立起能將經驗值轉讓給她的管道才行。

「……傑羅斯先生。這是我第一次聽說你讓邪神復活了的事喔？」

「有道是欺人先欺己啊。可是這還真是突然啊～是出了什麼問題嗎？」

「其實就是那樣。這個世界反過來被多數異世之人後來加上的系統給侵蝕，發生了異常的變化。而且那幾個笨蛋四神不僅沒辦法阻止，真要說起來她們根本就沒發現這件事。」

「多數異世之人？那是召喚勇者造成的影響嗎？」

「嗯，答對了！你腦筋動得快真是幫了大忙呢。從異世界被召喚至此的人，魂魄無法回到輪迴之輪中。畢竟魂魄的性質跟這個世界的不同，這也是當然的。而且他們為了守護這個世界而急速成長，改寫了升級系統。因此引發了錯誤，結果出現了ＢＵＧ。這樣講你們應該比較好理解吧？」

「嗯……大概可以了解狀況。」

「本來是得將被召喚過來的人給送回去才行的，實際上他們卻死在這個世界，只留下了魂魄。結果因為進不了輪迴之圓環，這些魂魄便滯留在世界的系統內。然後蓋過了這個世界的法則，改寫了系統，目前失控中。」

「到底召喚了多少啊……」

「應該隨便都超過上千人吧。她們亂來過好幾次，也曾經有過硬是召喚了約五百位勇者的時期。在邪神戰爭的時候啦。老實說我很佩服她們居然能成功召喚呢。一般情況下召喚陣應該會消失吧。唉，雖然相對的讓一塊大陸化為了沙漠……因為沒有來自受害世界的報告，所以才疏忽了這件事。真是的，那些傢伙還真做不出什麼好事呢。就是因為她們在那之後還繼續召喚，很令人頭痛啊。」

在邪神戰爭結束後，她們仍持續在召喚勇者。

沒有來自受害的次元世界的報告，就無法估計受到召喚的人數。

而且她們還在未經其他次元觀測者的許可下持續進行召喚，並參考隨機召喚來的勇者們的記憶，調整了「英雄系統」。主要是以電視遊樂器的遊戲相關知識為基礎來調整。

這結果造成了覆蓋在死去的勇者們的魂魄上的情報變成了ＢＵＧ，開始侵蝕世界。

自然生態系的法則被改寫為升級式，本來的自淨系統為了使法則合理化而修改了現象，使大家理所當然地接受了這個異常的世界。其他技能制度和覺醒技能也是這個時候出現的。

儘管如此，四神仍任性執拗地繼續召喚勇者。

召喚帶來的損害使得龍脈扭曲，魔力枯竭地帶擴大，同時也像是受到為了召喚而凝聚的魔力吸引，出現了魔力濃度較高的地區。

「法芙蘭的大深綠地帶」就是這樣的地區。

特別是能夠提高成長技能上限的「界線突破」和「極限突破」等技能已達到生態系的最大限度，現象管理系統無法全數處理，陷入了失控狀態。

想要讓一切回歸正常，就需要「觀測者」，可是「阿爾菲雅‧梅加斯」還是個不成熟的個體，得立刻讓她成長為完全體才行。

而且管理權限在四神身上。

問題就出在索拉斯他們無法出手干涉這個部分。

「我有個疑問，沒辦法回收那些勇者的魂魄嗎？我想那樣應該會多少變得輕鬆一點吧。」

「我們是很想這麼做，但很遺憾的，覆蓋在勇者魂魄上的定理變質，不僅埋入了這個世界的系統裡，還飄散在世界各處。將魂魄集中在一處也等於是刻意造成ＢＵＧ。沒辦法做這種危險的事情。畢竟我們沒得到管理者的許可，就無法出手干涉。你認為那些笨蛋會允許我們干涉嗎？」

「不會吧。所以才需要讓觀測者復活嗎……可是為什麼原本負責管理這個世界的觀測者，會在沒有管理者情況下放著這裡不管啊？就算不是他理想中的後繼者，這世界還是需要有個管理者來負責管理吧？我只覺得他腦袋哪裡有問題啊……」

「嗯～……原本的觀測者現在正在虛無的世界中建構新的世界，沒辦法問他呢。畢竟對方是比我更上位的存在，問上面的人，他們也都一臉事不關己的樣子。」

「那個雖然名義上是升職了，但只是被流放到偏遠的地方去吧？是不想跟任何人扯上關係嗎……

不，應該不會吧～」

「你猜得可能沒錯呢～老實說我也不想接近那個人。以前他曾經拿著歌德蘿莉服，或是頭腦是大人的少年偵探服裝，用奇怪的笑容追著我……」

「「完全可以理解！一下子全都懂了啊！」」

一點都不想知道的神的內幕。上位的神實際上很庸俗。

而且在各種意義上罪孽都很深重。

「可是有必要這麼急嗎？雖然我是第一次聽說要讓邪神復活的事情，但我不知道為什麼要強行去做這些事。」

「你是叫亞特？你的理解力意外的差耶。舉例來說，在那邊的傑羅斯，HP有875945０3耶……這還算是人嗎？先不提將生命力化為數值的問題，他是不會輕易就死掉的喔？已經踏入我們的領域了喔？」

「……咦？那在『Sword and Sorcery』裡是理所當然的……該不會！」

「沒錯，那個世界是以這個世界的情報為基礎製成的模擬測試世界。結果成長到了怪物的等級。一般來說，肉體應該會連同魂魄一起『砰！』地爆炸，把周遭的事物也拖下水的。那就是這個世界的現況啊。」

「原來如此……本來肉體應該是無法承受的嗎。既然這樣，我們這些轉生者的身體應該有做過什麼處理吧？讓我們就算成長到高等級，也能夠承受住……」

「說得也是。我想應該是用劣化版的使徒軀體為基礎，融合了你們原本的肉體吧。因為大概有十分之一是接近神的狀態，所以才能承受住這個世界強制覆蓋上來的資料，如果是你原本的肉體，這個國家早就毀滅了。爆炸餘波造成的傷害想必也非同小可吧。」

他們重新體認到包含自己在內，所有生存在這個世界上的生物全都是有意識會走動的限時炸彈。只要持續戰鬥下去，總有一天會碰到極限，最後連帶著周遭的事物一併盛大地爆炸死去。

以某方面來說是充滿了某種浪漫情懷啦，但身為當事人，這真是駭人的真相。

「哎呀，總之蒐集完模擬測試資料之後，那個世界就被改造成我們和你們這些小孩子們一起玩樂的地方了。因為改造的影響，你們的記憶認知也產生了變化。實際上剛開始蒐集資料時，那個世界根本是個爛遊戲。」

「「唔哇～～……」」

「因為那個世界不會受時間影響，所以我說是回到過去修正了問題的話，你們應該可以理解吧？現在你們記憶中那個開心的世界就是修正過的記憶。」

別說自己的記憶認知了，連過去的時間都能改寫。神的力量讓他們兩人說不出話來。

畢竟他們對此一點都記憶都沒有，所以才覺得恐怖。

『我們完全不覺得改造魔法這件事有哪裡奇怪的原因果然是這樣啊。應該認為神是建構了一個極度接近現實的虛擬次元世界。遊玩用的機體「Dream Works」是用來連接那個世界的媒介。因為原本就是神建構的，所以能夠竄改我們的記憶。應該認為神也多少干涉了現實嗎……』

儘管在預測的範圍內，重新得知這個事實還是讓他多少受到了一點衝擊。

「我要提問。我們的記憶被竄改了多少？在現實中呢？」

「在『Sword and Sorcery』裡是改過了很多次啦，可是那裡就像是虛擬實境世界嘛，對私生活沒有產生太大的影響吧？現實世界裡只有讓你們不會對遊戲機體和伺服器起疑的程度吧？畢竟事情鬧大就麻煩了，所以會做這種程度的修改也是無可奈何的事。除了遊戲世界以外沒有主動去修改什麼喔。順帶一提，你們現在的身體就算死了，魂魄也會被送回去。這我事前聽說過了，所以先告訴你們。你們就放心變成怪物吧。」

「「我拒絕！」」

現在就已經稱得上是怪物了。

他們一點都不想做更進一步的進化。

「除此之外還有很多必須急著進行的理由，不過最重要的理由是就算等級低，只要技能等級夠高，就能夠勝過強者這件事。這在現實中是不可能發生的吧？因為出現了許多這種異常個體，現在還在持續增加中。而且世界的法則本身已經出了錯，所以人們無法意識到這個異常狀態是異常的。你們應該能了解吧？」

他重新這麼一說，傑羅斯他們也了解了。

舉例來說就是「狂野咕咕」——烏凱牠們。

烏凱牠們明明應該是較弱小的魔物，卻在短時間內成長，成了凶猛的魔物。

而且還能聽得懂人話，具有比外表看起來更強韌的肉體和強度。

這從生物學的角度來看也很不尋常，牠們的成長速度徹底脫離了自然界的規範。

而且這個世界的生物還具有成長超過極限就會爆炸的危險性。

雖然不知道那個極限在哪裡，但傑羅斯認為在等級500以內還勉強算是安全範圍吧。

「我想要拜託你們的，是希望你們能夠立刻讓次世代的觀測者自由活動。為此要回收使魔物們過度進化的魂魄之力……為求方便起見，就先稱為存在力吧。要請你們去回收這些存在力。還有可能的話，也希望你們能找出勇者們的魂魄。只要轉送給次世代，她應該就會好好保管了吧。」

「這就是契約嗎……所謂的存在力就是經驗值吧？唉，讓小邪神復活這件事先不提，我們要怎樣捕獲勇者的魂魄啊？難道用結界包住帶回來就好了嗎？」

「勇者們的魂魄會依附在其他生物上，奪取牠們的肉體，變成你們所說的怪物作亂喔。我會先牽好管道，讓你們只要打倒怪物，魂魄就會自動送到次世代那裡去。哎呀，這方面我們是沒抱太大期望啦，不過有總比沒有好。還是希望能多少減輕一點我們的工作啊。」

「總覺得我們變成了被派遣公司派來，專門負責救火的專家啊……」

「唉，從我們的立場來看，就是那樣吧。雖然很不爽，但眼前的這些神也一樣是受害者，向他們抱怨也沒用。全都要怪這個世界的神。」

就連無關的神都被派來幫忙擦屁股了。雖說被神玩弄於鼓掌之間很讓人生氣，但就因為索拉斯他們也是受害者，所以就算多少有些同情，大叔也沒有想與他們為敵的意思。

「沒有風險的話我就接受。畢竟我也想幫幫那些受害者。」

「好了，既然事情談妥了，就帶我去見見新的同胞吧。是女孩子吧？我覺得基本上還是穿些輕飄飄的衣服好。內衣則是大膽的黑色……」

『『這傢伙也一樣啊！神果然都不能信任────────！』』

神再怎麼說都是超自然的存在，每個都恣意妄為到了一般常人的感覺無法理解的程度。
他根本沒資格說創造這個世界的觀測者。
不管是四神還是這些協助他們的神，每個腦袋裡都有點不正常。

◇◇◇◇◇◇

「阿爾菲雅．梅加斯」漂浮在培養液中。
因為實在太閒了，她便從阿卡夏紀錄中叫出資料，蒐集起情報。
讓自己回到原本應有的狀態就像是她的本能，所以她絕對無法容忍四神的存在。可是現在的她還太過無力了。
此時她感覺到了自己以外的高位存在。
『是何方……不，這問題太傻了。想必是來自異世界的同類。既然企圖和吾接觸，吾應視為情況有什麼進展了嗎，還是……』
阿爾菲雅不認為外界的諸神會對這狀況袖手旁觀。
實際上他們已經送了轉生者這些救兵到這個世界來，就算再派使徒過來也不是什麼奇怪的事。
『是有好消息，還是有什麼意料之外的狀況呢。不管怎樣，吾都沒辦法離開這裡就是了。』
現階段沒有任何她能做的事情。
無法自由行動的阿爾菲雅還得再度過一段空閒的時光。

第七話　狀況緩慢但確實地在改變

傑羅斯正在自家的庭院裡拿扳手鎖緊螺帽，不斷傳出金屬互相摩擦的聲音。

確認螺帽已經鎖緊了之後，他拿出細長的鐵板放在上面，開始熔接固定，熔接處火花四濺。

鐵板上開了好幾個洞，一看就知道是用來固定什麼東西的五金。亞特則是在傑羅斯身邊拚命地組裝皮製的長椅。

他拿出水平儀確認平衡，並頻繁地更換測量的位置，確認成品是否有哪裡歪斜不正。

「嗯……煞車真的能發揮作用嗎？我是確認過拉拉桿會動了啦，但要是實際開到路上時才發現『車停不下來』，那可就笑不出來了。」

「拜託你不要說那種討厭的事啦。我可是把一切都賭在這上面了。」

「既然你這樣想，能不能請你把貨架的部分做完啊？我是想要調整一下尺寸啦。」

「為什麼要加上金工裝飾啊？我對自己的設計美感完全沒有自信耶。」

「因為要給貴族看啊，得有相配的外觀才行吧。」

觀測者索拉斯出現後的一週內。

這段時間傑羅斯他們都悠哉地埋首於製作「魔導式四輪汽車」。

已經大致決定好該做的事情了，他們接下來要正式開始行動。

為了小邪神「阿爾菲雅．梅加斯」的成長，他們得去狩獵大量的魔物，讓她快速成長。存在力——也就是所謂的經驗值，可以透過契約，將傑羅斯他們打倒魔物獲得的經驗值原封不動的轉移給「阿爾菲雅．梅加斯」。

進化後的高等級魔物本來就全是異常物種，必須經由人為手段徹底剷除。

可是在採取這些行動前，要先除掉亞特身上的限制，也就是他身為伊薩拉斯王國國賓的身分才行。所以他們才在這邊製作汽車。

「這車沒有排檔桿耶。雖然不試開看看不知道，但感覺真的開不了多快。」

「開不了多快吧。我想時速三十公里就是極限了。哎呀，還是比走路快就是了。」

「不，如果是在鎮上，用走的還比較快吧？」

「這可是馬車都會引發交通事故的世界喔？能高速行駛的交通工具太危險了。」

「原來如此。可是我們自己做的汽車和機車速度很快耶？」

「那是因為我們的腦袋裡有交通法規啊，自然就不會隨便亂開亂騎了。問題在於你認為要是忽然有能夠高速行駛的交通工具出現在眼前，這個世界的居民們會怎麼樣呢？」

亞特和傑羅斯都有駕照。

現代人得唸過交通法規，通過考試才能拿到駕照。所以很清楚車有可能成為會移動的凶器。

可是這個世界還沒有相關的法律，古代魔導文明期曾出現過的東西也全都失傳已久了。這表示他們一切都得從零開始。

「要做基礎公共建設，還有修訂相關的法律條文，從馬車在路上跑的時代進入汽車文明期。這輛車肯定會造成時代的變動。一切就只為了改善亞特的生活呢。」

「這要怪在我頭上喔。」

「那當然吧。你為了和唯小姐一起生活，選擇了汽車來當與這個國家的公爵交涉的材料。你真的了解這件事代表的意義嗎？在運輸兵力和物資上，車可是非常方便的工具喔。」

「……你想說這會推動文明的發展嗎。不，就算是這樣，也還做不出可以運輸大量兵力的車吧？這世界也沒有汽車的生產線啊。」

要提昇車的性能必須花上很長的時間來累積技術力。

然而因為這個世界有矮人這種特別執著於技術的種族，大叔認為車輛——特別是其中運用到動力的技術會發展得比想像中更快。

「很難說呢～人的進步有時候會有超乎預期的進展呢。因為反過來說，只要準備好生產線，就能把士兵送往戰場上啦。」

「別說那麼可怕的話啦……這反正是遲早會發生的事吧？」

「如果是這樣就好了呢～特別是我一想到矮人那種黑心職場，就覺得技術可能會發展得比你預想得還要快呢～……呵呵呵。」

曾經多次與矮人共事的大叔，想起了在怨聲載道的職場裡持續做著辛苦的重勞動，最後成了工作中毒者的受害者身影。

一想到他現在正在製作的東西會變成造就那些受害者出現的原因，心裡便覺得有些鬱悶。

「大叔，你一臉空虛的在笑喔？感覺好噁心……」

「我想他一定是在擔心未來吧。畢竟他也老了。」

「原來大叔也是個人啊。我還以為他根本不會有煩惱。」

「今天沒有肉可吃嗎？肉～～」

「總覺得今天似乎能砍中他，該下手嗎……？」

教會的孩子們用體諒的溫暖眼神看著空虛地笑著的大叔。

雖然有個孩子的想法很危險就是了——

後來照目睹製作現場的伊莉絲的說法，他們全神貫注地在製作那輛樣品車。

總之「魔導式四輪汽車」完成了。

不用說，他們當天就去試開了。

◇◇◇◇◇◇

經歷了各種事情後，終於來到了公開「魔導式四輪汽車」的時候。

本來應該是傑羅斯他們要登門造訪索利斯提亞商會的，不過德魯薩西斯公爵剛好有事要找克雷斯頓，便順便到傑羅斯家來。

傑羅斯家前面停著一輛外觀是帶有金屬光澤的深綠色，充滿懷舊感的車。德魯薩西斯公爵和他的部下們正饒富興味的看著那輛車。

要用一句話來說明「魔導式四輪汽車」的話，說是「沒有馬的馬車」應該最好理解吧。設置在駕駛座前方靠腳邊的擋泥板，原本是用來擋下馬匹走動時濺起的泥巴的，不過這輛車不需要馬，所以擋泥板也沒必要擔負原本的責任，成了沒用的玩意。

他們將那塊由下往上延伸的擋泥板做得比較大，把用來控制車輪左右的方向盤和用來啟動汽車的鑰匙孔設置在上面。考慮到夜間行車的狀況，他們也加裝了「魔導式燈具」來取代一般的車燈，作為車子的基本配備。

以外行人的眼光來看，能夠看出的就是這輛車是敞篷車，雨天不能開這件事。

雖然後座是有可以撐開來遮陽的頂篷，可是頂篷的範圍遮不到駕駛座，所以駕駛肯定得淋雨。

「哦，這就是不靠馬就能移動的魔導具嗎……有趣。」

德魯薩西斯公爵以紳士的態度說出了他的感想。他嗅到了新的商機，露出了大膽自信的笑容。若是女人看到應該會心動吧，但男人看到只會害怕。

這位公爵在各種意義上來說都是個危險人物。

克雷斯頓前公爵也在場，不過他正覺得很稀奇地在魔導式四輪汽車附近晃來晃去。第一次看到車的人自然會做出這種反應吧。

「要啟動時，請把鑰匙插進駕駛座旁邊的鑰匙孔後轉動鑰匙。速度比馬車快，不過能行駛的時間會依據魔石的量而改變。十個哥布林的魔石可以行駛三十分鐘。」

「嗯……那麼魔石的屬性呢？這個魔導具是對應哪種屬性的魔石？」

「只要有魔力，不管是哪種屬性都沒關係呢。請當作它可以對應所有屬性吧。」

「原來如此，那麼……速度呢？和馬車在速度上差多少？」

「比馬車快喔。哎呀，不過提昇速度也會消耗掉更多魔力。魔力的消耗量不是很划算呢。」

「你們要把這個魔導具讓給我們？然後要索利斯提亞、伊薩拉斯王國、阿爾特姆皇國這三個國家一起分擔製作流程？由我國生產不是比較好嗎？」

公爵確實戳中了他們的痛處。不過他們也不能在此退縮。

這對德魯薩西斯公爵來說想必是預料之內的問題。

「伊薩拉斯王國是富有礦物資源的國家。很適合製造零件，現在也不用花太高的人事費用就能僱用到人手。由索利斯提亞魔法王國製作關鍵的部分，再由阿爾特姆皇國組裝。然後用高價賣給梅提斯聖法神國的暴發戶。反正他們的魔導士人數很少，根本生產不了。而且我們也順便在動力設備和魔石庫上設置了能自動消除魔法術式的魔法陣，就算他們拆解了這東西，技術情報也不會洩露出去。」

「這東西當然也要販賣到各個國家去吧？該怎麼輸送？」

「碰到這種狀況，就由負責的國家分別把零件送過去，在那個國家組裝吧。只要握有魔力引擎和魔石庫的技術，這個國家就占有優勢。大家想學技術就得到這個國家來。」

「原來如此，目的是使民眾更頻繁地往來於各國之間嗎。藉由民眾的往來活絡經濟。靠著賣出或輸入大量的商品來促進三國的經濟發展。」

「我想這些事情早就在你的預料之中了。技術情報這些事情遲早會洩露出去的。情報不可能一直藏著，總有一天會有人擅自做出來吧。簡單來說這商品是用來刺激那些擁有技術的人，使他們為了有更進一步的發展，更用心在創意上。以長遠的角度來看，這只是一時性的商品。我不認為『魔導式四輪汽車』能夠一直壟斷市場下去。而我覺得培育技術人才是很有意義的事。」

德魯薩西斯公爵知道傑羅斯他們想借用公爵家的力量。

相對的，傑羅斯他們認為德魯薩西斯公爵企圖長期性地帶動全國的經濟。技術的進步來自於大量技術人員的創意，會從小地方發展擴大。要是甘於現狀，總有一天會被其他國家的技術人員給超越。

這點只要看戰時的日本就知道了吧。輸給了大國的經濟力與分析力，也被先進的技術翻轉了戰況。不管是戰艦還是戰鬥機，技術力都在短短的期間逆轉了。

最後還是要靠資本。無論是商業還是工業，能夠促進這些產業發展的正是競爭。

「魔導式四輪汽車」就是為此而做的準備，這將會成為發展初期的強烈刺激。

「梅提斯聖法神國也有魔導士喔？老夫是覺得他們有可能會被徵用。」

在旁邊晃來晃去的克雷斯頓前公爵加入了對話。

「他們可是一群會公然宣稱『魔導士是違背自然法則的邪教徒』的傢伙耶？事到如今他們不可能收回這些話了吧。要是做這種事，就等於是在說他們過去的教誨都是錯的。我想他們會更強烈地迫害魔導士，但還是會買下這些魔導具吧。」

「畢竟他們相當厚顏無恥，這是很有可能。不過以國家立場而言，我們也無法和他們做技術交流或合作。」

德魯薩西斯公爵壞心地一笑，那魄力讓亞特不禁有些退縮。

在從未正式和人交涉過的亞特眼中看來，真正能幹的人所散發出的魄力完全不同。那不是因為等級差距而親身感受到的恐懼，而是出於人性的恐懼。

該說那是種不明的恐怖氣息嗎，就像是一不小心就會被吞沒的無底沼澤吧。

經歷豐富的強者所散發出的魄力，讓亞特感到自己的背上冷汗直流。

「嗯……所以呢？傑羅斯閣下你們想要什麼？」

「唉，簡單來說就是希望你能保障亞特的人身安全吧。被伊薩拉斯王國視為國賓的他有妻子這個弱點在。保護他的妻子，以及和伊薩拉斯王國間的經濟交涉。還有加強對梅提斯聖法神國的施壓。要是我們打算正式開始行動，卻被這兩國趁虛而入，那也很讓人頭痛啊。」

「傑羅斯閣下，我們就打開天窗說亮話吧。你們……你們這些『轉生者』的企圖是什麼？」

「你果然知道了啊。唉，這也沒什麼好驚訝的。簡單來說，我們打算要讓世界從四神的手中，回到正式管理者的控管之下。也就是……讓『神』復活。」

他沒把神已經復活了的事情說出口。雖說這算是談生意時的基本原則，不過他說出了除此之外的真相，目的是藉此博取公爵的信任與協助。

邪神戰爭後召喚勇者帶來的負面影響。由於四神胡亂管理而崩壞的世界系統。因為四神隨意棄置邪神害死了他們這些人，以及四神對此事不負責任的處理態度，使得許多同胞死在這個世界的事。再加上與創世神匹敵的眾神的憤怒，以及對居住在這個世界上的生命體造成的負面影響。

同時強調這是一場為了拯救所有次元世界的聖戰，轉生者是以此為前提企圖除掉四神。也一併提及了這個世界已經沒剩下多少時間可以猶豫的事。

唉，雖然他也不知道這世界什麼時候會滅亡啦，但強調這一點可以激發公爵等人的危機意識。

「什麼！雖然老夫在伊薩．蘭特也得知了一些內情，但居然已經演變為如此嚴重的事態了嗎……」

「我們是被送來除掉那些傢伙的刺客。實際上在邪神戰爭時期，為了允許大規模的勇者召喚，有一塊大陸因此變成了沙漠。魔力枯竭造成的問題一直持續到了近期。儘管如此四神還是沒打算解決這些問題。」

「你是指世界的管理者態度隨便，導致世界的法則崩壞了？『臨界點突破』、『極限突破』……真是令人難以置信的技能啊。只要這技能發動了，人類就會無法承受而消滅嗎。」

「應該是不會突然爆炸啦，不過世界的法則在邪神戰爭後有了很大的改變喔？問題是現在只要待在這個世界上，就會將異常現象當成一般常識來看待。就連想要阻止這件事情的諸神，也因為這超乎預期的嚴重事態而傷透了腦筋呢。」

「我們為了突破現況，一定要能夠自由行動才行。所以拜託您了！請您協助我們！」

亞特認真地低頭拜託公爵。

他的內心想必因為事情的嚴重性而感到十分不安吧。如果具有一定權威的人願意協助他們，那真是沒有比這更可靠的事了。

不過傑羅斯絕對不會輕忽大意。因為德魯薩西斯公爵是個在這種情況下也會掌握利益，毫無破綻的強悍交涉對象。

「可是該從哪裡開始著手呢。就算伊薩拉斯王國那邊好解決，但我們不知道梅提斯聖法神國被逼急了會做出什麼事來。得謹慎行事吧。」

「我們最初的目的是讓梅提斯聖法神國這萬惡的根源失勢。因為失去了信眾，四神就沒辦法隨意出手干涉了。」

「原來如此。所以才打算靠經濟讓他們步向衰落啊。不知道這算不算得上是走運，不過我手上也握有能讓那個國家崩解的消息。嗯……說不定傑羅斯閣下你們才是最主要的刺客吧？被衛兵們逮捕的轉生者看來都是些幌子。」

德魯薩西斯公爵靠著至今為止所知的情報，看穿了將傑羅斯等人送來的「神」的想法。

「還有其他好色村的同類在啊……」

「嗯。有和以前的他一樣，夢想著要打造奴隸後宮的人，也有拿將棋或西洋棋等商品來談生意的。唉，儘管名稱不同，但這世界上早就有那種類型的桌上遊戲了。除此之外也有一些性能優異的魔導具，但拿無法量產的商品來跟我談生意，也只是徒增我的困擾罷了。」

「老夫記得是送到了老夫的派系來吧。那些東西的作工十分精細，難以解析啊。」

『『他們那只是因為缺錢，才拿其他生產職業玩家製作的東西出來轉賣而已吧？』』

轉生者首先要面對的問題，就是籌備生活所需的資金。

像傭兵那種工作是有時必須支解魔物的辛苦職業，然而要用小刀支解生物這件事對外行人的精神負擔實在太重了。要輕鬆地賺錢，只能轉賣身上持有的道具了吧。

「也就是說我們只要確保那位亞特閣下的人身安全就好了嗎？正確來說是他夫人的安全就是了。除此之外就讓你們像過去那樣自由行動嗎？」

「我是這樣就行了。亞特你覺得呢？」

「我也覺得可以自由行動比較輕鬆。給我不認識的部下或是派人監視我都只會礙事。畢竟我們多半得去一些危險的地方，還是減少無謂的犧牲比較好。」

「嗯……我懂了。那我會去處理這件事，跟伊薩拉斯王國那邊談好。只要交涉時給對方的待遇好一點，他們的印象也會變好吧。唉，我國也會獲取相應的回報就是了。」

「「好可怕！」」

傑羅斯和亞特同時做出了反應。

不能忤逆德魯薩西斯公爵。他們這下忽然了解了被蛇給盯上的青蛙是怎樣的心情。

從這天的隔天開始，唯和莉莎她們就從傑羅斯家搬到克雷斯頓居住的索利斯提亞家別館，亞特也會來往於別館和傑羅斯家之間。

又過了幾天後，公爵便派了使節團前往伊薩拉斯王國。

帶著相應的土產和活絡日後經濟的計畫——

關於亞特，使節團則是用他將作為伊薩拉斯王國的魔導士留在索利斯提亞王國，在國外為國盡心盡力的謊言來說明了他的狀況。

伊薩拉斯王國的國王聽了這段話後似乎感動地落了淚，非常感激亞特。

畢竟現在索利斯提亞王國就提了活絡經濟的方案過來。

國王便不加思索地接受了這個說法。

聽了事後報告的亞特內心非常過意不去。

◇◇◇◇◇◇

和德魯薩西斯公爵交涉後過了幾天，一行人聚在傑羅斯的家裡。這時亞特發現了一個重大的問題。

那就是——

「我們沒錢！」

這句話說明了一切。

亞特從伊薩拉斯王國出發前往索利斯提亞魔法王國時，國王和軍部打算想辦法留住他，主動提議要給予他資金上的援助，但亞特只單方面地賣人情給伊薩拉斯王國，完全沒收他們半點錢或勳章。這是熟悉歷史的夏克緹提出的方案，是用來避免被他們利用的安全措施。

因為轉賣「Sword and Sorcery」中的道具實在太危險，他們便放棄了這條路。為了擠出旅費，他們是靠著變賣碰巧在伊薩拉斯王國山間開採到的寶石才撐到現在的。

雖說是寶石，也不是品質那麼好的東西，在伊薩拉斯王國內寶石也賣不到多好的價格。不如說食物還比較貴，所以他們買完旅途所需的存糧後，手邊就只剩下住宿費了。

基於這樣的背景，亞特等人在財務方面有些拮据。

「傑羅斯先生，你可以借我們一點錢嗎？」

「我啊，覺得借錢會破壞原有的人際關係呢。要我借錢給亞特是可以，但我不是很想被人依賴呢。畢竟我的親人中有那種人渣在……」

他試著拜託傑羅斯，但傑羅斯不太情願。

亞特憑直覺感受到傑羅斯對錢這方面的事情似乎有不少怨言，就放棄向傑羅斯借錢了。

「亞特先生，該怎麼辦？我們沒有方法來賺取往後的生活費啊。女僕的薪水也還要過段時間才會發下來……」

「妳們在宅邸裡當女僕嗎？既然這樣，真的只能去當傭兵了吧……可是傭兵的工作中也包含了擊退盜賊啊～」

「我不想殺人呢。就算是犯了罪的人，我們也沒有權利奪走他們的性命啊。」

「不，妳們兩個也不能拋下女僕的工作吧。這種情況下應該由我去賺錢比較好。可是我真的不想殺盜賊啊～」

剛登錄成為傭兵時能接到的委託報酬都不高。

得完成許多的委託，累積信任與成果，提昇自己的傭兵階級。

這種只能勉強養活一個人的工作實在不划算。

「去賣魔石如何？你有很多蟑螂的魔石吧？」

「但蟑螂的魔石現在不值錢了啊。市面上太多了。」

「這樣啊……」

大叔從旁插話，他表現出理解了的樣子後，將試管中的液體緩緩地倒入燒瓶裡。

他輕輕搖晃後，液體變成了深紫色。接著他又將搗碎藥草後煮得稠稠的液體倒入同一個燒瓶裡，為了蒸餾而再度加熱液體，使之沸騰。

周遭充滿了醫院或保健室裡會有的那種藥品氣味。

「喂，傑羅斯先生……你在做什麼啊？」

「我在製作魔法藥啊？我昨天買了幾種新鮮的藥草回來，正久違地在調配藥水呢。」

「還有這一招啊！魔法藥到哪裡都賣得掉，要是調配出厲害的玩意，想一舉致富也不是夢！」

「要是賣太好的東西出去，會被精明的傢伙給盯上喔？」

「亞特先生，我們不會調配魔法藥耶……」

「如果是裁縫的話我還有點辦法。畢竟我有職業技能，做些小配件的話有辦法賣出去嗎？」

和亞特相比，夏克緹和莉莎沒什麼自信從事生產。

不過這世界的人對她們製作出的東西會有什麼反應也還是未知數。

既然傭兵這條路行不通，就只能靠其他技術想點辦法了。

「我會『調配』，莉莎會『裁縫』……」

「我會『金工』。我應該可以做些簡單的胸針出來吧。幸好我手邊還有很多在伊薩拉斯王國時得到的金屬。」

「呵……要器材的話我有。你們自己有材料的話，就用吧。」

「傑羅斯先生……你可以不要忽然用那種老派專業工匠的口氣說話嗎？你到底是何方神聖啊……」

「我只是個沒工作的大叔！」

「白痴才會傻傻地相信你這句話吧！」

在他們兩個顧著說蠢話時，莉莎開始織起了蕾絲，夏克緹則是拿出了金屬塊，從她也攤開了魔法陣這點來看，她應該能做簡單的「魔導鍊成」吧。

「等一下，夏克緹！妳為什麼會用『魔導鍊成』？妳不是生產職業吧？不提昇『鍊金術』的職業技能，應該是學不會『魔導鍊成』的啊。妳的職業等級有那麼高嗎？」

「咦？只要去解生產職業的隱藏任務，獻給神殿兩百個祕銀戒指，就能學會了喔？雖然我只是去幫忙的，不過正好『鍊金之神』降臨，所以我不但習得了技能，等級也提昇了很多。」

「「…………」」

看來有傑羅斯跟亞特都不知道的輕鬆任務。

在「Sword and Sorcery」裡，會出現這種像是忽然想到要放的隱藏任務。想起自己當時辛辛苦苦，拚了命練技能才學會的過程，讓這兩人甚至有些生氣。

他們得不斷地用壞材料，再去開採礦石，反覆無數次這種單調無趣又難熬的作業過程。跟這個世界的矮人那種黑心工地一樣。

「我不能接受……我拚了老命才學會的魔導鍊成，她居然這麼輕鬆就……」

「想想浪費了無數材料的自己簡直像笨蛋呢……我們的辛苦到底是為了什麼。居然還有這種隱藏任務啊～……」

「除此之外我還拿到了可以提昇鍊成成功率的手鐲。而且上面還附有在魔導鍊成的技能練到一定的等級之前，經驗值會有50％加成的效果……」

「「那什麼鬼！」」

以生產職業為目標的玩家多半都會被視為是怪人。

這是因為在能夠製作出高級的裝備之前，拿來當材料的素材幾乎全都會浪費掉。由於剛開始的時候不僅成功率低，做出來的品質也差，得經歷一段漫長又艱苦的修行。

特別是傑羅斯當初是自己一個人在玩，他為了湊齊必要的裝備，不得不去練生產職業。

雖然拜此所賜，他變強到了被其他玩家稱為「殲滅者」的程度，但可以的話真希望這遊戲能早點救救生產職業。

「哈哈哈……是救濟措施嗎。畢竟生產職業是一種被虐——應該說有挑戰性的遊戲方式呢。」

「原來生產職業的玩家是因為這樣才會增加的啊。因為能完成那個數量的人也有限，所以遊戲營運方才總算採取了對策嗎？拜託他們早點行動啊。」

營運方——在背後管理著「Sword and Sorcery」的管理者們。

傑羅斯和亞特知道他們的真實身分，不過莉莎和夏克緹不知道。甚至沒人告訴她們兩個。

傑羅斯和亞特想起了他們和「索拉斯」一起去找藏在地下的邪神，阿爾菲雅時的事。

◇　◇　◇　◇　◇　◇

「嗨，新同胞。妳終於醒來了呢。」

『……異世界的觀測者——不，汝是觀測者操控的端末吧。沒想到會派這等人物過來。』

「這正表示了這個世界有多危險啊。所以我們才希望妳最好能立刻復活。哎呀，也就是為此才要他們幫忙啦。雖然原因不只是這樣就是了。」

『這些人的任務不僅是讓吾重生？原來如此……他們還肩負了「弒神者（終結者）」的任務嗎。要負責剷除那些愚蠢之徒啊。』

「嗯～不太對。他們的確有弒神的力量，不過他們的任務是蒐集讓妳復活的存在力，還有回收下落不明的異界魂魄。唉，畢竟要以讓妳的復活為優先，幫不上太多忙就是了。」

傑羅斯和亞特完全在狀況外，兩人靜靜地聽著他們的對話。

『勇者……不，這情況下該說是「抗體」嗎？有辦法回收他們的魂魄嗎？那已經變質到足以影響現象了喔？就像是會一邊移動一邊侵蝕系統的玩意。』

「嗯，可是多少回收一些比較好吧？再讓那些東西干涉系統的話，這世界會更快崩壞的。光是能在接觸到的魂魄上加上定位訊號，對我們來說也是幫了大忙啊。等妳能從那裡出來後，也比較好回收吧。所以才需要契約……這種情況該說是聖約吧？總之希望妳能和他們簽約。」

所謂的勇者，本來是在這個世界發生異常時才會被召喚來的特殊存在。

比方說經歷異常進化，結果有可能會破壞世界法則的生物。或是擁有強大力量，足以干涉現象的知性生命體。勇者被送來就是為了抹殺這些脫離了世界法則的存在。

既然召喚了勇者過來，就必須把勇者們送回去，可是四神教卻殺害了這些勇者，導致世界陷入了危機。回收勇者們的魂魄對阿爾菲雅而言也是當務之急。

『汝不出手相助嗎？』

「我是很想幫忙啦，可是光是要掌控系統我就忙不過來了。光靠端末，能作到這樣就是極限了。」

索拉斯有些歉疚地回答。

傑羅斯他們也理解到，異世界的神要干涉其他世界是很困難的事。

以轉生者的名義把刺客送進來這件事，對於神來說就已經遊走在危險邊緣了吧。

畢竟索拉斯沒有要他們打倒四神。

他們只以處理回收會影響到現象的異物，以及讓管理者復活為優先。

『唉，若只是異界魂魄，多少能夠回收吧，然而就算是吾也無法全數回收。畢竟吾大半的機能都處於休眠狀態。不從四神那邊拿回管理權限，吾也無計可施。』

「這我們也知道。回收後我們會負起責任挑選的。」

『這附近有讓吾復活所需的祭品嗎？』

「異常進化後的魔物或龍種在北邊一點的地方。我會請他們去打倒那些生物的。該說是多人共鬥型的稀有頭目嗎？只要吸收了那傢伙的存在力，妳馬上就能復活了。」

可能是話說完了吧，索拉斯和阿爾菲雅看著傑羅斯他們說道。

『「那麼，拜託你們去打倒龍嘍。」』

「「不但忽然把話題丟到我們身上，而且還要我們去打倒龍？」」

◇◇◇◇◇◇

他們就這樣自顧自的談下去，傑羅斯和亞特才想說話題怎麼忽然轉到了自己身上，就發現自己要被派去打龍了。

儘管傑羅斯和亞特也希望能讓阿爾菲雅復活，但要面對多人共鬥型的稀有頭目，兩個人打實在太吃力了。要亂來也該有個限度。在那之後雖然經過了一番爭論，但最後還是沒能顛覆這個決定。

沒錯，傑羅斯他們接下來得兩個人去討伐龍了。

兩人也不可能把這件事告訴莉莎她們。

特別是唯還是孕婦，讓她操多餘的心，影響到肚子裡的孩子就不好了。

「……所以我們要什麼時候出發去討伐？」

「嗯～……畢竟現在的你很窮啊。一些必備的物資是可以靠我有的東西解決，可是你也得賺點往後的生活費才行啊～」

要討伐龍所需的物資應該是可以靠他們身上現有的東西搞定，唯有亞特的生活費沒有著落。他需要存上一筆錢吧。

「啊，只要變賣龍的素材就好了。」

「那絕對會引發騷動的吧。跟飛龍可不一樣喔。」

「那就去狩獵其他魔物吧。如果是比較少見的傢伙，還是可以賣到一定的價錢。」

「真的沒問題嗎……我好不安。」

就這樣，亞特和傑羅斯得想辦法處理討伐龍和賺取生活費的問題。

兩人在出發之前，打算盡量不被莉莎她們發現，偷偷地完成準備工作。

畢竟對手是多人共鬥型的稀有頭目——

第八話　小邪神閒得發慌

阿卡夏紀錄。

是蒐集並儲存了各次元世界的情報，龐大無比的資料庫。

存在於原始的次元世界，無限地持續擴張著。

而且一手掌握了所有次元世界的情報。

至於存取權限則視管理者的能力而定，阿爾菲雅・梅加斯能夠查看的領域遠比其他諸神更大，也更為深入。

例如被人類稱之為「神」的自然發生型存在。如果未擁有一定程度的文明和技術的知識，便無法引出祂們。因為無法理解不同世界的情報。

然而觀測者可以廣泛地獲得大至宇宙創造，小至各個世界的情報。

從了解流動於無限次元世界中的各種能量的狀況，到預測幾百年後的未來，只要能獲得情報，就沒有辦不到的事情。

甚至可以將自己管理的世界重新建構成自己有興趣的世界。

除此之外還能做到許多事情，不過其中也包含了無窮無盡，人類所無法理解的智慧在內。

要是閒暇無事的阿爾菲雅可以讀取這樣的阿卡夏紀錄，會發生什麼事呢？

答案就是「拿來玩」。

『唔喔喔？不死鳥模式雖然無敵，但若是合體零件在分離狀態下遭到擊毀，要重新收集起來可累人了。』

她盡情地享受著安裝在腦中的某個世界的懷舊遊戲。

然而就算外觀為人形，她的存在本身就算是一種超級電腦了。

人類需要花上大把時間去玩的遊戲，到了阿爾菲雅手上，只要花上少許時間就能全數攻略。儘管尚不成熟，但她處理情報的速度仍快得驚人。

可是她認為這樣就不好玩了，所以徹底地將自己處理情報的能力壓到了一般人的水平。她雖然有利用平行思考的方式來分別處理遊戲資料及操控玩家這兩件事，但照一般人的角度來看，她這根本就是在浪費能力。

『嗯哼，接下來該玩什麼呢……一個人玩線上RPG這種玩意也是無聊。』

『那能不能聽我說點話呢？』

某人的聲音介入阿爾菲雅的意識之中。不，應該說是某種意志才對吧。

近期才有過相關記憶的對象，直接用意識連上了她的意識。

『什麼嘛，是索拉斯啊。』

『說「什麼嘛」也太過分了～我可是在百忙之中特地抽空聯絡妳耶……妳和他們締結聖約了吧？』

『嗯。他們吵著說不想打多人共鬥型頭目級的龍，所以吾不容分說地搞定了。這件事怎麼了？』

『出了點小問題，我調整好了。這樣幾乎等於是確定妳可以復活了。』

『吾有些在意是什麼問題呢？』

對於她的疑問，索拉斯說了句「那我就說嘍」之後，便開始簡略的說明問題的內容。

聖約是人與神之間締結的契約，勇者召喚系統也屬於此類。

她與傑羅斯等人締結的契約——聖約的功用是「確保」與「轉讓」存在力（在傑羅斯的認知中是經驗值），問題就發生在「轉讓」時，會有部分存在力流向他處。

『嗯，總之已經弄清楚問題的原因了。是因為系統裡面夾雜了約十人份的異世界魂魄，所以才會沒辦法直接連接上終結者們。我是已經啟用系統，連接好和他們之間的管道了，但希望妳之後能調整一下成功回收的魂魄。我們也會幫忙將魂魄歸還回原有世界的。』

『這必須等吾復活之後才辦得到哪。』

『這方面就會請那兩個人多努力了。若不能快點讓妳恢復到萬全的狀態，就解除不了神域的系統防護鎖。只是按現在的步調，很有可能會來不及呢。』

雖然她早就預料到會有來自異界的觀測者或具有管理能力者到來，但從索拉斯的態度來看，狀況應該相當地急迫。

這也表示系統防護鎖正是如此地牢不可破。

『唔……透過靈體間直接連線的方式，將變質生物的生體能源傳送給吾，在使法則恢復正常的同時，讓吾利用這些能源建構與強化肉體嗎。然而這點時間要吾恢復所有的功能，實在不太夠哪。』

『得逮住那些笨蛋才行呢。雖然最慘的情況是妳來不及完全恢復，讓一個星球毀滅了是也無所謂，但這樣下去可能會影響到其他次元啊。這算是防範措施吧。』

『必須阻止抗體強化程式的失控與侵蝕現象，還要讓滯留於此的異世界魂魄回歸輪迴。儘管功能不完全，感覺還是有得忙呢。』

『唉～……妳明明是個超優秀的女孩嘛。那個人為什麼要封印妳啊？妳明明遠比那些笨蛋優秀得多——不，她們根本沒得比吧。』

『似乎是因為外表不佳。』

阿爾菲雅的答案讓索拉斯不禁抱頭哀嘆。

『啊啊……如果是那個人，的確是會把外表看得比能力還重要。所以事情才會演變成這樣……』

那應該是跟他很熟的觀測者吧。他聽到這個答案後意外的能夠理解的樣子。

『那我就把妳的P＊ωxσ×（無法發音）碼直接連結到「終結者」身上喔？從現在起，他們吸收的生物能量就會直接傳到妳身上。』

『嗯……不過終結者啊……』

由外界的觀測者送入出現問題的次元世界的「弒神」。

「弒神」是當未妥善管理現象——或者濫用權責的「神」出現時，負責抹殺「神」的殺手，也是觀測者送來的最強王牌。

雖然他們的能力會因觀測者不同而產生變化，但就算有程度差異，他們仍擁有勇者無法比擬的強大力量。幾乎可以說是接近神的存在了。

如果勇者是治療病症的抗體疫苗，終結者就是將病原體徹底消滅的猛毒。是就連諸神都會猶豫要不要送去的禁忌存在。

畢竟要是沒處理好這些終結者，很有可能會讓世界更快崩壞。然而由於四神的行為以及前任觀測者不負責任的管理，只能打出這張算是禁忌的王牌了。

『也就是說那些笨蛋竟然讓外界的管理者認真起來了嗎……』

『但反過來說，也只送了終結者過來呢。這種狀況還是第一次吧？』

『這個次元究竟是被隔離有多遠的世界啊？唉，吾理解了。趕緊開始連結吧。』

『妳明明是後輩卻很囂張耶？那麼，我要開始了喔。預～備～……』

「「呼嗚嘎啊啊啊啊啊啊啊啊啊啊啊啊啊啊啊啊啊啊啊啊啊啊啊啊啊啊！」」

『『……哎呀？』』

透過意念對話的兩位雖然沒發現，但上方傳來了另外兩人的慘叫聲。

為了讓傑羅斯他們和阿爾菲雅連結，索拉斯將雙方的魂魄管道直接連接在一起，導致傑羅斯他們的身體產生劇烈的痛楚。

這原本不是人類能夠承受的痛楚，但終結者是和人類有著巨大差異的生命體。就算會痛暈過去，也不至於因此喪命。

不管怎樣，可以說阿爾菲雅・梅加斯完全復活的日子又更近了。

當然這必須看暈過去的大叔等人表現，畢竟他們與神簽定了契約——也就是締結了「聖約」。

◇◇◇◇◇◇◇

雖然傑羅斯正在調配魔法藥，但他也不想一整天都窩在桌子前面。

他有時會為了轉換心情而來到戶外，下田工作。

「痛痛痛……身體還在痛啊。」

「剛剛那股劇痛到底是什麼啊？身體還麻麻的……」

傑羅斯剛剛因為突如其來的劇痛而一時暈了過去，不過勉強恢復過來後，他還是到田裡種下了亞特給他的「波爾特」。

「唉～……我為什麼在田裡工作啊。」

「亞特你要知道，『不工作就沒飯吃』喔？你這個借住的該不會打算什麼都不做，只負責吃跟睡吧？」

「不，我沒這樣想，但我們應該有更重要的事要做吧？」

「你既然讓唯小姐她們寄住在克雷斯頓先生的別館，託人照顧了，自然得拿出相應的回報啊。這個波爾特可以用在許多地方。要是曬乾磨成粉，還可以用來替代小麥磨成的麵粉。」

這個異世界的小麥是用水田栽種的，想增加收穫量就必須增加水田，準備工作和一般的旱田不同，相當費事。

不過這種波爾特就不一樣了。

波爾特就算在寒冷地帶或山間都能穩定栽培，冬天也可以靠燉煮這種植物的莖葉製作砂糖。而且剩下的殘渣還可以當作家畜的飼料或是肥料，完全不會浪費。

要是伊薩拉斯王國能率先在全國種植這種作物，應該就能多少提升糧食自給率了。不過這也是要等到相當久以後的事情了。

目前因為伊薩拉斯王國的糧食供給狀況不穩定，索利斯提亞魔法王國為了加深與小國之間的關係，命令位於邊境的農村開始種植波爾特。此事與傑羅斯等人無關，應是德魯薩西斯公爵暗地裡指揮的吧。

「我是已經吃膩這種岩石芋了……」

「考慮到缺錢的時候，還是需要這種能夠長期保存的糧食吧。在這附近栽種的話也會長得比較快，不但可以立刻拿去販售，我個人也很想配著奶油和醬油吃啊。」

「儲備糧食……唉，是這樣沒錯啦，但你不覺得拿這些時間去打倒魔物，販售素材比較划算嗎？」

「即使你打倒了厲害的魔物，要將素材變現也得花上不少時間喔？稀有素材光是估價就至少要花上一週。龍的素材不知道要估上多久呢？」

兩人一邊細心地將波爾特埋進土裡，一邊說著正經事，這畫面實在很可笑。

「要是有方便的狩獵場就好了。」

「這世界畢竟還是跟『Sword and Sorcery』有很大的差別，我可不覺得會這麼剛好有那種方便的地方在。」

「也是啦～既能狩獵又能滿足契約的條件。怎麼可能會有這種地方……」

這時兩人開始思考。為了讓小邪神復活，他們兩個橫豎都得和異常進化的龍交手。可以同時獲得存在力的活祭品──也算是為了這個世界，他們得去討伐異常進化種。龍種生息在比伊薩．蘭特更往東北方向的山岳地帶。

要是「Sword and Sorcery」的情報是對的，在伊薩．蘭特正上方的位置正好是新手玩家的狩獵場。

說不定可以在途中狩獵一下。

而且根據魔物進化的程度，他們很有機會用比一般魔物更好的價錢賣出那些素材。

這樣亞特既可以賺錢，也能去討伐龍。

要去打龍雖然是已經決定好的事情，但沒有人說他們不能「順路繞去別的地方」。

「傑羅斯先生，可以打擾你一下嗎？」

「哎呀，這不是路賽莉絲小姐嗎？怎麼了？」

路賽莉絲一臉歉疚地向傑羅斯搭話。

傑羅斯因為太專心在想事情，所以沒發現她靠近。

這在戰場上可是致命的破綻。

「我想要調配藥品，可是缺了一些素材……那個，若你有多的素材，能不能賣一些給我呢？」

「嗯，也要看是什麼素材呢。妳是缺了什麼東西？」

「現在缺的是『雪綻草根』……」

「具有解熱效用的『雪綻草根』啊。可惜我手邊沒有呢，不然我去採一下吧？反正也是順路。」

「真的嗎？謝謝你。我就算是想調配常備藥品，也總是因為材料量不夠，很是困擾呢。」

這時大叔完全沒考慮亞特的狀況。

即使亞特拒絕，大叔應該也會自己去吧。

「常備藥？是做來以備不時之需的藥品嗎？」

「不，下星期在廣場那邊會有二手市集，我想拿去市集上賣。畢竟我好歹擁有藥師的技能，想把這些藥賣給有需要的人。」

「最近有在栽培藥草的農家變多了，價錢似乎也下滑了呢。藥品的價格也下滑了嗎？」

「沒有喔，因為我們這裡的藥品質精良，所以還是能賣到不錯的價格。雖然說到藥，也有人會聯想到魔法藥，不過比起魔法藥，經過調配的普通藥品更受重視。」

「喔，是因為保存期限的問題嗎？二手市集啊……我是不是也去擺個攤呢。可以自由參加嗎？」

「是的。雖然要參加的話，得一早去占位子才行，不過除此之外不需要辦什麼特定的手續喔。」

二手市集跟跳蚤市場在這個世界也很常見。

日用品，尤其是二手衣物特別受到青睞，有時候也會出現以物易物的情況。

縫製衣物需要布料，但要準備絲綢、棉花、麻料等素材也是相當麻煩的事情。所以拿二手衣物來重複利用是很普遍的現象。

當然也有人專門販賣中古的日用雜貨，很少人直接購買新品。

購買全新的日用品對一般人來說會造成財務上的負擔。

這個世界的一般居民即使說得再好聽，生活也稱不上富裕，所以經常會有人拿用不到的餐具一類的用品出來賣。

「亞特，你要不要趁機賺一筆？機會難得，一起去參加二手市集吧。」

「二手市集？要參加的話我是無所謂啦……」

「順便去狩獵一下吧。包含那個要處理的事情在內，我們得翻山越嶺，麻煩你做好能應付雪地的準備啊。」

「你也太突然了吧？我根本還沒做好準備耶！」

「俗話說打鐵要趁熱啊？我們可沒那麼有空啊。」

「你啊……剛剛還在務農吧？明明就很有空啊。」

一想到便會立即採取行動的大叔，根本不會去考慮別人方不方便。

而且他很清楚亞特的狀況，是連亞特無法拒絕這一點也考慮進去才開口這麼說的。

「這次不帶莉莎和夏克緹她們一起去嗎？」

「雖然她們能夠應付大多數的魔物，但不知道大深綠地帶和未開化之地棲息著哪些魔物。考慮到安全問題，還是我們兩個去就好了。」

「未開化之地……你是打算去哪裡啊？」

「我要去採『雪綻草根』啊？那當然是去山岳地帶啦。伊薩．蘭特正上方應該有一座都市。我也想親眼確認一下這個世界的現況，就順便去看看吧。反正亞特你也需要錢吧，我們來去狩獵一場！這只是順便喔，順～便～」

在「Sword and Sorcery」裡，位於伊薩．蘭特正上方的城鎮作為一個活動據點，是最多新手玩家會利用的地方。

雖然就算那個城鎮存在，現在應該也已經化為一片廢墟了，但要是遊戲內的知識是通用的，他們就能採到許多生長在山岳地帶的藥草。

還能同時解決亞特缺錢的問題，簡直是一石二鳥之計。而且還是在去討伐龍的路上順便過去的，實際上或許算是一石三鳥吧。

「好了，亞特，咱們走吧。糧食的費用我來付，馬上出發！」

大叔不由分說地立刻行動。

畢竟還要去採路賽莉絲需要的藥草，而且為了讓阿爾菲雅成為完全體，他也得順便打倒大量的魔物才行。

想把這一切全都「順便」解決的大叔，說不定意外地是個急性子。

「傑羅斯先生還是老樣子啊。總覺得我好像變成了一個不管到哪都要引發戰爭，打算以死者成為祭品讓魔王復活的邪教徒……」

「我覺得你這樣的認知沒錯喔。畢竟做的事情一樣啊，即將無謂地喪命的魔物真可憐。」

「祭品？你們是在說什麼？」

「『神馬都木有窩？支是隨口縮縮八惹……』」

兩個男人一個不小心說漏嘴，只好急忙裝傻蒙混過去。

畢竟這件事有可能會招來危險，所以還是別讓其他人知道太多關於神的事情比較好。尤其是被四神教知道那就糟了。

「——也就是說，我可以拿魔物的素材出來賣對吧？這是我賺錢的好機會？」

「咦？話說要販賣素材不是要有傭兵公會的資格嗎？亞特你有去公會登錄成為傭兵嗎？」

「沒有，我覺得沒必要就沒去登錄了。而且又有一些麻煩的規定。」

即使想在二手市集擺攤，也得準備採買材料的資金。

現在的亞特等人當然沒有這些閒錢，沒有足夠的資金，便很有可能無法製作出完整的商品。所以他決定現在先多少賺點資金。

而且考慮到今後的狀況，先去傭兵公會登錄成為傭兵，公會便會負責居中協調，這麼一來要跟商人交易也會變得比較輕鬆吧。亞特的腦中開始浮現各種盤算。

「缺錢的話，先去傭兵公會登錄對你而言絕對不虧。畢竟傭兵公會在各國都有據點，也可以當作自由來往諸國的身分證。如果不想太出名，只要別大量賣出一些奇怪的素材就好了吧？反正賣太多也會讓素材的市場價格下滑。」

「那我也可以把素材賣去其他國家吧？哎呀，我不會賣到梅提斯聖法神國去就是了。」

「鄰國的話應該還行吧？要不要立刻去登錄？」

「畢竟我還想買房子，還是多賺點錢吧。」

雖然伊薩拉斯王國可以證明亞特的身分，但他也只是客座魔導士。

如果需要正式的身分證明，還是登錄為傭兵比較方便。

「那我馬上帶你去。順便賣掉魔石，來補貼目前所需的資金如何？」

「蟑螂的魔石啊。可是價格已經崩跌了吧。」

亞特想起他存道具欄裡面的那一大堆咖啡色惡魔的魔石。

既然價格都崩跌了，賣價也不會太好看，不過已經夠他去傭兵公會登錄了。反正留了大把在手邊也派不上用場，還是賣掉比較划算。

「蟑螂是什麼？」

「路賽莉絲小姐，妳最好不要知道牠們是什麼比較好。妳應該不想去想像在廚房裡成群結隊的惡魔吧……」

「我懂了。我的確不想去想像呢……」

「修女……妳臉色發青了喔？妳還是別去思考比較好。畢竟我們也經歷了一段很悽慘的遭遇。」

路賽莉絲想像的是在廚房出沒的小傢伙，但那對傑羅斯他們而言是巨大的昆蟲型魔物。恐怖程度根本沒得比。

「『雪綻草根』的事就交給我吧。我明天就會去採。」

「真不好意思，傑羅斯先生。其實應該由我自己去採的……」

「畢竟妳那裡有很多精力過剩的孩子嘛。這也沒辦法，人盡其用嘍。」

「那麼我也速速去登錄成為傭兵吧。」

「雖然傭兵考試得跟高階傭兵交手，不過亞特你應該可以輕鬆過關啦。應該能讓我樂一下，當作打發時間吧？」

「打發時間喔……去戰鬥的可是我耶～是說我不太擅長放水耶，真的沒問題嗎？」

兩個男人並肩離去的身影，老實說看起來真有夠空虛的。

身後傳來了路賽莉絲對著他們兩人背影說「兩位慢走」的聲音。

「傑羅斯先生，你不跟那個修女結婚嗎？不管怎麼看她都對你有意思吧。」

「我很在意年齡差距啊～實在很難跨出那一步。在半開玩笑的情況下我就說得出口就是了～像你這種人生贏家不懂我內心的煎熬啦。」

「哎呀，畢竟以你的年紀，即使有個那麼大的女兒也不奇怪啦。不過她長得那麼漂亮耶？看上她的男人應該很多吧？」

「在那之前我會努力鼓起勇氣的。我現在還需要一點時間思考……」

「你意外地沒膽耶……」

姑且先不論傑羅斯結不結婚，現在要面對的是亞特的生活費問題。

他即將成為一個孩子的爸，要和妻子唯一起生活，他無論如何都需要一筆錢。

兩位魔導士一邊為了今後的生活討論著某種程度的計畫，一邊朝著鎮上走去。

第九話　亞特去傭兵公會登錄

傭兵公會——基本上給人一種裡頭滿是無賴的印象，然而這印象大致上來說是對的。

雖然傭兵是針對接受村莊、城鎮、商人或村民委託，前去討伐魔物或執行護衛工作，並以此維生者的一種統稱，不過說他們是群擅長鬧事的小混混預備軍也不為過。

他們被分為D～A，以及S等幾個階級，民眾的信賴程度和公會的評價都會對階級造成影響，最重要的是愈能做好工作的人，階級就愈高。很多剛投入傭兵這行的人光是湊好裝備就會導致生活困頓，要到能夠好好賺錢的程度，必須付出相應的努力，還要具備足夠的知識和技術，不是什麼好混的職業。

不過公會被當成小混混預備軍的聚集地的確不是什麼好事，所以公會最近也修改了組織的營運方針，先從改變傭兵們的觀念開始下手。畢竟公會得靠一般民眾的委託來混口飯吃，想必是覺得繼續維持這種傭兵老是鬧事，逼得衛兵必須出面處理的狀況會很不妙吧。

近年來多虧成立了傭兵職業學校，新手的人數變多了。然而由於年輕人太過魯莽而受傷的人數也增加了。為了解決這個問題，公會似乎決定重新評估過往的制度，改成了在實習階段暫時給予畢業生E級的資格，等通過實習之後，才會被公會正式認可為D級的傭兵。從這些細微的應對，也可以看出傭兵公會相當重視培育人才這件事。

順帶一提，這些情報是伊莉絲和嘉內提供的。

「喂，傑羅斯先生……」

「什麼事啊，亞特？」

「你不覺得我們受到眾人的矚目嗎？」

「畢竟會來當傭兵的魔導士很少見啊，自然備受關注吧。你別在意這些，抬頭挺胸啊。」

成為傭兵的魔導士人數不多的原因之一，在於只有家庭相對富裕的人，才有辦法進入伊斯特魯魔法學院。

魔導士基本上算是學者，想學習魔法得花上不少的費用。

而這些魔導士當然經常會以高高在上的角度，瞧不起孤兒或農民出身，或是那些從小混混預備軍成為傭兵的人。欠缺學養這件事造成了雙方之間巨大的隔閡。

「哎呀，最近的魔導士也開始需要培養體能了。似乎連學院都開始教格鬥技了喔？」

「也就是說，是舊有的陋習害我們一直被人瞪嗎。真是麻煩……」

「再加上自從傭兵可以購買魔法卷軸之後，覺得不需要魔導士的傭兵似乎也愈來愈多了。不過也只有通過公會審查的傭兵才能購買魔法卷軸啦。」

「畢竟魔法被用於犯罪會引起很大的問題，當然要事先審核吧。要是素行不良的人學會了魔法也很麻煩啊。」

若將魔法用於犯罪行為上，那就麻煩了。

尤其在沒有科學辦案技術的這個世界裡，真想做的話，的確有可能做到完全犯罪這種事。

例如屬於簡單輔助魔法的「催眠雲」，這種魔法可以利用能引人入睡的雲朵來封住對手的行動。

還有「酸性霧氣」也是，可以利用毒霧削弱敵人，在某些情況下也有機會殺害對方，若被用於犯罪行為上，很難鎖定犯人是誰。

在傭兵中，會用階級和來自其他人的評價作為評判基準，唯有獲得了一定評價的人，才有資格購買魔法。

而且購買了魔法卷軸的人會被登記在清單上。記載了獲得資格的傭兵們分別學了怎樣的魔法。只要和傭兵公會共享這份紀錄，當魔法被用於犯罪時，便有助於搜查。

這是最近才成立的法案，不過這條新法仍有一些漏洞，得花上一段時間才能解決問題。

「魔法卷軸不是一旦習得魔法之後，就可以重複使用魔法嗎？現在才規劃這樣的辦案系統會不會太遲了啊？」

「舊式的魔法卷軸就像你說的那樣沒錯，不過已經流通出去的卷軸很難回收。雖然現在是有在進行用賣價的半價收購舊卷軸的活動，但效果不彰。幸好舊卷軸上的魔法若是沒有一定的魔力量，就無法發動，而且能源轉換率也很差。那些滿腦子肌肉的傭兵就算記住了魔法，也很快就沒力使用了，應該沒問題吧？」

「那根本是有缺陷的商品吧。所以新式的卷軸是怎樣的玩意？」

「一旦將魔法轉寫到潛意識領域上之後，卷軸上的魔法術式便會消失。比舊式的卷軸更方便好用，評價好像也不錯。」

大叔故意不提在魔法卷軸上動手腳的人就是他自己這件事。

「你是從哪裡得到這些情報的？」

「報紙啊。亞特你也該看看報紙，意外可以從中得知不少消息喔？」

「是說……那種新式卷軸，該不會是傑羅斯先生推廣的吧？總覺得在我的記憶裡曾經出現過類似的東西——」

「誰知道呢～別說這些了，快點登錄吧。」

亞特這下確定大叔一定有私下介入販售魔法卷軸的相關事宜了。

他白了大叔一眼，走向公會的接待櫃臺。

「歡迎光臨～請問有什麼事呢？」

「我想登錄成為傭兵。」

「兩位魔導士嗎？雖然很少見，Yo—Hey！公會歡迎各方好漢唷baby。要請各位遵守規範就是了。」

「總覺得妳好像話說到一半突然唱起了饒舌歌……只有我要登錄，後面這個大叔已經登錄過了。」

「OK了。人手不足的Yo—Hey！誠心感謝您！申請加入！公會！雖然不爽他媽的魔導士，但人手不夠也沒辦法！現在立刻登錄OK嗎？」

這櫃臺小姐說話很特別。

雖然外表看起來是個穿著套裝的上班族，但對話裡不時夾雜著饒舌歌。

「就算妳看魔導士不順眼，但說得這麼白好嗎？」

「Oh—Yee，王八魔導士都來自學院！明明弱到炸卻氣焰張狂的小鬼有夠煩人！不加入作戰也不會支解，連確保素材都不會。派不上用場的媽寶baby！膽小的Heart令本大爺幻滅！人渣都比你行，操你媽的去工作啦。只會出張嘴的魔導士，真的Go－home。Fu－」

「妳可不可以正常說話啊……而且我不是學院出身的喔？妳這樣子只會給來自其他國家的人徒增困擾吧？」

「嗯哼！失禮了。雖說這裡是魔法王國，但老實說公會並不指望魔導士能有什麼作為唷。至今也有幾位魔導士前來登錄為傭兵，但基本上都只會出一張嘴，能夠順利完成委託的人寥寥無幾。」

亞特不禁看向傑羅斯。

至少這個大叔比一般傭兵強得多，也具有能立刻完成簡單委託的實力。很難想像這樣的魔導士沒有做好傭兵的工作。

「亞特，我的確有在傭兵公會登錄過，可是我是因為有其他需求才來登錄的喔？我沒有缺錢到需要來當傭兵賺錢，也不是自己主動想要當傭兵才來的。」

「不是啊，既然你都登錄了，好歹接點工作嘛。你害別人對魔導士有奇怪偏見的話，像我這樣的新手不是很難做事嗎？」

「我覺得這是個人自由呢。而且若是想要改善魔導士的待遇，亞特你好好加油不就得了？」

「話是這樣說沒錯，但總覺得不太能接受……」

傑羅斯確實很強，但他要不要繼續做傭兵的工作則是他的個人自由。

他原本就只會做自己想做的事情，當然不可能為了亞特而行動。

儘管如此，亞特還是覺得大叔就算對改善魔導士待遇這件事多少做點貢獻也無所謂吧。

「那麼……請你填這張申請表，好好聽我說明喔？Crazyboy。跟我們的高手比劃End。感激涕零地收下公會卡，Ｐｏｏｏｕ！」

『『……這個櫃臺小姐，話中不夾帶饒舌歌就不會說話了嗎？』』

「失禮了……」

「「真的很失禮……」」

這實在不是接待客人的態度。

雖然她好像很認真在工作，但一找到機會就會發作。

跟外表的落差大得嚇人。

總之亞特在櫃臺小姐的引導之下，來到裡面的房間參加講習。

◇◇◇◇◇◇

亞特去參加講習後大約過了一小時。

大叔坐在酒館的吧檯邊大口喝著麥酒時，看見亞特腳步踉蹌地從後頭走了出來。

他顯得相當疲累。

「喔，你回來啦。」

「頭好痛……那個櫃臺小姐從一開始就嗨了起來，用饒舌歌做說明耶。我完全聽不懂她在說些什麼……」

「哎呀，只要記住基礎不就行了嗎？」

「我有請她解釋我聽不懂的部分，但她不知為何是用奇怪歌曲來說明，不但饒舌歌途中變成了死亡重金屬，最後甚至混了兒歌進去……」

「我有點想聽又不是很想聽……還真是難以言喻的新潮音樂耶。」

「就算她問我『你記住規範了嗎？』我也很難回答啊，根本聽不進去。而且她就這樣一直維持著開單人演唱會的狀態……比某個唱歌難聽的孩子王還要命。」

才過了短短一小時，亞特便憔悴了許多。

根據他的說法，櫃臺小姐憑著高超的歌唱實力，以千變萬化的快節奏曲調，唱出了公會規範。

但因為太在意她唱歌的方式，而完全記不住重要的規範內容就沒意義了。

「在場還有幾位新手傭兵，但他們居然開始打起御宅藝聲援她……」（註：御宅藝是由御宅族或日本偶像支持者表演的舞蹈或打氣動作，其中包括跳躍、拍掌、揮動手臂和有節奏地喊口號。）

「她是哪來的在地偶像嗎？」

「哼……她唱小節的技術很厲害喔，我都懶得吐槽了。」

「連演歌都會？你是吐槽吐到這麼憔悴的嗎？」

「最後我跟她拿了公會規範的說明書。真不知道那場講習到底有什麼意義……」

這個世界似乎有著獨特的音樂文化。

而想要了解公會規範，比起參加講習，直接看說明書會更快。

「接下來還有實戰測驗吧？亞特你沒問題吧？」

「勉勉強強……活動身體有助於放鬆精神。」

「嗯，畢竟照常理來推測，你不可能會不合格的。」

傑羅斯以前在登錄成為傭兵時，曾和公會長交手過。

雖然那時他正處於需要費心去了解自己究竟有多少實力的階段，但他還是輕輕鬆鬆接下了公會長的所有攻擊。跟他是同類的亞特怎麼可能做不到。

「傑羅斯先生是Ｓ級對吧？那對我來說應該也很簡單吧。」

「啊，亞特……這時候亂說話，就會出現常見的發展……」

不小心說出口的話。

聽到這句話，周圍的傭兵們不是太陽穴上冒出了青筋，就是默默地從椅子上起身，有些人甚至已經抄起武器怒瞪著他。

『哎呀～……在血氣方剛的傢伙面前說這種話根本是挑釁啊。真希望他說話挑一下用詞啊～』

但已經來不及了。

傭兵們包圍亞特，釋放出有如下一秒就要揍他，充滿怒氣的強烈殺氣。

「我說小哥啊～你說要拿Ｓ級很簡單？你是不是太瞧不起我們傭兵的工作啦？」

「看來應該給你點教訓啊？」

「要動手嗎？現在就動手幹掉他嗎？」

他們應該是同個戰隊或小隊的成員吧。每個人身上都配備著完全一樣，或是價格相近的裝備。

他們應該都是同一階級的。

「呃～……我為什麼被包圍了……」

「這個嘛～你可是在一群血氣方剛的人面前誇下海口說了『S級什麼的簡單啦』這種話喔？他們應該是想教教你這種亂說話又囂張的新手這個社會有多嚴苛吧？」

「咦……我該不會出包了吧？」

「出包了喔～」

在即將爆發混戰的情況下，傑羅斯冷靜地環視周圍。

儘管人數不多，但傭兵中也有察覺到傑羅斯和亞特散發出的強者氣息，或者是發動了生活在危險中所練就的察覺危機能力，因此按兵不動的人在。

那些應該是比包圍亞特這些人更高階的傭兵吧。

然後櫃臺小姐一副覺得這場面只是家常便飯的樣子，熟練地介入仲裁。

「Hei！在公會打架可是違反規範的Yo。要打給我去外面，要搞給我去Hotel。添麻煩的行為可是Non、non、non。」

「小姐妳退下！這小鬼可是瞧扁了傭兵的工作。在他做出無法挽回的事情之前，看我們用拳頭幫他好好上一課。」

「只要折斷個兩、三條手臂，他應該就會知道自己的斤兩了吧？」

「順便連腿也打斷吧。」

「別忘了肋骨啊。」

已經沒辦法收拾這狀況了。

「傑羅斯先生，你想點辦法啊。要是我輕輕出手就害這些人受重傷的話，他們會找我索賠吧？」

「你擔心的居然是索賠啊～是說，那邊的櫃臺小姐。」

「什麼事？」

「我看事情已經無法收拾了，就讓他們和亞特打一場吧。這樣他們就會知道自己的斤兩了。」

「「「「你說什麼！」」」」

傑羅斯一邊承受著男人們的殺氣，一邊把自己的公會卡片交給了櫃臺小姐，只見小姐面不改色，只用眼神表現出「咦，S級？真的假的？」的驚訝態度。

「他們的傭兵階級有多高？」

「呃……平均是B級吧。」

「那麼，要是亞特他打退了在場的所有人，妳能不能讓他直升A級呢？他很強喔，畢竟是我培訓出來的。」

傑羅斯的話令櫃臺小姐倒抽了口氣。

這表示眼前的青年是受S級傭兵鍛鍊過的高手。

「這我必須請示公會長……」

「那麼能否請妳去問一下公會長呢？別看我們這樣，我們也是很忙的，希望能夠快點完成這個登錄作業。」

「我知道了……請稍等一下。」

櫃臺小姐甚至忘了她擅長的饒舌歌，急忙前去請示公會長許可。

沒過多久之後，櫃臺小姐回來了。

「傑羅斯先生，您的提案已經獲得公會長許可了。呃……亞特先生與B級傭兵的各位可以進行比試，各位也可以使用鬥技場。」

「「「「唔喔喔喔喔喔喔喔喔喔，我們要幹掉他！」」」」

既然可以合法打架——應該說比試，這些怒火中燒的傭兵們自然是整個興奮起來。

相對的傑羅斯一副「這些傢伙連對手的強弱都無法判斷，看樣子是一輩子都無法升級了」的態度，悠哉地觀望著。

「唉，這對他們來說也是一帖良藥吧。」

「傑羅斯先生，這樣好嗎？」

「沒辦法啊，不這樣做根本解決不了事情……你要記得放水喔？因為他們比你弱得多了。」

「總覺得這跟在哈薩姆村那時候的對決有點像……沒辦法，我就隨便打打，趕快解決吧。」

亞特鬱悶地嘆了氣。

但這原本就是因為他不小心說錯話惹的禍。

「那麼各位，請到鬥技場集合。」

「啊啊～麻煩死了。」

「這死小鬼真有夠瞧不起人的。」

「我不會讓他死得那麼輕鬆的啦。」

「我可要好好凌遲他。嘻嘿嘿嘿嘿。」

亞特等人穿過位於公會深處的門，走向鬥技場。

「傑羅斯先生，公會長表示有話想跟您談談，方不方便借用您一點時間，請您賞個光呢？」

「嗯？公會長嗎？嗯，既然是我先提出了這種亂來的請求，要談一下是無妨……」

「那麼，請往這邊走。」

傑羅斯也出發前去見公會長了。

在事件中心的人物離開後，在場沒有發作的其他傭兵放心地鬆了一口氣。

「那幾個傢伙死定了。」

「竟然去挑釁那樣的怪物……我雖然答應他們下次要一起接受委託，但他們應該會因為受傷而無法工作吧。我至少去探望他們一下好了。」

「他們光是還能活命就該謝天謝地了吧。一個不小心就得請牧師來嘍。」

他們只能為消失在門後的可悲同業禱告。

自作孽不可活。這兩位魔導士就是這麼危險。

◇◇◇◇◇◇

亞特踏入鬥技場後，一位公會職員請亞特挑選訓練用的木劍。這位公會職員是負責來監視這場名為實戰測驗，實為決鬥的比試的。

因為亞特基本上什麼武器都會用，所以就選了把順手的木刀。

「我就挑這把。好了，我們速速結束這場決鬥吧。」

「你、你還是不要這樣挑釁比較……」

亞特面向傭兵們，一副覺得很麻煩的樣子，出言挑釁他們。

「臭傢伙……還真是狗眼看人低啊。」

「我本想饒你半條命的，但我可嚥不下這口氣。」

「啊～別擔心。我會放水。啊，還有為了保險起見，我先聲明一下，要是不小心打錯地方出了人命，可別算到我頭上喔？」

「「「「會死的是你啦啊啊啊啊啊啊！」」」」

這句話自然是火上加油，讓他們更是怒火中燒。

「唉～沒辦法。請各位開始吧。首先由戰隊『森之鷹』的蒙布朗上場。」

「嘿嘿嘿，算你運氣不好，我在B級可是頂尖高手喔？放心吧，我會一擊收拾你的。」

名為蒙布朗的男人是個手拿巨劍的大塊頭。

他全身半裸，除了保護心臟的防具外，只用護腿和護腕之的裝備保護手腳，是靠蠻力攻擊的類型。

亞特認為對方為了加強每一擊的威力，相對的犧牲了防禦力。

「這名字聽起來好好吃喔……少廢話了，儘管來吧。」

「不准說我是蛋糕啊啊啊啊啊啊啊啊啊啊啊！」

看來他不太喜歡自己的名字。

先不管亞特心想著「我根本沒那樣說」，蒙布朗高舉巨大木劍，用從那巨大身軀難以想像的速度猛然逼近，打算用自己擅長的猛劍打倒亞特。

在每個人都認為「這下就要結束了」的瞬間，亞特像是穿過了朝他逼近的蒙布朗的身體，站在蒙布朗身後。

「「「……咦？」」」

下一瞬間，眾人就看到了蒙布朗倒在地上的身影。

「慢死了。我都要打呵欠了。」

「下、下一位！同戰隊的夏奇。」

接著上場的是個莫西干頭男。

「這回是個公雞頭喔。我有時候會想，為什麼會有人主動想剪這種頭啊？我覺得這種髮型很丟臉，不管怎樣都不想剪成這樣耶。」

「不、不准說我是雞啊啊啊啊啊啊啊啊啊啊啊啊。」

結果這位也被亞特用同樣的方式擊敗了。

這時傭兵們總算理解了。眼前這位青年擁有超乎常人的實力。

但是現在後悔也已經太遲了。

「你們一起上吧。我嫌一個一個打麻煩。」

雖然這發言非常瞧不起人，但意識到雙方實力差距的男人們全都當場跌坐在地，一動也不動。

不，他們是動不了。

「既然你們不來，那我要上了。不然這樣下去沒完沒了。別怪我啊？」

「「「別、別過來啊啊啊啊啊啊啊啊啊啊啊啊啊！」」」

所謂的傭兵，既是獵人，也是戰士。

如果不清楚自己有多少本事，並看出自己與對手之間的實力差距，就無法在要賭上性命的場合下存活。

挑戰亞特的這群人，在亞特那宛如某位流浪劍客的快速劍術肆虐之下，全都感情很好地一起被打飛到了空中。

◇◇◇◇◇◇

大叔正從公會長的房間眺望亞特作戰的英姿。

「亞特你到底是哪裡跑來的主角啊～……」

「他還真強呢……」

打扮得像是一般做行政工作的上班族的公會長與傑羅斯，看著眼下上演的單方面屠殺劇，不禁嘆了口氣。

「話說，方才我提的那件事情……」

「希望我們能將在未開拓地區取得的魔物素材賣到這裡是吧？可以啊。我先不提，亞特並不歸公爵家管轄。」

「那就拜託兩位了。最近素材的流通有些太過穩定，導致價格開始下滑了。如果有未曾發現過的素材，應該可以激起傭兵們的幹勁吧。」

「他們也得因此賭上性命就是了……」

由於傭兵公會和商業公會間有所往來，雖然雙方會透過讓各式各樣素材流通於市面的方式來增加彼此的收益，但最近打安全牌的傭兵人數愈來愈多，使得許多素材的價格都有下滑的趨勢。

要是傭兵總是挑某些特定魔物打，流通在市面上的素材數量是會增加，但是相對的，收購價也自然會隨之下滑。

商人們雖然很期待看到未知魔物的素材，可是根本沒幾個傭兵肯踏入法芙蘭大深綠地帶。

然而他們也不能開口要求傭兵們去冒險犯難。

「商人公會那些人也真是亂來吶。」

「雖說能穩定地交易比較好，但素材太多也很讓人頭痛呢。」

「……總覺得你不太像公會長呢，硬要說的話，你給我的感覺更像是被塞了一堆瑣碎工作的公務員。」

「常有人這麼說。畢竟分部是由三位公會長共同營運的，不論哪裡都會有一兩個如同你想像中的那種公會長在。我們這邊也有一位喔。」

「原來如此……」

傭兵公會可是二十四小時營業。

不僅員工，連公會長也需要包含夜班在內的輪班人員。

「……差不多要結束了吧。」

「最後一個人……」

在他這句話說完之前，亞特就將最後一位傭兵打趴在地上了。

從這天開始，亞特只要走在鎮上，傭兵們就會對他低頭行禮。

其中甚至有幾個會大聲地叫他「大哥～～！」的人在……

第十話　最強組合前往雪山

一早，路賽莉絲做完日課的禱告後，便開始準備早餐。

她打開冰箱門想拿出食材，然而令人傷腦筋的是裡頭沒有蛋了。

「真傷腦筋呢。我本想用蛋煮個湯的……」

教會的孩子們都很會吃。

孩子們早上會主動去鍛鍊，也會下田工作，每天靠著參加慈善活動來賺點零用錢。活力十足的他們正值成長期，每天都要大吃特吃到實在稱不上有教養的程度。

無論有多少食材都不夠。

要是物價不低，教會根本養不起這些小孩吧。

國家發配的補助金也是寥寥無幾，光要維持生活就是極限了。

即使可以靠著醫療行為增加收入，但僅靠路賽莉絲一個人的收入，還是很難撫養得起五個孩子，已經沒有什麼可以節省開支的地方了。

販售曼德拉草所獲得的收益也幾乎全都用在生活費上，她得靠著販售調配好的藥品，手頭上才能勉強變得寬裕一些。

不過相對的，每到採收曼德拉草的季節，她就得承受精神上的打擊……

『去拜託梅凱，請牠分一些蛋給我好了。傑羅斯先生也說他吃不完，我可以拿一些走沒關係。』

住在隔壁的大叔飼養著咕咕。

就算咕咕們每天只會下幾個蛋，可是一週累積起來這數量也不少，一個人是吃不完這麼多的。

大叔可能真的不知該如何處理這些多餘的蛋吧，所以才會跟路賽莉絲說『這些蛋就這樣浪費掉也是可惜，妳需要的話可以儘管拿去喔？』

大概是因為他只要出個遠門，回來就得面對多到吃不完的蛋吧。

儘管大叔的行為說難聽點就是在清庫存，不過路賽莉絲仍認為這是他的一片好意。

大叔在她心中的評價又上升了不少。

「雖然不太好意思，但我就恭敬不如從命了……」

路賽莉絲雙手交握在胸前，獻上自己的感謝之情。

她的感謝並非獻給四神，而是獻給了傑羅斯隨性給出的善意。畢竟她本人根本不相信神。

她原本就和強尼他們一樣是孤兒出身，完全沒想過要仰賴神這種事。

她只相信人類的善意。

不過從旁觀者的角度來看，她祈禱的樣子就像是聖女吧。

接受了他人的善意，就要用別的事情來回報對方。這是路賽莉絲的誠意。

可是住在隔壁的大叔無論什麼事情都能自己搞定，害得路賽莉絲幾乎沒有機會向他致謝。

「唉～……要是能做點什麼回報他的恩情就好了。不過現在比起那件事，我再不去拿蛋就要來不及做早餐了。」

雖然她覺得一直受對方照顧很過意不去，但目前根本沒有路賽莉絲能替傑羅斯做的事。

『要是在這種狀況下結婚了，搞不好傑羅斯先生會一手包辦所有的家事，我身為一個女性這樣是不是不行啊？』

儘管平時沉著穩重宛若聖女，她畢竟正值對結婚充滿嚮往的年紀。

她還算擅長打理家務，但經驗上當然跟長年獨居又親自打點家務的大叔沒得比。

不僅是廚藝，在其他方面也有著偌大的差距。

只見她正用手捧著臉頰，心想著『沒想到我竟然喜歡比自己年長的對象……』

在她眼中，比起長得好看的帥哥，實力優秀但個性獨特的大叔更有個人魅力。

——應該說她在神官修業時期就看過好幾個只有一張臉能看的男人了。只是當朋友那還好，不過她從沒想過要選這種人當情人或丈夫。

不管外表長得再好看，這些男人仍藏不住心中的歪念，以致於路賽莉絲總是處在能感覺到他人正在偷瞄自己胸部或臀部的目光下，這讓她很難對異性產生戀愛情感。

以某種意義上而言這遭遇也是滿悲慘的。

「不過真沒想到我會喜歡上年長的對象……唉～傑羅斯先生有沒有可能會主動出擊呢。」

然後她甚至還說出了這種大膽的話。

幸好現場沒有其他人在。

如果那些對她有興趣的男人在場，這肯定是句會讓他們做出急著找死的愚蠢行為的爆炸性發言。

但路賽莉絲完全沒有這樣的自覺。

她也是個戀愛中的少女，完全不在乎他人的眼光。

「啊，不是在這裡做這種事的時候了。趕快去拿蛋吧。」

路賽莉絲從教堂後門走了出去，朝著傑羅斯家的方向前進。

缺乏食物的孩子們今天也非常飢餓。

◇◇◇◇◇◇◇

「呼喵啊～～～～～～？」

「閃電————————！」

「超爆帥氣長髮哥————————！」

「肉球磨蹭————————！」

當路賽莉絲走到傑羅斯家前面時，只見孩子們今天也活力十足地發出奇怪的吶喊聲，飛舞於空中。

他們全是被有著一身鮮豔紅毛的咕咕，梅凱師傅給拋出去的。

「噗咯啦————————！」

而伊莉絲也一樣飛在空中。

這是最近常見的景象。

以路賽莉絲的立場而言，她剛開始確實會緊張地守在一旁，但現在已經完全適應了。

這也是因為——

「「「「「貓咪旋身落地！」」」」」

五人都學會了受身技巧。

即使又被拋飛到高空中，他們也能在空中扭轉身體三圈半調整好姿勢，並漂亮地從腳尖落地。搞不好都可以去參加奧運了吧。

只有伊莉絲似乎有點失去平衡，雖然平安著地了，身體還是沒能保持平衡，但這點就原諒她吧。不如說她能在短時間內成長到這種地步已經很值得稱讚了。

『這已經不是雞了吧？牠們到底要進化到什麼境界啊……』

梅凱以迅雷不及掩耳的速度同時拋飛五人。

牠在瞬間施展出的超快速攻擊，讓路賽莉絲根本看不出來到底發生了什麼事情。平時能在僅有一粒米的間隔下看破這些攻擊的飼主也很誇張。

『咕咕咕咕咕！（你們還不成氣候。只要學會這一招，即使對手體型巨大，也能輕鬆將對手拋飛出去。你們就自己接下這一招，並從中體會其精髓吧。）』

「「「「「遵命！梅凱師傅。」」」」」

梅凱用像是把人給撈起來的動作，把體重明顯比咕咕更重的人類給拋飛了出去。

牠這招不是利用讓對手重心不穩，或者瞬間的反作用力等物理法則實現的。梅凱正在將無論怎麼想在現實之中都不可能實踐的招式教導給孩子們。

然而現場沒人發現這個事實。

只有伊莉絲有可能發現這件事，可是她也因為「畢竟這裡是奇幻世界嘛」而接受了。

「梅凱師傅，請問我可以拿一些蛋嗎？」

「咕咕咕咕咕。（小屋後面有一些孵不出小雞的蛋，妳就隨意拿去吧）。」

「非常的感謝。（雖然每次都是這樣，可是我們到底為什麼能和咕咕對話啊？大家都不覺得這樣很奇怪嗎？）」

對於人為什麼能跟咕咕交流這點，路賽莉絲似乎也十分不解。

不過就算去思考這件事，也無從得知答案。

路賽莉絲儘管覺得不可思議，仍走向小屋後方的棚架，從咕咕們手中接過新鮮的雞蛋。

而小咕咕們正在小屋前方，活力十足地模仿著武術練習的散打。

『……照一般的想法來看，這裡增加了這麼多武鬥派咕咕，是不是不太妙啊？』

應該每個人都曾經想過這個問題吧。

路賽莉絲也不例外。

可是既然飼主不覺得這有什麼問題，那不管她怎麼想都無法改變現況。

她因為背脊發涼而別開了目光，卻又看到孩子們飛在空中的樣子。

感覺他們似乎很開心。

「「「「貓咪旋身落地！」」」」

孩子們在空中像貓咪一樣轉了三圈，做好受身的準備。

或許是錯覺，但路賽莉絲覺得他們的受身動作好像變得比剛才更俐落了。

◇◇◇◇◇◇◇

登錄成為傭兵的隔天。

傑羅斯和亞特一早就要好地一起坐上了「響尾蛇號」，展開天空之旅。

他們只要大約三小時就能抵達目的地，但是在抵達前實在閒得發慌。

也算是為了打發時間，傑羅斯他們開始商量起今後的計畫。

「她是叫阿爾菲雅嗎？讓那個小邪神復活之後，我們要做什麼？」

「嗯～應該要去解決四神吧？我想小邪神才剛復活，應該還無法戰勝四神吧？而且亞特你本來就打算要這麼做吧？」

「嗯，我確實是想消滅梅提斯聖法神國。我打算把那些傢伙引出來之後幹掉她們。」

亞特他們的目的就是向當初把邪神非法棄置在「Sword and Sorcery」的異世界空間裡，害他們來到這個世界的四神復仇。

莉莎和夏克緹本來正各自朝著自己的夢想在努力，亞特也為了準備和唯的新婚生活而找到了工作。

每個人都對自己的未來抱著希望，向前邁進著。

當這些努力與夢想被人奪走了，他們會想復仇也是理所當然的吧。

一旦阿爾菲雅．梅加斯完全復活，四神就不是她的對手了。

而且阿爾菲雅的目的和傑羅斯等人相同，雙方也不至於會演變成敵對的關係。

使邪神復活並協助阿爾菲雅取回這個世界的管理權限，好像原本就是傑羅斯這些終結者所要扮演的角色。

至於傑羅斯等人完成這個任務後會有什麼下場，現在去思考這件事也沒用。

「畢竟我們似乎是『弒神』。在阿爾菲雅復活後，應該會變成她的護衛吧？除此之外我想不到我們還能做些什麼了。」

「不是，只有四神的話，光靠我們就能打贏了吧？直接去打倒她們不就得了？」

「嗯～……這樣明目張膽下手的話，接下來麻煩的就是信眾們了吧。你根本猜不到那些宗教狂熱分子會做些什麼喔？搞不好會綁架或暗殺你的家人和朋友。不然就是做出自爆式的恐怖攻擊。」

「嗚哇……一想到那種傢伙也有信徒，就覺得這真的很麻煩耶。我是不希望造成無謂的犧牲……」

「宗教家就是這麼回事啊。過度的信仰會讓人毫不懷疑，堅信自己是對的。根本聽不進去別人的意見。只會用自我中心的思考方式來解釋所有事情吶～儘管嘴上說著慈悲、寬容什麼的，其實只是把自己的想法強加在他人身上。逼迫其他人信仰，只要對方拒絕，就將對方視為是異端，而且會集體霸凌。」

「真想在事情變成那樣之前給予他們重大的打擊呢。之前還想把強大巨蟑塞給我們處理。」

「你馬上就要有新的家人了。盡量不要太亂來比較好吧。」

若是身邊有必須保護的對象，那就有可能會變成自己的弱點。

要是家人、情人、朋友被當成人質就麻煩了。更何況亞特還有唯在。

再加上小孩也快出生了，現在是很重要的時期。

「真要說起來，不就是四神害這個世界出問題的嗎？畢竟聽起來是那些被召喚過來，無法回歸轉生輪迴的魂魄變成ＢＵＧ侵入了世界的系統裡，也說這個問題帶來的干擾對生態系造成了諸多影響。我們是例外就是了。」

「系統失控啊……開始侵蝕世界的法則，促使生物發生劇烈的異變。說不定有等級超過1000的魔物呢。」

「嗯～很難說喔？這個世界的人平均等級只有100，如果是那麼強大的魔物，他們根本應付不來吧。」

「傑羅斯先生……這個世界的平均等級是200耶？普通人的等級最高會到100以上，上級人士則是200上下。高手級則是300。但等級差不多從300開始就不會再往上升了，只有『勇者』和『超越者』能超過500。」

「咦？」

「咦？」

儘管只有一瞬間，但兩人都僵住了。

「咦？不是就算超過100，也頂多只會到150上下嗎？勇者本來就是特例所以先不論，我看到的城鎮居民和衛兵大多是這個等級，所以我想超過200的應該很少見吧……要說有到300的就是克雷斯頓先生了，但我以為那只是他到了那個年紀累積下來的經驗所造成的差距啊～因為這裡是沒什麼紛爭的和平國家，所以等級成長不高吧……」

「不，不是這樣喔？在我調查的範圍內，等級在200上下的人特別多。等級在這個區段的人大多會擔任國家要職。例如騎士團長、將軍，或者是直屬於國王的國軍部隊騎士。獸人族的等級也幾乎都在200上下。一般的強者都隸屬於戰隊，以某個村莊或城鎮為據點活動。農民也因為要驅趕魔物，所以都還滿強的喔？你是在哪裡查到國家和平所以大家等級都不高這種情報的啊？」

「公爵家別館的書庫啊。是戰亂時期留下的書，書裡寫說那時有很多等級300的老練高手，可是實際上我在鎮上根本沒看過等級超過200的人啊。咦？真的假的？」

「啊啊……那個啊，我猜傑羅斯先生你看到的，八成是戰亂時期留下的誇大史書。他們為了向後世強調自己當時的軍事實力，所以刻意寫了假情報進去吧。這在地球上不也很常見嗎？」

「啊啊～……算是一種政治宣傳手段啊。是戰爭時期當政者慣用的手法呢……原來如此，我懂了。居民等級之所以低，是因為等級和城鎮的安全性成正比，但不是所有聚落都有城牆保護，所以有戰鬥經驗，等級在200上下的人很多吧？這麼說來，我確實沒怎麼在其他村莊或城鎮鑑定過當地居民的等級，畢竟這牽涉到個人隱私，所以我通常會刻意不去鑑定啊。失策，失策。」

作為資料保存下來的史書，上面寫的未必全是事實。正因為當時正處於戰亂，書裡常會有後人加油添醋進去的假情報。而傑羅斯就這樣上當了。

追根究柢，除了大規模都市或是由有力人士治理的城鎮外，沒幾個聚落擁有能夠保護居民的城牆。

雖然沒有大深綠地帶那麼誇張，一般村落仍經常有魔物出沒，農民除了作戰之外也別無選擇，結果等級就提升了。

「我在意的是明明旁邊就是法芙蘭大深綠地帶，等級到300的人卻不多。去挑戰強大魔物的話，應該很快就能練到了吧。」

「亞特，這問題的答案想都不用想就知道了吧。首先，不會有王族為了開拓而踏入那麼危險的地區，他們甚至不會動這個念頭。傭兵也會以保命為優先，所以會避開危險。即使要到大深綠地帶附近活動，他們也會採取集團作戰的方式，畢竟經驗值會均分給所有人，等級自然就沒那麼容易上升。你要知道，要是出現等級接近５００的魔物，國家可是會發布警報的。」

而且更大的前提是強力的魔物根本不會走出法芙蘭大深綠地帶。那裡有豐富動植物可以作為糧食，自然界的弱肉強食循環也沒有被打亂，正常地在運作著。

大深綠地帶確實偶爾會出現一些在生存競爭下落敗的弱者，但大多會被其他成群結隊的魔物攻擊，遭到捕食，無法存活下去。

那裡是單一個體的強度與數量帶來的暴力格外顯著的地帶，法芙蘭大深綠地帶正是如此嚴苛又危險的地方。

「因為我也親身體驗過吶……是說亞特，你……為什麼這麼清楚檯面下的歷史？這不是你會有興趣的事情吧。」

「不是，是我和夏克緹她們一起調查這個世界的情報時，那傢伙舉了很多例子來否定歷史喔。例如這段記載文字是假的，這是當政者故意把歷史寫得對自己有利，事實上是國家級的陰謀等等……」

「啊，我好像可以理解。所以是她舉了地球上的歷史為例，亞特你就記住了……」

「夏克緹那傢伙可以從各種不同的角度切入，仔細評斷資料之後看穿真相啊。真不愧是想成為律師的人。」

「不是，這樣其實還滿恐怖的……她如果在地球上會是十分幹練的女強人喔？不過檢方應該會很辛苦吧。」

要是沒來到異世界，夏克緹應該會成為一位相當厲害的律師吧。

她的洞察力甚至優秀到有可能翻轉判決結果。她是伙伴而不是敵人這點真是令人安心。

「這麼說來，勇者們的世界究竟經歷過怎樣的歷史啊。他們的世界可能跟我們的世界是不同的次元對吧？」

「大致上是一樣啦。只是在歷史上有些細微的差異吧。比方說信長統一了天下啦，或是日本沒有參加第二次世界大戰，靠著海島國家的立場繁榮起來了之類的。」

「傑羅斯先生，你怎麼會知道這些事？」

「我在參加地下通道的施工工程時，碰巧遇到了一位大約三十年前被召喚過來的倖存者。對方現在似乎還是跟著同伴一起過著躲躲藏藏的生活。」

「倖存者……啊，莫非……」

「你察覺到這點了啊。沒錯……那些傢伙私下除掉了勇者們。我把這件事透露給被召喚來的現任勇者們之後，那些勇者立刻就背叛了聖法神國呢。」

傑羅斯在前往阿爾特姆皇國途中遭到勇者襲擊，他抓住那些勇者後，就把他從地下通道施工現場認識的加特那邊聽來的事情告訴了勇者們。

他這做法是有些粗暴，不過勇者們本來就對梅提斯聖法神國抱有疑心。所以他輕易地讓這票勇者們脫隊了。

勇者們之中當然也有被良好的待遇給沖昏了頭，刻意忽略這些疑點的人在。

可是一旦知道自己有生命危險，他們便毫不猶豫地選擇離開那個國家。畢竟比起奢侈的生活，性命還是更重要。

而且告訴他們這個真相的是日本人這點也有很大的影響。比起異世界的人，同樣是日本人的對象更容易獲得他們的信任。

也可以說這些勇者就是單純又幼稚。

「傑羅斯先生……這消息你為什麼沒跟我提過啊。仔細想想，我是第一次聽說這件事耶？」

「嗯～這跟所屬國家有點關係吧。畢竟我算是站在索利斯提亞這邊的啊。」

「我可是什麼事都告訴傑羅斯先生了耶？你應該沒有其他事情瞞著我吧？」

「哈哈哈！」

「別想大笑三聲就蒙混過去！你還隱瞞了什麼，給我從實招來！」

大叔在哈薩姆村將水源地連同周遭區域一併給摧毀了。在伊薩．蘭特則是啟動了最終兵器，不小心把梅提斯聖法神國首都給炸飛了。

儘管已把威力控制在最小限度，還是造成了數百人規模的傷亡。這些事要是洩露出去可就糟了。

「既然你隱瞞成這樣……一定是幹了什麼糟糕事吧？」

「你都認識我這麼久了，應該知道吧？我啊，不想害認識的人被危險分子糾纏啊。你知道愈多，表示你也不會好過喔？即使這樣你還是想知道嗎？」

「那還是算了。」

現實生活跟在玩「Sword and Sorcery」的時候相比，在對情報的處置上有很大的差異。

玩遊戲時會出現的情報，頂多就是新道具的配方或是隱藏活動的通關方式，雖然也是有各式各樣的情報，卻不會影響到現實生活。

可是轉生到異世界後，他們握有的情報變成了相當危險的東西，製作藥品和魔導具的技術，還有地球上的機械工學的應用方式等，這些情報都會對政治經濟造成極大的影響。

更遑論有關伊薩・蘭特的情報非常危險。

要是知道那裡可以連線操作目前仍在運作中的大量兵器，那才真的會讓世界再度陷入戰火之中。

畢竟那是最終兵器等級的玩意，對於野心勃勃的國家而言可是充滿了魅力。

這不是他可以隨隨便便就透露出去的情報。

「亞特你還有家人要保護，不要知道太多危險的情報比較好。」

「光是身為不合常理的魔導士就已經夠麻煩了。伊薩拉斯王國的國王真的很煩……他老是淚流滿面，垂著鼻水湊過來逼問我『亞特閣下～朕該怎麼辦才好！有沒有什麼好方法啊～！』之類的……」

「這國王的態度也太卑微了吧？就算再怎麼膽小，這也太誇張了點……」

「他是不算無能，但也稱不上能幹。雖然會在家臣面前表現出國王的氣魄，但是一想到主戰派不知何時會失控，就擔心的不得了。對於索利斯提亞魔法王國則是心懷感謝，畢竟索利斯提亞王國用合理的價格向他們採購礦石，讓他在財政方面上看到了希望吧。」

「他聽起來很像是原本是中間管理階層，突然被拉上去當總經理的人耶？因為沒辦法好好地管理部下，所以正覺得頭痛……要是家臣們不交報告就糟了～」

兩人嘴上聊個沒完，同時騎著「響尾蛇號」穿過山間，抵達了伊薩・蘭特上空。山間隨處可見用來作為通風口的建築物，周圍的森林則被積雪給覆蓋住。

「先在這一帶換上防寒衣物吧。」

「也是。只靠身上這些裝備，待久了會很難受呢，沒想到連這邊也得用上防寒衣物啊。」

大叔讓響尾蛇號在滯留空中，兩人從道具欄中取出防寒衣物後，急急忙忙地換上。冬天的空中實在是有點冷。

衣物是以利維坦的皮膜為主要素材，加上了好幾層加強防禦的強化魔法以及禦寒效果製成的高級品。還可以在使用者周遭張設具有保暖效果的結界。

「咦？發展程度沒有我想像中高耶……？城鎮的規模看起來不大。」

傑羅斯他們熟悉的建築物成了廢墟殘留於此，訴說著過去文明的快速衰退。從遺跡規模來看，應該是在發展起來之前就毀滅了。

「看來是這樣。伊薩・蘭特原本應該是最新的都市吧？從空中看下去感覺像是軍事設施。」

現場留有化為廢墟的機庫和跑道，怎麼看都不像是民間的機場。

更重要的是現場留有成了破銅爛鐵的八腳戰車，在倒塌的高塔建築物的瓦礫堆前端，也裝設了具有四管砲身的高射砲。

而且再往前有一處不自然的窪地，說明了那裡是個被高威力的攻擊給炸出來的坑洞。

「啊啊～……這裡應該是那個吧。是小邪神的一擊把這座基地給炸爛了。看起來像城鎮的瓦礫堆應該是軍營一類的吧？」

「你的意思是說這裡是軍事防衛都市嗎？這裡在『Sword and Sorcery』是一座飛行船熙來攘往的山間經濟都市耶。」

「如果沒毀滅的話，可能會發展成那樣吧。我都把伊薩・蘭特當成第三新東京……」

「我不會讓你這樣說的喔！那裡可沒有在開發什麼泛用人形兵器喔！」

「……找一找說不定有啊。」

「……別說這種討厭的話。我還不想回歸生命之水啊。」

先不提這裡是真的有某種人形兵器，「響尾蛇號」朝著長有大量樹木，彷彿要將瓦礫全數覆蓋住的一大片雪景森林降落。

但這時的傑羅斯他們還不知道。

這個地方同時是個凶猛生物橫行的野生王國——

賭上性命的生存競爭即將開始。

◇◇◇◇◇◇

風之女神溫蒂雅有氣無力地飄遊在險峻山頭綿連的山脈上空。

即使待在聖域，也只會被弗雷勒絲和阿奎娜塔沒完沒了地嘮叨抱怨，所以在兩人消氣之前，她先逃了出來。

這是因為阿奎娜塔等人被「漆黑流星強大巨蟑」攻擊時，溫蒂雅早早就溜之大吉的緣故。

當時在場的兩位轉生者強得不像話，即使四神全員到齊應該也打不贏他們。

溫蒂雅不想浪費多餘的力氣，便在誇張的戰鬥途中趁機溜走，結果事後被阿奎娜塔她們給狠狠臭罵了一頓。

溫蒂雅不像那兩位女神那麼欠缺思慮。雖然做事很隨性，態度卻相當冷靜，足以懂得要避開危險。

阿奎娜塔自我中心、弗雷勒絲笨、蓋拉涅絲超級懶，溫蒂雅則是隨性。還真是些麻煩的女神。

溫蒂雅身為女神之一，她現在卻很不開心。

原因是——

『喔喔喔喔……讓我回去……回到我們原本的世界……』

『我想回去喔喔喔……讓我回去故鄉啊啊啊啊啊……』

『嘻哈哈哈哈哈！消滅吧啊啊啊啊，受詛咒吧啊啊啊啊啊啊！』

『咕哈哈哈哈哈！嗚嘻，呼嘻嘻嘻嘻嘻！』

那些東西是怨念。是覆蓋於這世界上，有如薄膜般的黑霧。

這些全都是被召喚來的勇者最後的下場。

被人盡情利用之後還慘遭殺害的他們跳脫了輪迴，正在侵蝕這個世界。

他們憎恨的對象甚至包含了四神。可是他們在這種像是霧氣的狀態下沒有任何力量。

至少四神是如此認為，而放任他們不管的。

「……吵死了。」

雖然是人類的肉眼無法辨識的存在，可是身為女神的溫蒂雅能清楚地看見這些異常現象。

黑霧形成了無數張臉，聚集在她的周遭。

強烈的思鄉之情，以及對這個世界和四神的憎恨。

這些怨念甚至影響到近乎是溫蒂雅部屬的妖精或精靈，扭曲了自然體系。

土壤腐化、水燃燒、吹起瘴氣之風、火焰凍結了各式各樣的生命。

森羅萬象全都扭曲了。儘管釋放出了如此驚人的力量，這些怨念卻無力危害溫蒂雅。

純粹的惡意無法對抗神。

溫蒂雅一臉煩躁地皺起了眉頭。

『殺殺殺殺殺……』

『我好恨我好恨我好恨我好恨我好恨我好恨……』

『怨怨怨怨怨怨怨怨……』

曾幾何時，這個世界已被黑霧給包圍。

溫蒂雅雖然不在乎，但她最近總覺得這個世界看起來骯髒透頂，無法忍受。

可是淨化對這些黑霧不管用。

因為黑霧很弱，所以她之前都放著沒管，沒想到這玩意卻變成了令人煩躁的存在。

然而溫蒂雅不知道為什麼這些怨念沒有自然消滅。

她沒有發現這些凝聚成團的惡意原本都是勇者。

不，應該說她根本不在意才對。

她才不會把消耗品的事放在心上。

本來四神就只碰過一次有機會危害到她們的存在。

即使聚集了再多怨靈，也不可能傷害到身為神的她們。

所以她們無從得知這些怨靈其實是相當危險的存在這一事實。

沒錯，她們想都沒想過，這個世界的法則正逐步遭到侵蝕，打算產出甚至能威脅到神的存在。

「……礙事。」

溫蒂雅有氣無力地嘀咕了聲，聚集了風，讓黑霧收縮成一團。

最後將黑霧壓縮成了一塊黑色結晶。

「……」

化為結晶的怨靈。

可是壓根沒想過要怎麼處理這塊結晶的她，做出了非常不得了的事。

「我不需要這玩意……」

她一邊這麼說，一邊丟掉了怨靈的結晶。

然後她看了看稍微變得乾淨了點的天空，滿意地離開了。

完全沒想去了解這塊結晶將會帶來什麼後果──

◇◇◇◇◇◇

那是隻弱小的魔物。

牠是在自然界只會遭到其他生物捕食，連名字都沒人知道的小小動物，但牠還是拚命地在殘酷的自然界中努力求生。

有一塊黑色的結晶掉到了這小小魔物的面前。

這隻小動物把由豐富的魔力構成的這塊結晶當成了食物。

魔物可以吸收其他魔物的魔石，並依魔石的品質加速演化。這點對於這隻小魔物而言也是一樣的。

身處於生存競爭中的魔物，立刻咬下了這塊結晶。

這行動出於牠的生存本能。

「啾！」

那是一股龐大的力量。

流入的魔力讓小魔物體內的魔石急速膨脹。

牠的肉體也跟著迅速漲大，小小的身體轉瞬間化為巨大的身影。

然而不只是這樣。

伴隨龐大的力量，和那力量一樣多的憎恨、悲痛的嘆息與思鄉之情一舉湧上。

那小小魔物自然承受不住。

『消滅……梅提斯聖法神國……四神……我好恨，我不甘心，我難過，我想回去……』

在獲得肉身的同時統合為單一意識的怨念，擁有了明確的自我意識，讓巨大的身軀浮到了空中。

儘管被各式各樣情感玩弄著，卻唯有破壞的意志非常明確。

復仇者就此誕生了。

這隻往後被稱為「賈巴沃克」的魔物為了變強，開始獵捕其他魔物。

全身背負著憎恨的火焰——

第十一話　傳說就是這樣創造出來的

在滿是積雪，連要跨出一步都很困難的森林裡，傑羅斯和亞特兩人前進著。

積雪比他們料想得更深，有些地方甚至會埋到膝蓋那麼高，老實說他們很後悔，覺得自己太小看雪山了。

過去人們熙來攘往的城鎮現在也已經化為瓦礫，建築物被有如生命力象徵的樹木包圍著。無人居住的城鎮竟然會被大自然埋沒到這種地步，超乎了他們想像。

勉強保留下來的跑道因為位於開闊的地點，所以靠著太陽的熱能融化了上面的積雪，少許生長在跑道上的草木從積雪與結冰的路面探出頭來。

擱置在那兒的多腳戰車則宛如屍體。

「跑道為什麼會在沒有積雪的地方啊。光靠太陽光的熱量，就足以讓跑道變得溫暖到足以看見路面嗎？」

「應該是因為底下埋了太陽能板之類的東西吧？雖然不知道為什麼要設置那種東西……摸起來的觸感像是玻璃，可是會排放出熱能。應該是某種特殊合金吧。」

「嗯～……跑道裡會埋入強化玻璃嗎？即使說是用來發電的，感覺數量也不太夠。難道是節能發電機？舊時代的技術還有很多未解開的謎團呢。」

器具或設施中不會有派不上用場的東西。

更何況假設這座化為廢墟的城鎮本是一座軍事設施，那就更不可能出現無謂的器材了。

舊時代有高度的魔導文明。既然有魔導動力爐，還需不需要太陽能發電這點確實很可疑。畢竟那是個充滿乾淨能源的時代。

「話說回來，在雪裡真的很難走路耶。有些地方積雪很深，感覺是個比預料的更辛苦的狩獵場。」

「魔物也很多喔？我們周圍現在就有成群的雪狼……」

大叔他們現在正被魔物群給包圍。

雪山缺乏糧食，能夠冬眠的魔物早已陷入沉眠。目前只有在冬天還能活動的魔物正活力十足地在尋找獵物。

大叔他們當然也被當成是糧食了。

「嗯～……為了亞特的生活著想，還是希望能在不受傷的情況下打倒獵物呢。要是能減少魔物損傷那就更好了。」

「要用弓嗎？在這狀況下，弓應該是相當有利的武器……」

「說得也是～雖然箭是消耗品，但現在也容不得我們挑武器了。」

他邊說邊打開能力參數欄，用像是在敲擊控制面板的動作更換了裝備。

不過控制面板只有傑羅斯他們看得見，所以從旁人的角度看來，他們只是在做些詭異的動作。

更何況只有轉生者身上才有道具欄或是儲存空間這種東西。

雖然也有「道具包」這種東西，可是這種類型的道具只能從迷宮中獲得。

「我原則上是用鐵箭喔。雖然武器是祕銀弓啦。」

「我也是類似的裝備。畢竟用特殊加工過的武器會弄壞素材……」

傑羅斯等人雖然擁有強力的武器，但拿出來用反而顯得戰力過剩。

轉生者的能力加上武器的威力，將會炸碎好不容易弄到手的素材。

大叔永遠忘不了在法芙蘭大深綠地帶變成絞肉的兔子。

「其實就連這樣我都覺得太過火了呢～別忘了要發動『手下留情』喔。」

「ＯＫ。」

「在某些情況下光是丟個小石頭都能搞定就是了。」

「小石頭？不，那實在是不可能吧。」

亞特似乎沒試過指彈或投石一類的招式。這些技巧在狩獵時意外的有用，效果甚至比用陷阱更好。

「優先鎖定利牙、尖爪和毛皮一類的素材吧。這些東西應該可以用很不錯的價錢賣給有錢人。」

「目標買房！還有魔石也可以賣掉吧？」

「雖然賣得掉，不過很大的魔石想要變現得花上不少時間呢～收購方要準備錢也是滿辛苦的。」

「不能賣去魔導具店嗎？」

「那邊啊……是虧本經營呢。」

由打扮得像是魔女的女魔導士經營的店面。

可惜那裡有個在貶低店面價值方面稱得上是天才的店員。而且還是個一直想把客人當成罪犯的麻煩女店員。

「希望那家店別倒閉吶。」

「那家店到底是有多慘啊？」

儘管兩人被雪絆住了腳步，仍朝著狼群衝刺而去。

一般來說這是前去送死的無腦行動。

由兩位凶狠的魔導士發起的魔物大屠殺行動開始了。

◇◇◇◇◇◇

「哈啾！」

魔導具店的店長貝拉朵娜打了一個大噴嚏。

「是有人在談論我嗎？身為一個好女人真是困擾呢～太美也是一種罪惡啊。」

「店長～拜託妳等睡著了再說夢話啦～妳害我雞皮疙瘩掉滿地耶～？」

「庫緹……妳這話是想找我吵架嗎？」

貝拉朵娜抓住沒用店員的領子，用足以嚇哭小孩的銳利眼神狠狠瞪了過去。

她會這樣凶庫緹是有原因的。

庫緹總是在找來店裡的客人麻煩，把對方說成是罪犯，然後每當她這樣做，就會被貝拉朵娜打趴在地上。

不管交代多少次，庫緹都改不掉這個毛病，結果使得客人愈來愈少。儘管店面位在面向桑特魯成大街上的好地方，卻只有這家店賺不到錢。

而且頭痛的是庫緹深信自己是名偵探，總是會找機會做些不合邏輯的推理來惹怒客人。有這種店員在店裡，當然不會有客人造訪。

貝拉朵娜也很清楚這一點，雖然在親戚哭哭啼啼的百般拜託之下，她也很努力想要矯正庫緹的毛病，但庫緹的腦袋裡面根本沒有改過這個詞。

也就是因為這樣，這家店目前完全處於門可羅雀的狀態。

「屢次找客人麻煩，挑些愚蠢的毛病趕走人家的不就是妳嗎！妳知不知道什麼叫做反省啊？這可是小孩子都懂的話喔。啊？」

「店、店～長～……妳的大特寫很可怕耶～」

「就算我脾氣再好也是會爆炸的啦！妳以為這是誰害的啊。是・誰・害・的！」

「呃……我認為是店長不夠努力做生意～……」

「妳這個白吃白喝的很敢說嘛！我要開除妳……這家店已經不需要妳了。」

完全不懂得反省的笨蛋店員臉上帶著笑容僵住了。

「店長……妳剛剛，說什麼？」

「開除、裁員、流放。什麼都好，我這裡已經沒有餘力養一個只會扯後腿的沒用傢伙了。」

「妳是……開玩笑的吧？」

「是真的，超認真。妳知道妳害我付出了多少損失嗎？而且妳還大吃大喝，擅自跑去餐廳賒了一堆帳……妳要是付不出錢，打從一開始就別給我在外面吃飯！」

「怎、怎麼這樣～妳不是我的監護人嗎～！」

「誰是啊！妳都幾歲了，不寄生在別人身上就活不下去嗎？到底要白吃白喝到什麼程度！」

名為庫緹的生物就是如此的自我中心。

三天兩頭惹怒客人、把客人氣走不說，手邊沒錢卻整天泡在餐廳裡賒了一堆帳，而且還指望別人能幫她付清。稍微對她好一點就會無止境的得寸進尺，還會厚臉皮地催促別人。是個根本找不到半個優點的瘟神。

「既然都這麼大了還不能獨立，那妳不管去哪裡都派不上用場吧。因為妳完全不聽別人說話，只會照自己腦中認定的想法擅自行動。妳去當礦山奴隸還比較好吧？」

「妳怎麼這樣說～要是我去了那種地方，三天就會懷孕了！」

「那就懷啊！反正妳也結不了婚。」

「店長不也一樣嘛～」

「……我有男朋友喔？」

店內的空氣凝結了。

庫緹又帶著一臉笑容僵在原地。

「啊哈哈哈哈，店長怎麼可能有男朋友～討厭啦～幹嘛這樣愛面子。」

「我真的有喔？要是沒有僱用妳，我早就結婚去了。」

「……真的假的？不是只存在於店長腦中的空氣男友？」

「沒禮貌！是真正的男朋友啦。啊，要是妳害我這家店倒閉了，我就可以直接去結婚了。要說這方

法行不行，好像也是行得通吧？」

庫緹全身冒出大量的汗水。

「我……我從沒聽過這件事耶？」

「我有必要跟妳說嗎？要是跟妳說了，妳肯定會去要脅人家吧。我不想給他添麻煩。他的名字跟住處我也絕對不會說出來的。尤其是告訴妳這種臉皮超厚又恬不知恥的人。」

「我才不會那麼做～討厭啦～店長妳喔……」

「妳是不記得自己在當冒險者時做了些什麼嗎？妳跟同伴借了一堆錢不還，在餐廳也只會要別人請客，自己從沒請過別人對吧？妳派上過什麼用場嗎？不講道義也沒有道德感的妳根本就無法信任。」

「有啦～！我主要是在戰鬥上救過大家的命啊～」

「這是指妳靠著一身蠻力，好幾次連同魔物把可以賣錢的素材也一併打爛的扯後腿行為？還是無視伙伴的意見擅自衝進危險地帶，害得他們有生命危險的事？這難道不是在找麻煩嗎？沒有什麼比妳這種毫無自覺的廢物更差勁的了。」

「好過分！」

處於劣勢的庫緹全力運轉她那自稱灰色的腦細胞，重新確認現況與考量有效手段。

因為自己而害得店面倒閉＝貝拉朵娜去結婚，她當然會變得無處可去。

店面繼續順利經營＝為了讓店裡賺錢不需要她。她還是無處可去。

已經被宣告開除了＝現在就已經無處可去了。

判斷出再這樣下去就要年紀輕輕又兩手空空地流落街頭的庫緹——

「店長妳是被騙了！個性這麼糟糕的店長怎麼可能交得到男朋友～對方一定是覬覦妳的財產！」

——說出了不經大腦的蠢話。

「覬覦我的財產？我明明被妳害得連月虧損耶？我究竟哪來的錢呢～妳能不能告訴我啊？萬惡的根源小姐。」

「咦？呃～～這個～～～～嘛……」

「要是妳留下來，這家店一定會倒閉。就算妳不在了，我也很難挽回客人們已失去的信任，要回到穩定經營的狀況前肯定會很辛苦。倒店的風險大多了。雖然跟瞧不起做生意的妳說這些也沒用啦。」

「我、我覺得沒這回事啦～做生意就是靠道義、人情和信用啊～……」

「以道義和人情為優先，放棄賺錢嗎？這樣的人是當不了商人的。雖說信用比什麼都重要，但我的信用都被妳敗光光了！妳懂了嗎？」

「沒、沒有這回事吧～……」

「我實在不覺得妳這個史萊姆腦的白吃白喝廢物能聽懂我在說什麼。是我太愚蠢了。忘了吧。像妳這種人要交到男朋友，才真的是花一千年都辦不到吧～」

「沒、沒禮貌～！要是我有那個心，找個優秀男友什麼的……」

她在貝拉朵娜誘導之下，又情緒化的失言了。

而聽到這番話的貝拉朵娜——

「噗哈哈哈哈哈哈哈哈哈哈哈哈哈哈！妳、妳交男朋友？不可能，絕對不可能。這是本世紀最大的笑話了吧。嘻嘻嘻，肚子好痛……噗呼！」

——大爆笑。

這行為也讓庫緹十分憤慨，氣噗噗的說著「才沒有這回事。既然連店長都交得到男友，那我當然也很有機會～！」之類的話。

但本人完全沒有發現她這是挖洞給自己跳。

「嗯～哼，既然妳這麼說，不如就交一個來看看啊？男．朋．友。」

「咦？呃～……這麼突然嗎？」

「妳不是說既然我都有男朋友了，妳也有機會嗎？那妳應該可以輕輕鬆鬆就找到一個吧？」

「從現在開始嗎～？」

「沒錯，從現在開始。反正妳都被開除了，叫對方養妳啊。加油啊～♪」

「可惡，居然用那種得意的表情～……好啊，看我的！我這就去拐一個有錢人家少爺來，讓店長妳慘叫啦！」

「好好好，如果妳能拐到就好了。啊，不要再來找我了喔。」

「我絕對要讓妳哀嚎啦～～～！」

兩人互相叫囂，已經陷入了無法挽回的局面。

情緒化的庫緹就這樣衝到了桑特魯城的大街上。

然而這時貝拉朵娜忘了。庫緹是個無藥可救的垃圾——

後來有大量來自餐廳，要求付清賒欠債款的催繳通知湧入貝拉朵娜的店裡。

庫緹完全忘記自己已經被開除，而且她雖然因為吃霸王餐而被逮捕，但因為罪狀太輕，也不至於被打成奴隸，又因為兩人是親戚，結果欠債全跑到貝拉朵娜這裡來了。

關於讓人陷入不幸這點，庫緹真的是個天才。

在那之後，「要怎麼不留痕跡地解決這個笨蛋呢？」這句話變成了貝拉朵娜的口頭禪。

庫緹雖然回來了，卻也背上了生命危險。

儘管她本人完全沒有發現……

◇◇◇◇◇◇

這一天，正在調查伊薩・蘭特的索利斯提亞魔法王國調查員，前去探查了通風口的內部。

基於發現這條隱藏通道的學生證詞，他們從正在調查城鎮的調查團分了一半的人手過來，現在已經找出了幾條搬運資材的路線。

有些可以從地面上直通地底，他們也遇過順著錯綜複雜的道路走，結果從山谷間走了出來的狀況，這些通道簡直就像是螞蟻窩那樣複雜。

假如伊薩・蘭特是一座軍事設施，也不是不能理解這裡的資材搬運通道為什麼會如此錯綜複雜。不過他們要掌握這些通路的全貌時，碰上了大問題。

有無數地點已經化為魔物的巢穴。他們順著連接各處的狹小通風口匍匐前進後，發現各處都有哥布林或獸人徘徊，尤其是靠山脈的那一邊，已經成了許多魔物的棲息區域。

麻煩的是棲息在這裡的魔物異常地強，擔任護衛的騎士團和傭兵們根本無法與之為敵。

在通風口內前進的調查員也怕被魔物發現，便以尚未被魔物入侵的建築物做為據點，謹慎地慢慢推進調查進度，避免有人因此犧牲。

根據調查的結果，他們得知棲息於此處的哥布林和獸人擁有加工金屬的技術，是比調查員所知的同種魔物更大幅地進化的群體。

擁有技術就表示擁有智慧，而人們已經很清楚這種擁有智慧的魔物會採取有組織性的軍事行動。問題在於魔物的數量。

若是一個不小心讓牠們闖入了伊薩．蘭特，調查團肯定會全滅吧。

調查團目前雖然和騎士們同心協力封鎖了各處，但這層保障也不是絕對的。

考量到今後的狀況，正煩惱著該如何對應的調查團隊長，和副官一起眺望著外頭景色。

「傷腦筋……有那些傢伙在，調查就毫無進展，更重要的是這樣也無法調查外面的遺跡。」

「是啊。唉，畢竟這裡被放置了很久，事先也有預料到這裡可能會化為魔物的巢穴，不過……」

「那些傢伙跟我們不一樣，強度的上限幅度太不正常了……可惡，明明眼前有一座沒有探查過的遺跡，我們卻無法出手！」

「我們也覺得可惜啊。要是能多少分析出舊時代的技術，就可以讓人們的生活過得更輕鬆了……」

「比對過記錄在資料上的生物之後，還是完全不懂為什麼會產生出那樣的怪物。」

「那能說是進化嗎？但就算環境急速地發生了變化，真的會一口氣增加出那麼多物種嗎？」

「這也是我們想要分析清楚的點……要多少假設我們都提得出來，但那總是脫不了臆測的範疇。」

即使查閱了僅存的舊時代資料，至今仍存在的動物數量也不多。

就算依然存在，那些動物卻成了具有甚至能打倒魔物的凶暴性，幾時變為魔物都不奇怪的生物。以原有物種的型態留存下來的，頂多只有豬、牛還有馬這一類的家畜還留有原形。現在這個世界上的動物都已經可以說是魔物了。

「高等地精和獸人戰士長恣意橫行的地方嗎……這裡真是地獄。」

「要是能想辦法除掉牠們……不，這會造成許多犧牲吧。」

對於想調查舊時代特殊物品的研究者而言，伊薩・蘭特正上方的遺跡群簡直是寶山。想要立刻衝出去的心情驅策著他們。

但外面有具有成群結隊活動的習性，在生存競爭中存活下來的魔物，出去調查根本是去送死。

雖然要強行展開調查也不是不行，但隊長也不能因為個人因素而連累部下。

「實在太遺憾了……嗯？」

通風口外圈有提供工作人員使用的通道，窗戶鑲嵌了高品質化的厚重特殊玻璃。而在窗外的拓展開來的景象中，突然冒出了一道白色光柱。

「剛剛那是……什麼？」

「是凶惡的魔物彼此之間在戰鬥嗎？畢竟是即使持有鑑定技能也看不出等級的魔物，那應該是牠們造成的衝擊……」

「不，那是魔法攻擊。我記得發動『冰噴射』這種魔法，就會像那樣產生冰的間歇泉。」

「但是那不管怎麼看威力都不對啊。這噴起的冰塊量簡直像是冰山粉碎掉進湖裡後濺起的耶？」

「喔，原來你看過冰山啊……」

「我是看了記錄在舊時代魔導具中的影像……不是，這件事不重要吧？那很明顯是有某些很不得了怪物們正在交戰！」

這回換成了高聳入雲的巨大岩石。

被岩石的威力牽連的魔物，有如木屑般高高地飛到了空中。

其中有身體正面被挖掉的獸人，還有失去了前半截身體的雪狼身影，死狀悽慘的魔物就這樣直直落向地面。

「這，這這這……」

「遺跡沒事吧？要是承受了那種攻擊，原本保存下來的建築物也會……」

「怎麼可能沒事！那到底是什麼怪物，居然破壞了貴重的寶物！」

這場騷動引來了其他調查員，大家都直勾勾地盯著窗外。

這時候空中出現了巨大的火球。

火球發出的燦然光芒與其說是火焰，更像是濃縮後的雷電，散發出雄偉壯闊的光輝。

一股不祥的預感竄過隊長的背脊。

「該……該不會……」

無數光帶從巨大光球中延伸而出，衝過大地。

然後——

——轟隆隆隆隆隆隆隆隆隆隆隆隆隆隆隆隆隆隆隆隆隆隆隆隆隆隆隆隆隆隆！

衝擊波震撼了厚重的強化玻璃窗，震動使得建築物搖晃得像是發生了地震，水蒸氣的霧氣轉眼間便覆蓋了窗外的景色。

隨後產生衝擊波。

眾人了解到那是蘊含了莫大熱量與能量的攻擊。

光靠一擊便能橫掃大地，噴發出熔岩，更會產生衝擊波，徹底蹂躪地表。

簡直像是龍的吐息，可是附近完全沒看到那樣的魔物。

「啊……啊啊……那個是……什麼……」

巨大的人影浮現在水蒸氣之中。

巨人嘴角顯露的紅光，令人覺得剛剛的吐息攻擊便是來自於這位巨人。

也就是說，眼前這個巨人乃是足以與巨龍匹敵的怪物。

巨人嘴角浮現的紅光逐漸增強，最後化為了無數火球，灑落大地。

遺跡城鎮徹底地消失在火焰之中。

「遺、遺跡被……人類的寶藏……啊啊……」

「隊、隊長——————————？」

太過強烈的打擊害調查團隊長暈了過去。

舊時代遺跡要說是世界遺產也不為過。

而那樣的遺跡在他們的眼前被光線悽慘地摧毀，沉入熔岩中，被爆風徹底炸飛。

對於專攻考古學的專家而言，眼前發生的事情正是一場悲劇。

說是惡夢也行。

後來在調查團的紀錄中，留下了這座山岳遺跡附近有看不見其身影的巨人的記述文字。

這就是民間傳說「無形巨人」的由來。

◇　◇　◇　◇　◇　◇

時間稍稍往回推。

衝進雪狼群中的傑羅斯和亞特簡直所向披靡。

真要說起來，足以當他們兩人的對手的，還真的只有古龍或神了。

不過他們在此犯下了大錯。

在山岳地區遭到捨棄的都市——反過來說正是野生動物的生存競爭最劇烈的場所。

這邊只有有限的糧食，生存競爭也很激烈。

傑羅斯當然沒有小看大自然，甚至稱得上是相當防備。但他沒有發現到自己誤會了。

那是在他們支解雪狼時發生的事。

「這些毛皮真美呢……咦？這樣會不會造成價格崩跌啊？」

「傑羅斯先生……麻煩你在解決所有敵人之前先說吧。唉，雖然有『支解』技能很輕鬆就是了。」

「只要賣給德魯薩西斯公爵……不，在這情況下應該說會長嗎？只要賣給索利斯提亞商會，他們就會配合現實狀況來分批銷售出去吧。不過多少會落人口實就是了。」

「我很不擅長應付那個人……他笑的樣子很恐怖，舉手投足間也完全沒有破綻。」

「因為他是貴族啊～而且還是公爵大人呢。要是太深入，下場可不是玩火自焚這麼簡單的事喔。」

「他也太有威嚴了吧。」

傭兵公會也每年都會接到討伐雪狼的委託。

牠們如雪般的純白毛皮深受貴婦們喜愛，即使只有一匹狼的毛皮也能賣到很好的價錢。但牠們是種狡猾得嚇人又有組織性的魔物。

「雪狼肉似乎也很好吃喔？賣出去應該可以賺不少錢，問題是這個數量……」

「至少也有兩百隻耶，沒問題嗎？」

「哈哈哈，反正交給德魯薩西斯會長就行了。只要送個二十隻去傭兵公會，就一定能夠提昇在公會的階級。」

「這樣不是在給人找麻煩嗎？他要分銷出去也很辛苦吧。」

「亞特，我不是跟德魯薩西斯公爵有往來。而是跟德魯薩西斯會長有往來。這可是在談生意喔？」

「這有哪裡不一樣啊。感覺一個不小心就會被貴族給收編啊。」

「他是會依工作來區分立場的人啦。如果以商人的身分與他來往，他絕對不會擺出公爵家的架子來。那個人啊～很危險呢。」

傑羅斯和德魯薩西斯公爵都把對方視為是生意上往來的對象。

如果亞特也打算以商人身分和他來往，德魯薩西斯公爵也會用商人身分應對他吧。而且還會思考出讓彼此都能獲利的做法。

分別運用公爵與商人的角色，完美地統治著自己治理的領地。除此之外他還有很多隱藏在檯面下的面貌，其中最有名的應該就是花花公子吧。

不過這和身為男人的傑羅斯無關就是了。

「如果是商人，那他算是有良心的商人吧？我不會被騙吧？」

「你在說什麼啊？亞特……商人的交涉就是互相欺騙喔。光是對方提出能讓你獲利的條件，你就該謝天謝地了。哈哈哈。」

簡單來說就是要抓住對方的把柄，又不能讓對方察覺。在商品的買價上加點料，讓自己賺得更多。掌握情報、活用人脈，有時甚至要操作市面上的流通狀況，靠著自己的才幹來賺錢。

而這些都是他在處理公爵工作的閒暇之餘做的，所以才可怕。

「我只是被利用了吧？」

「利用對方，被對方利用。這不是最理想的關係嗎？太貪心只會碰上慘事，你要小心點啊。」

「你也看得太開了吧。我覺得傑羅斯先生也很可怕……呃，傑羅斯先生？」

「……來了呢。聞到鮮血的氣味了嗎……？不過這數量究竟是……」

那是從四面八方聚集而來的大量魔物的氣息。

可以感受到那些魔物散發出凶暴的殺意，以及可謂殘暴的鬥志。

傑羅斯忘了一件事。

那就是在雪山因為缺乏糧食，所以魔物們都很飢餓。

反覆為了求生進行狩獵，甚至吞噬伙伴的屍體，執著地襲擊、獵捕外敵。

延續生命，僅僅就是這麼單純的殺意，但釋放出這般殺意的魔物數量太不尋常了。

「喂喂喂……愈來愈多了耶？」

「傷腦筋，我沒有要小看自然界的意思，但這確實不太正常。」

正因為區域不大，魔物更容易變得凶暴起來。

與大深綠地帶正好相反，這裡只有少數的物種在狹小的範圍內爭食。

到了春天同伴增加時，牠們會為了撐過飢餓而互相殘殺，冬天則會因缺乏糧食而互相殘殺。

就連最終取勝的物種也會因飢餓而減少群體數量，群體的總數經過調整之後，隔年再重複經歷同樣的事情。

這是大自然造就的循環。

不過這之中沒有贏家，這只是為了延續生命的弱肉強食法則。

「啊哈哈哈哈哈！看來我們打破了這裡的勢力均衡啊，接下來所有魔物都要開始互相殘殺了。」

「這一點都不好笑吧！」

魔物們全都動了起來。

雪狼襲擊高等地精，高階地精包圍獸人戰士長，獸人則攻向雪狼。

已死的魔物遭到其他魔物掠食，又有別的魔物咬上那些正在掠食屍體的魔物。

這不是什麼三方會師或四軍交戰。所有魔物都在為了生存而互相殺害並吞噬彼此。

這景象完全是地獄。或者說是一片混沌。

傑羅斯他們則被捲入了這場戰爭之中。

「該怎麼處理這個狀況啊！」

「只能徹底殲滅牠們了吧。『來自大地的零度吐息』！」

「來自大地的零度吐息」是「冰噴射」的強化版。是讓結凍的超低溫冷氣有如間歇泉般從地面上噴發出來，使物體瞬間結凍的魔法。

然而兩者的範圍卻是天壤之別。

白色冰凍間歇泉在化為遺跡的舊時代城鎮高高噴起。

大量的魔物被捲入這波攻擊之中，瞬間失去了身體的溫度，當場死亡。畢竟這招連空氣都能凍結，魔物自然無法存活。即使如此，飢餓的魔物群仍未停止攻擊。

「不是吧，吃了這波攻擊還敢殺過來啊……人家說雪山裡住著魔物，看來這話是真的呢～」

「你那句話是什麼意思啦？是用來形容大自然有多恐怖的比喻嗎？還是指現在正逼近我們眼前的魔物？雖然這招很殘忍，我不太想用，不過『罪孽深重之人須登上針山』！」

這是亞特和傑羅斯協力打造的創作魔法「罪孽深重之人須登上針山」。

如同字面所述，這個魔法重現的正是「針山地獄」。

讓敵人聚集的地面瞬間隆起，打造出巨大的冰山。冰山上長有無數的尖刺，是會毫不留情地刺穿敵人的魔法。

發動之後，冰形成的針山會立刻崩塌，以冰塊的質量壓垮敵人。

要是一個不注意誤擊我方的話那可就不好玩了。

不用說，這招光是稍微擦過便能刨去血肉，絕對會受到致命的傷害。

儘管他們連續用凶狠的魔法葬送了魔物，魔物的數量仍絲毫沒有減少的跡象。

「唉呀～……魔物的數量反而增加了呢……」

「在這麼狹窄的區域裡到底是住了多少魔物啦。莫非接下來才是重頭戲嗎？」

魔物們非常飢餓。飢餓到會吞噬同伴的屍體。

不過牠們絕對不會殺害仍活著的同胞。以某種意義上而言，可以說牠們真的充滿了同胞愛。然而現在狀況不一樣了。

現在這塊土地上有著大量的糧食，牠們為了確保糧食，展開了激烈的爭奪。

魔物們聚集起來，渴望能多少填飽肚子，好延續生命到下一代。

坦白說，在這個勢力保持著危險平衡的地區，大叔他們真的是做了多餘的事。他們只是在提供食物給大量的魔物。

對鮮血的味道十分敏感的野獸們在飢餓激發的食慾引導之下集體移動，他們的周遭擠滿了大量的魔物。

「這下已經……只能笑了呢～這狀況還真是要命啊。」

「這狀況雖然很要命，但我們剛剛是不是連續用了幾個要命的魔法啊？破壞遺跡不要緊嗎？這個世界沒有遺跡保護條款之類的東西嗎？」

「都壞成這樣了，也沒什麼好保不保護了吧。乾脆全部燒光，也能讓那些考古學家早點死心。」

「你有夠狠的……」

大叔他們那幾個殲滅者在「Sword and Sorcery」中，曾因為伙伴間起了內訌，引發了把我方玩家連同敵對的怪物一起盛大的炸飛出去的事件。

他們畢竟是一群破壞了城塞，讓怪物衝進要保衛的城鎮，帶來了毀滅性的損害，卻還是成功地攻略了多人共鬥型頭目的人。大叔現在跟那時一樣，態度意外地冷靜。

這份冷靜中包含著一種覺得「既然事情已經搞砸了，那也沒辦法啦」，有如看破了紅塵，也可以說是放棄了一切的情緒。

他腦中的想法可能已經切換到「反正沒有造成人員傷亡，那就無所謂了吧」的方向上去了。

以某種意義上來說是滿積極正向的，但也可以說他完全不想管責任的問題了。

「反正這裡是猛獸的巢穴，他們根本沒辦法調查吧？我要一口氣燒光這裡，幫我除掉靠過來的敵人啊。」

「啊啊……這下我也成了殲滅者的伙伴了嗎。再見了，短暫的正常人生活……」

「真失禮。我可不想被你這種自願被腦袋有問題的老婆給套牢的人這麼說耶～你是被虐狂嗎？」

「你這話才失禮吧！」

大叔直接說別人的老婆「腦袋有問題」。

這話雖然失禮，卻也是事實。唯對亞特的執著真的非同小可。

「你是不是遲早會被監禁在密室裡啊？」

「……別說了。就是因為她真的有可能會這麼做才可怕。」

兩人雖然在防備著成群攻來的魔物，仍有餘力聊天。

他們周遭則是一片魔物咬上屍體，互相搶奪，彼此殘殺的混亂景象。

「好啦，那我要動手嘍……『輝光閃滅陣』。」

「你那個中二到炸的命名品味能不能改一改啊？」

「反正這裡是異世界嘛，這樣ＯＫ啦！」

「輝光閃滅陣」。在覆蓋了廣大範圍的魔法陣內，利用發自巨大光球的雷射光燒燬所有敵人。是傑羅斯特製的改造魔法。

在張設的魔法陣自然消失之前，魔法陣將吸收周遭的魔力並轉換為破壞力，毫無分別地朝敵人射下極粗的雷射光線。

只有傑羅斯身邊五公尺範圍內算是安全地帶，在這範圍外的事物都會被當成攻擊的對象。是個無法靈活操控的地圖型兵器。

他在空中創造出一個有如增加了一個太陽般的巨大光球，從那顆光球朝著四面八方射出雷射光束。

高溫雷射攻擊讓成群的魔物瞬間化為灰燼，而雷射的餘波則使地面化為熔岩並高高噴起，有如火山爆發。

積雪也在瞬間化為水蒸氣，森林瞬間被白色的霧氣所籠罩。

周遭看不見這裡面地獄般的景象，或許算是不幸中的大幸吧。

「喂……這魔法的威力有這麼強嗎？雷射射到了很遠的地方喔？」

「畢竟雷射在大氣中也會自然擴散，魔法本身會回歸成自然界中的魔力，所以距離愈遠，威力就愈小。到通風口那附近應該就沒什麼殺傷力了……」

「……可是雷射直接擊中了通風口的牆壁喔？雖然我因為被水蒸氣遮住了，沒看仔細，但這是不是不太妙啊？」

「畢竟這裡是座廢墟，裡面應該沒人吧？」

其實有人。

伊薩．蘭特調查團的成員們從遠處目睹了這個慘狀。

幸好他們沒有直接被魔法擊中，但在他們觀看的窗戶旁邊，留下了物體被雷射熔解的攻擊痕跡。

要是攻擊稍稍偏了一點點，就會是一樁慘案了。

「比起這個，有具有飛行能力的魔物來了耶？」

「那個不是『豬熊蝶』嗎！牠們的屁可是足以瞬間臭死人喔！」

「屎也會飛過來呢～也能在空中放屁……亞特，那玩意兒交給你處理了。」

「真的假的？」

大叔把棘手的魔物「豬熊蝶」，也就是「山豬蝶翼熊」推給了亞特。

「不、不要過來！『日冕新星』！」

慌張的亞特在空中造出了巨大的火球。

「日冕新星」是一種攻擊範圍呈扇形擴散開來的魔法，從一點向外擴散的威力高得嚇人。

亞特似乎非常討厭「山豬蝶翼熊」這種魔物，甚至不惜使出這種高威力的魔法。

『喔？這就是所謂的布羅肯奇景啊……我還是第一次看到。』

在火球的光芒照耀之下，大叔的影子被周遭濃厚的水蒸氣反射成巨大的人影。

他雖然知道這種現象，但這在地球上也是難得一見的奇景，所以大叔半是好玩地試著動來動去，稍微玩了一下。

——轟隆隆隆隆隆隆隆隆隆隆隆隆隆隆隆隆隆隆隆隆隆隆隆隆隆！

在這時候，威力高得不得了的魔法打入了化為遺跡的城鎮，讓原本勉強還保有原形的建築物也悽慘地變成了瓦礫堆。

「亞特……你有那麼討厭那種魔物，討厭到需要使出廣範圍攻擊魔法的程度嗎？」

「有誰喜歡那玩意兒啊？那傢伙的肉也臭、體味又重。而且還成群結隊的過來，我忍不住就……」

「恭喜你。這下你也是個可以獨當一面的殲滅者了。」

「這話聽了一點都不開心！」

大叔用溫暖的關愛眼神看著亞特，並輕輕把手放在他的肩膀上。

然而亞特看來是千百個不願意。

在沒有正常人的雪山裡，戰力非比尋常，超乎一般規格的兩人盡情地大鬧了一場。

儘管大多數的遺跡都化為瓦礫這點很令人遺憾，不過還多少留下了一些遺跡，已經算是不錯了。

「……我們快逃吧。」

「你說得沒錯。」

兩人看著眼前已經化為了無可挽回的慘狀的遺跡，在冷汗直流的同時心想著幸好沒有目擊者，並確實地回收了能取得的東西。接著便決定立刻離開此處。

於是大叔他們便在水蒸氣的掩護下逃跑了。

壓根不知道自己留下了奇怪的傳說——

第十二話　展開行動的不只有大叔他們

傑羅斯他們燒燬了遺跡後，來到距離化為一片焦土的地方略遠的森林裡採集藥草。

因為大叔受路賽莉絲所託，要幫她採「雪綻草根」，得採到一定的分量才行。

「雪綻草根」對藥師來說是種相當受歡迎的藥草。

儘管需求量很大，卻只有冬天能採收，所以數量有限，再加上這種植物是靠地下莖來繁殖的，所以不能把所有的根都挖出來。

拿去搭配曼德拉草還能做成能量飲料，所以勞工們也會去各大素材行掃光這種藥草。

特別是在桑特魯城，根本直接被飯場土木工程公司給買斷了。

「這種植物不僅藥效不錯，也能用來調配各式各樣的藥品，很方便呢。」

「這是你們團裡的卡儂告訴你的嗎？」

「不，這我還在單打的時候就知道了喔？我跟卡儂是在遊戲升級到第五版的時候才變成伙伴的。她那時好像說自己還是個正港的國中生吧？」

「喔～莫非卡儂是傑羅斯先生的徒弟？」

「不，是凱摩先生的。硬要說的話，岩鐵先生才是我的徒弟吧？他一開始是以打造武器的鐵匠為目標……結果被『滾滾炸彈』炸飛後，就變成自爆狂人了。」

「他的那種癖好……原來是這樣子覺醒的啊。」

和大叔同為殲滅者的自爆武器工匠岩鐵。

傑羅斯和他一起去幫認識的玩家蒐集素材時，岩鐵在和名為「滾滾炸彈」，外觀像犰狳的魔像型魔物交戰中，被對手的自爆攻擊給炸飛了。

在那之後岩鐵就會把「自爆是藝術！」之類的話掛在嘴上，打造一些奇怪的武器。

「照理來說應該要阻止他吧？自爆武器這麼危險，是要怎麼用啊。而且會對旁人造成困擾耶。」

「畢竟每個人享受遊戲的方式都不同嘛。我也是覺得好玩才幫他的啊～把他打造的武器交給ＰＫ玩家的時候真是超爽的……所有人都被炸個灰飛湮滅呢。」

「我有聽說過耶，一群在某張地圖集體ＰＫ的人突然爆炸的事……原來那都是真的喔。」

「沒錯，就是那件事。泰德也有幫忙呢。他用隱藏技能在武器上施加了『惡行反彈』的詛咒，只要使用者持續ＰＫ就會一直累計，然後被岩鐵的『自爆』給炸飛。而且我還動了一點小手腳，只要附近有同類型的裝備，就會引發連鎖爆炸～我還真沒想過ＰＫ戰隊會連環爆炸呢。」

「泰德……」

「他好像也設計了『現充反彈』的詛咒。好像打算偷偷加在亞特你的裝備上喔。」

「那個王八蛋！」

泰德被唯甩了之後，反而惱羞成怒，痛恨起亞特。

儘管那是他基於這種偏執的想法而打造出的詛咒，不過他為了確認詛咒的效果，也讓許多情侶玩家成了犧牲品。而他所做的這一切都是為了消滅亞特。

在相當負面的努力之下，所造就出的偏執結晶。

「喔，我發現雪綻草了。得挖開土壤，連根一起帶回去才呢。」

「這種植物是透過地下莖繁殖的對吧？要帶多長的根回去啊？」

「我現在正在挖啊……喔喔，這很長喔？應該有五公尺左右吧。」

「生長繁殖得很不錯呢。不過也是啦，因為沒有人會來這裡採集啊～」

「雪綻草」會利用種子和地下莖來繁殖。

夏天時會進入休眠狀態，等其他繁殖力強的花草數量減少，等到冬天競爭對手減少後，才開始活動繁殖。特徵是類似款冬的葉子，並且會開出令人聯想到蓮花的小小白色花朵。

雪綻草從積雪中稍稍探出頭綻放的模樣雖然很美，但這種植物的花和莖都帶有劇毒，千萬不可誤食。只有根部能夠拿來當作藥草使用。

「裝滿一個大竹簍應該就夠了吧。採太多也沒地方用。」

「不過這採集工作還真麻煩。」

「得留下大約長一公尺的根，免得害雪綻草枯死呢。反正這一帶長了很多，可以盡量採。」

「可是每採一株就得挖土吧？而且挖完還要填回去，再挖新的。」

「這比採收牛蒡輕鬆啦。畢竟這些根是橫著長，這裡又是腐葉土，土壤鬆軟。也不是什麼大雪地區，用火焰就能輕易融化結冰處了。」

「……我想在開始下雪之前回去呢……喔？」

在森林深處蠢動的黑影。

那是身體宛如岩石的大山豬，「岩魔豬」。

「……岩魔豬。山豬……豬肉。」

「嘿，小哥。要打獵嗎？牠的肉很好吃喔～？」

「傑羅斯先生，我可以去打獵嗎？雪綻草怎麼辦？」

「那傢伙是雜食性生物，也會吃雪綻草根。最好在牠來礙事之前先獵捕牠。」

炸豬排、豬雜鍋、薑燒豬肉、香腸、培根，各種懷念的地球美食接連竄過亞特腦海中。

把岩魔豬那覆蓋並藏住身體，有如岩石的外皮拿去加工，也能做出還不錯的防具來用，就算要轉賣出去也可以賣個好價錢。然而他腦子裡只有食物。

亞特事到如今，根本不需要這魔物的素材。

那麼，他決定為了食物而出手。

或許是錯覺，但大叔好像聽見了他「嘶」地吸回口水的聲音。

「留下你的肉————！呀呼————！」

「啊啊……亞特變成像凱那樣的無肉不歡魔人了……」

看來不是大叔的錯覺。

已經沒人能阻止最近開始回想起地球餐點味道的亞特了。

亞特彷彿一隻凶猛的肉食野獸，撲向全長超過三公尺的巨大山豬。

他應該不需要大叔的支援吧。

「噗吱吱吱吱吱吱吱吱吱！」

「肉肉肉肉肉肉肉肉肉肉，UREEEEEEEEEEEE！」

「豬豬，快逃啊——————！」

大叔現在非常後悔，覺得自己真不該隨便說出「要打獵嗎？」這種話。

大量屠殺魔物時心中明明充滿了罪惡感，現在卻完全失去了那種悲壯的氣氛。亞特也跟棲息於此處的魔物一樣飢渴。

說穿了人類也是野獸，宏大的大自然會喚醒人類的野性。

幾分鐘後，岩魔豬成了不會說話的肉。

大叔在他狩獵的期間仍持續採著雪綻草根。

自然界就是弱肉強食。他並不打算拯救岩魔豬。

真是一樁慘劇。

◇　◇　◇　◇　◇　◇

在某座城鎮裡，一位男子正在尋找從自己身邊消失的女性。

他名叫「札彭」。

他是一名漁夫，在歐拉斯大河捕魚起網的時候，救起了一名女性。

按照那位女性所言，她是在旅途中遭到魔物襲擊，從懸崖上墜入了歐拉斯大河。

後來札彭便體恤地細心照料這位女性。

女性貌美婀娜，札彭一眼就迷上了對方，同時也覺得兩人之間不會有結果。

然而原本覺得不可能發生的事卻化為了現實，當兩人進一步有了親密關係之後，札彭甚至高興了好幾天。

這位氣質高雅，以母性光輝包容自己的心愛女性，令札彭神魂顛倒。

但是這位女性卻突然消失不見了。

他回到家，發現家裡被人翻箱倒櫃，值錢的東西全被偷走了。

不過財物什麼的無關緊要。

對札彭而言，自己心愛的女性被帶走才是最大的問題。

他拚命地在鎮上尋找，透過其他漁夫伙伴打聽消息。

然後——

「唉～……」

「別這麼消沉嘛。不抱著希望的話，你自己會先垮掉的喔？」

「可是啊～到現在一點消息都沒有耶？她說不定已經……」

「現在對於違法買賣奴隸的取締很嚴格。你不是向衛兵提出尋人的請求了嗎？很快會找到她了。」

「那些傢伙有個屁用啊……啊啊……我的莎蘭。」

札彭今天也在酒吧買醉，無法重新振作起來。

在這群漁夫伙伴中，札彭是唯一單身的人，而且說實話他的長相完全稱不上帥。不如說根本就是個醜男。伙伴們知道這樣的男人交到女友後，還熱烈地為他慶祝了一番。

札彭當時也高興得不得了，甚至懷疑這是不是一場夢。

但正因為覺得每天都很幸福，失去時的反彈也更大。

他至今還未獲得任何有用的情報。

就在此時，其中一位伙伴連忙衝進酒吧。

「呼，呼……喂，你們看這個……」

「嗯？這什麼啊……通緝令？」

「笨蛋，看看這通緝令上畫的長相啦！」

「……………啊啊啊啊？莎、莎蘭！」

通緝令上畫了札彭熟悉的女性面孔，罪狀則是暗殺權貴人士的實行犯。

不僅掛上了高額懸賞，而且還是不問生死的重罪犯。

「喂喂……原來她跟這陣子死去的商人事件有關喔。」

「這女人真可怕。沒想到她竟然欺騙了我們……」

「好像有目擊者看到她往桑特魯城那邊過去了。似乎是用附有兜帽的斗蓬遮著臉，搭上了某輛商用馬車……」

漁夫伙伴們看著鬱悶無比的札彭。

「騙、騙人……我的莎蘭……」

「名字是莎蘭娜啊……明明一臉連隻小蟲子都不敢殺的樣子，竟然是犯罪組織頭目的愛人？而且這張通緝令，是很久之前就張貼出來的呢……」

不用說，漁夫們之前也很普通地跟莎蘭交談過。

她是個親切又體貼，樣樣都好的女人。

然而現實卻完全相反，她是個會欺騙、親近他人，再強行奪走錢財的小偷。

而且從她能暗殺權貴人士這點來看，她也是個老練的殺手。

「不、不是……莎蘭……莎蘭才不是那種女人！」

不過被欺騙的札彭還身處在夢中。

他沉溺於幸福幻影之中，無法接受眼前的現實。

他之前就是過得如此的幸福。

但這也是莎蘭娜這個女人的恐怖之處。

利用他人的弱點，以花言巧語攻破人心，將他人改造成會順著她的意行動的人偶。而且一旦對方沒有利用價值了，就會乾脆地拋棄。

即使是用謊言構成的日常，既然札彭已經體驗過那充滿幸福的生活，他就會緊抓著這些回憶不放。

拒絕接受那一切全是假象的事實——

「不是……我的莎蘭才不是這個女人……」

這一天，人生徹底遭到扭轉的男人，從鎮上消失了。

◇　◇　◇　◇　◇　◇

莎蘭娜坐在馬車上，朝著桑特魯方向前進。

她的目的是從某人身上奪取可以抵銷「回春靈藥」效果的魔法藥。

那個某人是她的親弟弟，對她恨之入骨，甚至到了對莎蘭娜痛下殺手也絲毫不會猶豫的程度。

雖然這一切都要怪莎蘭娜自己做了許多會惹人怨恨的事，但遺憾的是她看待事情的態度自我中心到了極點。

她就是如此地傲慢，深信世界是以自己為中心來運轉的。

話說回來，莎蘭娜其實不清楚弟弟人在哪裡。

要是自己不小心被弟弟發現了，弟弟肯定會喜孜孜地跑來抹殺她。

因此她必須在不洩露自身所在的情況下，找出弟弟在哪兒。

『真是的……別說不幫忙拯救姊姊的危機了，他甚至還想來殺了我……』

對她而言，男人和弟弟都只是方便的提款機。

把血緣關係當作擋箭牌，死皮賴臉地依賴著弟弟，還拉攏他身邊的人，強行從他身上榨取錢財。

至今為止都進行得很順利。

可是來到這個異世界之後，姊弟的立場卻顛倒過來了。

這是個人命不值錢的世界，法律也比地球寬鬆得多。

所以也是在人類的一念之間，便能大幅影響判決的世界。

比方說在地球上，做出判決之前必須先確定犯人觸犯了哪些法條，來判斷犯人到底犯下了什麼罪狀。所以調查罪犯的為人和犯案內容等事前調查工作格外的重要，在做出判決之前得花上不少的時間。

但在異世界不需要做這些事前調查。雖然會調查罪狀，可是根據犯下的罪行，有可能會輕易地就當場判處死刑。也經常會有冤罪。

以莎蘭娜的情況而言，她的罪狀是「暗殺公爵家的少爺未遂」。在這時候就已經確定要判處死刑了，而且還有很多證人能證明這件事。

其中一個人就是她的親弟弟聰——也就是傑羅斯，而且他還想當場執行死刑。

『也就是說他與公爵家有往來。惹出這種麻煩事……他從以前就很懂得做事的訣竅，所以我想這些應該難不倒他……』

弟弟與公爵家有往來的事實確實令她感到十分棘手。

畢竟莎蘭娜現在是這個國家的通緝犯。一想到現在也有獎金獵人正在四處搜索自己，她就不敢隨意行動。

而且透露她的消息給公爵家的就是傑羅斯。

『多虧他搞了這麼麻煩的事情出來，害我根本沒辦法走在大街上！拜此所賜，我還跟醜男發生了關係，啊——我真不願回想起當時的情況！』

莎蘭娜利用了漁夫札彭。

老實說，跟他發生關係只有滿滿的不快。

『對他稍微溫柔點就整個撲上來，噁心死了！要是有錢那還好說，偏偏是個窮光蛋……這也全是聰害的！』

如果是跟方便又理想的男人發生關係就算了，跟一個完全相反的窮鬼有肌膚之親，真的讓她覺得非常反感。

而且對方還長得那麼醜。這個事實讓她愈來愈不高興。

『唉，算了。到下一座城鎮後溜進商人家裡摸點值錢的東西吧。有道具欄真的很方便呢。』

莎蘭娜在搖晃的馬車上盤算著她的行竊計畫。

周圍的傭兵並不知道她心中的想法，只被她的外表給迷倒了。

傭兵們不知道她的本性真是件幸福的事。

她對著看向自己的男人們微笑，每個人都高興地露出害羞的表情。

『呵呵……看來暫時不用擔心會缺錢了。』

對沒有旅費的莎蘭娜而言，這些居心不良的男人實在是上好的肥羊。

◇◇◇◇◇◇

在雪山完成採集工作後，傑羅斯和亞特朝著更深的山裡走去。

這不是因為他們受到燒燬森林、遺跡或消滅大量魔物引發的罪惡感驅使，他們只是想確認兩人在「Sword and Sorcery」記憶中的迷宮是否存在。

而他們總算來到了目的地。

「……有耶。」

「有呢～」

岩山上有一條勉強可讓人鑽過的裂縫。

問題在於這個地方是否真的化為迷宮了。

「之前這裡應該是固定迷宮，但實際上呢？在我的記憶裡，這裡可是藥草的寶庫呢。」

「別問我啦。這不進去看不會知道吧。」

「我記得……一進去好像就會被砍喔。」

「別說了。我曾有一次踏進亂數產生型的迷宮裡，一進去就直接到了頭目所在的房間耶。」

「頭目很強吧。唉呀～我也有過這樣的經驗呢。」

傑羅斯一邊抽著菸，一邊悠哉地往前走。

亞特則是不安到了極點。

畢竟如果是在亂數產生型的迷宮突然撞見頭目，大多都是些強得嚇人的魔物。

因為用來形成迷宮的魔力會全數流向魔物，必然會造就出強大的魔物。一個不小心還會演變成多人共鬥戰。

「雖說勉強是打贏了，但我也耗費了不少物資啊。那頭目可是魔王級的耶。」

「我懂～這種時候要是全滅了，也只能摸摸鼻子認賠，可是戰勝頭目時的掉落物可是賺翻了呢。」

兩人以輕鬆的口吻邊說邊前進，途中卻來到了一處寬闊的地方。看樣子這裡真的是固定迷宮。

不過有個巨大的影子聳立在他們的面前。

香菸從大叔嘴角滑落。

「……巨人地精。」

「……真的假的？」

兩人遇見了玩家初次碰上時八成會滅團的魔物。

——咕喔喔喔喔喔喔喔喔喔喔喔喔喔喔喔喔喔喔喔喔喔喔喔喔！

魔物伴隨令人想摀住耳朵的咆哮，揮舞著龐大巨劍橫掃過來。

兩人反射性地高高躍起，踢蹬牆壁後往前跳了出去，龐大巨劍從他們的身後掃過。

巨劍粉碎了岩壁，瓦礫以驚人的衝勁飛散開來。

「別開玩笑了！怎麼突然出現這種強敵啊！」

「哈哈哈哈哈，這迷宮的遊戲平衡性還真糟糕。要害玩家初次進來非得滅團也該有個限度啊。這應該可以跟營運方抗議吧？」

「現在不是笑的時候吧！而且我們是能跟誰抗議啦！」

遊戲與現實中的魄力不同。

儘管兩人都有著作弊般的強度，在現實中碰上這種魔物還是會嚇到腿軟。

何況在自然環境之下，身體巨大便占有優勢。

雖然在確保糧食的方面有些不利之處，但因為具有強大的力量和體力，不至於會輕易地被打倒，在生存競爭上，龐大身軀便是強者的象徵。

「照一般常用的手法，用速度來擾亂對手的行動吧。嘿！」

「也只有這個方法了吧！」

亞特負責在巨人地精腳邊擾亂對手的行動，傑羅斯則一邊踢蹬牆壁跳往空中，一邊放箭。

但他們這些只增加了出手次數的攻擊方式並未造成什麼顯著的傷害。

巨人地精因為身軀龐大，防禦力也高，還具有與龐大身軀成反比的優異反應速度。傑羅斯等人的動作也受限於這封閉的場所，無法使出全力來作戰。

「這傢伙比想像中還硬耶，根本砍不進去……」

「用箭射牠也沒什麼效果。射是射到牠身上了，但大概就是被幾根刺扎到的程度吧？」

「唉，一般來說是這樣沒錯啦！」

巨大身軀揮舞的巨劍非常具有威脅性。即使是傑羅斯他們這種作弊玩家，直接吃下這一招還是不好過吧。

對這個世界的人而言，擁有巨大體型差距的魔物施展的單純物理攻擊非常的危險，光是承受一擊就會變成肉片。再加上等級法則的話根本無從應對。

肆虐中的巨人地精就是這麼的危險。

「該怎麼辦啊。這樣下去……嘖！也只是浪費時間……」

「用魔法幹掉牠吧。雖然要是魔法貫穿了牠，害得洞穴崩塌那就慘了……」

「你不要說這種討厭的話啦～……『射線』！」

「『雷電』。」

雷球與光束擊中了巨人地精。

高壓電流在巨人地精體內流竄，光束則貫穿了牠的心臟。

至於餘威導致巨人地精身後的岩壁爆炸了，這點就先當做沒看到吧。

「我們打一開始這麼做不就得了？」

「是這樣沒錯……但我很怕洞穴崩塌啊。仔細想想我們也還不能確定這裡就是迷宮，說不定只是普通的魔物巢穴啊。」

「我是覺得總比這樣累得半死好。」

「而且要是我們被活埋了該怎麼辦？」

傑羅斯他們的戰力就是強到有剩。正因為擁有異常強大的力量，所以那股力量很可能會害死自己。強大的力量是一把雙刃劍。

「別說這麼可怕的事啦。唉，為了避免發生這種情況，改用些既有的魔法好了……」

「這樣比較好。我之前曾經在迷宮內用了原創魔法，結果真的害得自己差點沒命。」

「傑羅斯先生，你到底做了些什麼啊……」

傑羅斯曾在前往某個礦坑採礦時，在裡面使用了危險的魔法。

因此體驗到由於自己使用的魔法餘威，害得自己差點喪命的經驗。

這裡與「Sword and Sorcery」不同，如果現實中再發生這樣的狀況，他真的很有可能會沒命。所以得謹慎行事才行。

真要說起來，現實中的迷宮才不會有什麼頭目所在的房間。

頭目級的魔物會一直在迷宮中徘徊，在探索迷宮途中就撞見頭目的可能性很高。

「唉，這也是我調查得來的知識，不是我的親身經歷呢。」

「這麼說來，巨人地精算是這裡的頭目嗎？」

「天曉得，說不定還有更凶殘的魔物喔。」

「傑羅斯先生，你別說這種討厭的話啦……無論如何，我們還是得大肆狩獵魔物就是了。」

為了讓「阿爾菲雅．梅加斯」完全復活，他們不管怎樣都得去打倒大量的魔物。

她的存在現在相當不穩定，要使她的存在穩固下來，需要大量的祭品。

那些出現異常成長現象的魔物正是恰到好處的活祭品。

本來神就是高位次元的存在。要顯現在處於不同法則下的低位次元，就必須建構出在該世界顯現用的肉體，並調整自身保有的力量。

然而阿爾菲雅保有的力量太少了，建構肉體也需要耗費龐大的能量。

傑羅斯等人就是為了確保這些能量在行動著。

「……如果這裡是迷宮的話，我們要攻略這個迷宮嗎？」

「也只能攻略了吧。為了讓小邪神完全復活，無論如何都需要異常化生物們的『存在力（經驗值）』。活祭品是愈多愈好。」

兩人邊說邊往前走。

雖然他們一開始覺得這只是自己想太多了，可是洞窟裡確實充滿了黑色的霧氣。

「這是……瘴氣嗎？」

「不覺得這些霧氣好像往我們這裡聚集過來了嗎？這是不是不太妙啊？」

即使狀況不妙，傑羅斯他們也只能繼續前進。

儘管沒那麼容易死，但他們還是憑著生物的本能感受到了危機。覺得這些黑霧似乎具有某種有意識地想干涉人類心靈的能力。

即使如此，他們兩人仍不能停下腳步。

◇◇◇◇◇◇

傑羅斯家的地下倉庫。

在培養液中閒得發慌的「阿爾菲雅．梅加斯」感覺到一股力量流入自己的體內。

『哦？看來那兩人開始動手了。』

雖然那力量僅有微乎其微的量，但她需要的本來就不是力量——能量的量。

舉例來說，只要有像發動汽車引擎之前，能讓火星塞點火程度的些微力量就行了。一旦能夠自由活動，阿爾菲雅．梅加斯就能自己從世界上吸收龐大的能量。

只是為了達成這件事，她必須重新建構現在的肉體。

重新建構肉體和吸取來自世界的力量，這兩件事得同時進行。

『喔……這是受召喚者的魂魄哪。當然得吸收嘍。』

名為魂魄的力量團塊流入她的體內。

儘管微小，裡面卻蘊藏了無限的可能性。

可是來自不同次元的異世界魂魄，對這個世界來說只是異物。

這些魂魄被寫入了用來適應世界法則的程式，而這些程式現在正在干涉、侵蝕世界。

『嗯哼……以人數來算約五人分嗎？而且每個人的程式都變質了。雖說得建構使之恢復正常的系統，但現在的吾還辦不到哪。』

世界上有許多受到召喚前來的勇者，而已死的勇者們魂魄遭到改寫，受到了異世界法則的影響，導致系統出錯。

不，是抗體系統程式轉化為致命性的ＢＵＧ，成了介入這個世界上森羅萬象的惡性腫瘤。

而且這變化嚴重得遠超過阿爾菲雅的想像。

『這些魂魄甚至會擴散、侵蝕其他魂魄嗎……幸虧入手的魂魄分別來自不同的法則世界哪。然而也算是較為接近的世界。先吸收並分析這程式，使吾自身成為抗體吧。雖不知有多少魂魄從異世界受召喚前來，但若順利，說不定有助於恢復吾的力量。』

勇者們變質的魂魄，在某種意義上是接近「神」的存在。

甚至可說是阿爾菲雅的次級存在。

但寄託於這些魂魄中的意念很單調，只能感受到憤怒、憎恨以及思鄉之情。

阿爾菲雅決定讓這些魂魄沉睡，只利用他們的抗體程式。

『畢竟這能夠干涉世界。那麼在吾重新建構肉體時，利用這個系統應會比較輕鬆吧。畢竟世界並未對此抗體系統產生抗拒。或許還能干涉她們所在的聖域呢。』

變質的抗體程式也是世界法則的一部分。

因為是用來排除異物的防衛系統，所以多少有些彈性在。

阿爾菲雅決定從勇者們的魂魄中抽出這些程式，調整成自己專用的程式。

她立刻分門別類地保存好勇者們的魂魄，將程式編寫到阿爾菲雅自身的肉體上。

這麼一來即使她沒有管理權限，也能夠從外部去掌控系統。

在這段時間內，也有不少的能量流入了阿爾菲雅體內。

『唔……這兩人會不會做得太過火了？』

她與傑羅斯和亞特之間締結的聖約，現在也正透過高次元連線持續輸送能量過來。而且這些能量竟是多到超出了阿爾菲雅的運算能力，真是令人高興的失算。

『或許吾再過不久之後就能出去了呢。』

距離小邪神完全復活的日子已經不遠了。

第十三話　這些人就是原因

路賽莉絲的一天過得相當規律。

早上的禮拜，準備早餐，和孩子們一起打掃之後到鎮上，利用神聖魔法治療民眾。她每天的行動幾乎已經有一個固定的模式了。

能夠平靜地度過一如往常的一天，在某種意義上也算是幸福。

有時也會因為每天都做一樣的事情，才會發現一些不經意的小變化，覺得這些變化看起來很新奇。而會覺得這很有趣，也表現出了她內心的富足。

今天也是在一成不變的日常生活中，有著小小的變化造訪的日子。

「……麻煩死了。調配藥水是這麼麻煩的事情嗎？」

「嘉內小姐……我們很窮，必須要省著點買回復藥喔？要是不從小地方一點一滴累積，我們很快就會因為缺錢而流落街頭喔？」

「這我也知道，可是做這種事情實在跟我的個性不合啊～我啊，該怎麼說呢～比較喜歡那種可以『唰！』地，簡單完成的事情……」

「這只要熬煮藥草，放入魔石，裝進瓶子裡就結束了啊？很簡單吧。」

「雖然妳這麼說，但還是要顧慮添加進去的魔石粉末量，或是跟藥草量的調配比率什麼的，這不是很麻煩嗎。真虧鍊金術師和藥師可以每天做這種事。」

「不就是因為這關係到工作和生活嗎？」

『……』

伊莉絲和嘉內最近幾乎都寄居在孤兒院裡，而且經常忙著製作「回復藥水」。傭兵生活開銷很大，如果不在能節省的地方盡量節省，甚至沒辦法維持一般的生活。嘉內等人也是一樣的狀況。

路賽莉絲看著她們兩個，想起了往事。

『嘉內，妳在做什麼？』

『……我在做餅乾。』

『哦～感覺好麻煩。』

『祭司大人們說過，要做出好吃的餅乾，就不能嫌麻煩。我以後想要當點心師傅。』

兒時記憶復甦於腦海中。那時還年幼的少女們，現在也已經長大成人了。

『……嘉內為什麼變得這麼粗枝大葉了呢？說想要當點心師傅那時的純真和細心，到底都上哪兒去了？』

「……路，妳在哭什麼？」

原本笨手笨腳地拚命想做出餅乾的少女，現在已經長成一個會因為麻煩而拋下事情的大人了。這令路賽莉絲有些傷心。

「不……只是覺得時間的流逝真是殘酷啊……嘉內已經徹底拋棄作為一個女性的寶貴事物了。」

「妳這話什麼意思啦！」

「最喜歡做點心和布偶，總是會做給大家的那個純真的嘉內上哪去了呢……我好傷心。」

「那是小時候的事吧，妳需要唉聲嘆氣成這樣嗎？」

「喝醉酒抱著路燈不放，用丟臉的樣子在外面走來走去，一邊打呼一邊用超級差的睡相躺在床上休息的樣子，即使是說客套話，也實在沒有半點女人味……妳以前明明那麼可愛的……」

「嘉內小姐已經變成一個沒用的人了吧？」

「…………妳這樣會不會太過分？我覺得妳說得有點太過頭了。」

在日常生活之中，有可能會得知自己並不想知道的現實。

徹底變成了一個大老粗的兒時玩伴身影，實在慘到令人不忍卒睹。

「現實真是殘酷。以前明明那麼可靠的，現在卻連金錢觀念都這麼不好……妳以後打算把妳買的那一大堆布偶放去哪裡？」

「嗚……」

「那時候明明還會說『不節省一點的話，生活就……』這種不像小孩子會說的話呢……」

「不，妳沒資格說別人吧。妳也變了很多耶。」

「咦，是這樣嗎？」

「是啊……以前的路啊——」

於是嘉內開始說了起來，說起路賽莉絲的過去——

『咦？妳被欺負了？那我得去打倒敵人才行！』

『小路，妳提著一根木棍要去哪裡？』

『當然是去揍扁他們！祭司說過「以暴力控制他人的人，即使遭人用暴力殺害也無話可說」，搜索&殲滅！』

『不、不行啦～妳真的會殺死他們的！』

『因果報應！正義在我！』

然後路賽莉絲就這樣打趴了附近的壞小孩。

雖說最後是路賽莉絲成了孩子王，不過拜此所賜，發生在孤兒院附近的惡作劇也平息了。

應該說路賽莉絲旗下的壞小孩集團的地盤還擴大了。

「當時路的口頭禪可是『以暴制暴』。被她捆起來吊在樹上的蠢小鬼可是不計其數啊……還有被脫光丟在路邊的。」

「路、路賽莉絲小姐？這別說頑皮了，妳根本已經是小混混了吧？妳做的可不是因為是小孩，就可以被原諒的嚴重事情喔？」

「當時我也是太年輕了……」

「路騎著偷來的騾子，打退了好幾幫街頭小混混，擴大自己的勢力，稱霸了整個桑特魯城。順帶一提，她那時的組織名稱是『血腥十字軍』呢……」

「當時的暗巷裡可是群雄割據的戰亂之世啊。不動手就是等著被宰。」

「別人給她取的外號可是『瘋狂少女』呢～」

「那是小時候的事情吧？為什麼會有這種外號啊！」

只見嘉內看向了遠方，路賽莉絲則是徹底別開了臉，隱瞞自己的想法。

如果要稍微補充一下嘉內的說詞，就是那時候的路賽莉絲因為察覺到自己和其他孤兒的不同之處而煩惱著。

大多數的孤兒都是因為家人因病去世，或是由於原生家庭生活困頓，才把孩子送到孤兒院來寄養，大家都知道自己的家人，只有路賽莉絲完全不知道關於自己父母的事情。

她一個孩子，也確實有過「我是不是沒人要的小孩？」或者「父母討厭我到決定拋棄我嗎？」這樣的想法。

可是她從未在神官或其他孩子面前提過這些事。

這些壓抑下來的感情與焦躁，被她發洩在找孤兒院麻煩的街頭小混混身上，用某個祭司長教導的防身術一一擊倒了對方。

當然她不單純是因為煩躁才這麼做，其中也包含了想要保護伙伴那種小孩子會有的正義感。她不是誤入歧途成了小混混，只是比較不受控而已。

與其他地方相比，生活在這座城鎮暗巷中的孩子們之間的鬥爭算是比較和平的，簡單來說就是打到對方哭為止。

他們只有面對外來的街頭小混混時會抄起武器，每個人都遵守著這座城鎮特有的規矩。而之所以會有這些規矩，背後似乎與某個放蕩祭司有關。

度過荒唐年少期的路賽莉絲現在也知道母親——梅亞很愛她，也和姊姊路瑟伊有透過信件聯絡。剩下的問題只有她和父親及其他族人之間意見不同所產生糾葛，但她並不在意。

本來她就已經靠著自己踏上了人生的旅途，早就克服了孩提時代藏在心中的那些複雜想法。

「然後啊，在路賽莉絲去接受神官修行後，我不知為何就被拱出來當下一任的大姊頭了。」

「啊啊～……嘉內小姐的個性之所以會改變，是這個原因啊。」

「還有受到了祭司大人的影響啦。因為我很崇拜她……」

「現在想想，祭司大人作為一個人實在不是什麼好榜樣呢。喝酒、賭博，成天打架，現在也會把那些黑社會的傢伙們耍得團團轉。」

嘉內成了街頭幫派「血腥十字軍」第二代頭目後，與其說她很努力，不如說她努力過頭了。要是強大的頭目消失，組織自然會解散，再次進入互相抗爭的時期。

路賽莉絲消失後，其他組織便執拗地針對孤兒院幫派，而嘉內為了保護伙伴，便抄起了以前路賽莉絲愛用的木棍，哭著反擊。當然某個放蕩祭司曾經指點過她防身術這點也不無關係，但說穿了這只是小孩子之間的抗爭。自然很快就有了結果。

在那之後，嘉內得到的外號是「愛哭鬼頭目」。

如今這兩個人已經長成和兒時完全相反的模樣，路賽莉絲成為聖女般的女性，嘉內則長成一個帶有野性氣息、充滿魅力的女性。

人生真的很不可思議。

「……環境真的很重要呢。人會因環境不同而變成好孩子或壞孩子。」

「伊莉絲，別說了……那對我來說是黑歷史。」

「因為當時的我全身帶刺……甚至把『沒有力量的正義就不是正義』這種話奉為圭臬呢。」

「即使如此，妳當初是為什麼要選我繼位啦。不管怎麼想都挑錯人了吧！」

「我有聽說喔，妳好像邊哭邊揍，並且開導了那些因為抗爭而成了一盤散沙的伙伴們。嘉內真的變強了呢～……」

「妳這說話方式很像大叔喔？」

「我也有聽說那時伊索普被人處以私刑之後，大家一起去報復的事情喔。暗語是『人人為我，我為人人』。」

「咦～？我好像在哪裡聽說過這件事……」

人都有歷史。在徹底改變的兩個兒時玩伴的過去之中，藏有非常獨特的歷史。

若是路賽莉絲選擇了霸道，那麼嘉內就是選擇了王道吧。

那是在小巷之中，由孩子們上演的統一天下之爭。

真要說起來，雖然伊莉絲想像的是打打殺殺的黑幫鬥爭，但實際上除了對抗外來的孤兒幫派外，他們頂多就是做到一方「嗚哇～」地哭了，另一方就會說「好，你哭了！那是我們贏了」這種程度罷了。

「話說妳的手停下來了喔？妳不是想要做『回復藥水』，好輕鬆應付委託嗎？」

「是妳扯開話題的吧。所以說，路妳在做什麼？」

「是一般的胃藥。我常常會拿去賣給傭兵們。」

「畢竟大家每天都會到酒館喝酒啊～那當然會搞壞胃吧？」

「大家能不能更注意健康一點呢？傭兵的本錢不就是健康的身體嗎。」

「妳這句話也可以去跟雷娜說。她不但很會喝，找男人的嗜好也……（含糊其詞）」

「她到底是怎麼解決開房間的費用的啊。她手邊的錢應該跟我們差不多吧？」

雷娜的行動中充滿了謎團。

她總是會帶著美少年去旅館開房間，但要是她沒有別的賺錢管道，那確實有些奇怪。

可是她們從沒聽說過雷娜有在兼差。

嘉內和伊莉絲不知道她究竟是用什麼方法解決錢的問題的。

◇◇◇◇◇◇

就在路賽莉絲等人正在談論雷娜時，她人出現在桑特魯城的大眾賭場裡。

她看著五張撲克牌，臉上露出了得意的笑容。

「那我再加碼五枚金幣。」

「唔……還有這一招嗎。」

看起來身家不錯的男人正一臉痛苦的盯著她。

面對那個男人，雷娜又增加了賭金。

「……開牌。三條4。」（註：三條是三張牌點相同的牌加上另外兩張牌點互不相同的牌。）

「唉呀，可惜了，我是葫蘆。」（註：葫蘆是三張牌點相同的牌加上另外兩張牌點相同的牌。）

「「「「唔喔喔喔喔喔喔喔喔喔喔喔！真不愧是女王！」」」」

雷娜私底下是個知名的賭徒。

她從未嘗過輸的滋味。照理來說這樣的人應該會厭倦賭場才對，但有其他理由讓她不會產生厭倦。

「那麼按照往例，我收下三分之一的賭金，剩下的大家拿去喝酒吧。」

「大姊請客啦，快拿酒來！」

「呀呼～！大姊總是這麼海派啊！」

「不愧是女王，這點真是令人既陶醉又崇拜啊啊啊啊啊！」

她會把賭贏的錢當中三分之二的錢用在賭場裡，而且是豪放地宴請在場的客人們。由於這對店家來說這也是一筆營收，所以她真的是位令店家感激不盡的重要客人。

不過賭場裡也有麻煩的客人在。

「喔呀～這不是雷娜嗎。妳今天也盛大地一路贏到底嗎？」

「哎呀，梅爾拉薩祭司長。這是第三次在賭場遇見您了呢。我倆算是有緣分嗎？」

「哈哈哈，因為我的直覺告訴我來這間賭場比較好呢。結果來了之後果然就有免錢的酒可以喝啊。我就心懷感謝地接受妳的好意啦。」

「您那樣敏銳的直覺，真是神蹟呢。該說不愧是祭司長嗎。」

「這個嘛。說不定不是神，而是惡魔喔。啊哈哈。」

雷娜和梅爾拉薩祭司長保持著奇妙的距離感交談著。

這兩人前幾天才偶然在另一家賭場撞見彼此，展開了一場將留名於撲克牌史上的精彩對決。

前途不明的傭兵，和丟下工作跑來賭場大賺一筆的賭徒祭司長。兩人過去從未在賭場碰過面，但自從那場對決之後，便不知為何神奇地不斷遇見彼此。

「我是沒有耍老千啦～但不知道為什麼被拒絕入店了。我只是連續賭贏了而已啊，那些傢伙屁眼真小。」

「是因為您把挑戰者的錢一毛不留地全贏光了這點讓人覺得不妥吧？」

「那就不要來賭博啊。就是因為那些傢伙不是來享受賭博的樂趣，而是想要一舉致富，看起來才蠢啊。賭博這件事就是要贏愈多愈好啦。」

兩位賭徒一邊喝酒，一邊閒話家常。

儘管同樣是賭徒，這兩人仍形成了極大的對比。

只要賭贏了就會把籌碼全部兌現帶走的梅爾拉薩，以及幾乎把所有贏來的賭金都花在店裡的雷娜。

當然是會對酒錢之類的營收有所貢獻的雷娜更受店家歡迎。

大家背地裡幫她們取的外號分別是「守財奴女教皇」跟「女帝」。

兩人的相遇或許真是一種緣分。

「呵呵，雖然之前平手，但要不要在這裡再來比一次啊？」

「今天就算了吧。要是被嘉內她們知道，肯定會嘮叨個沒完。」

「妳還真保守呢～賭博這種事，就是該在想賭的時候自由地下場賭一把啊。妳難道是被人知道妳在賭博會覺得丟臉的那種類型嗎？既然會出入這種場所，妳的神經應該沒那麼纖細吧。」

「我可不想賭到身敗名裂啊。撒錢請客也算是一種祈求好運的行為。」

「多虧了有妳這麼做，我才有免錢的美酒喝呢。」

「不用客氣。」

雷娜笑著離座。

而在她身後，賭博暴君正打算來大鬧一場。

◇◇◇◇◇◇

「這是……怎麼回事啊～」

「雖然知道奇幻作品中總會有奇怪的生物……」

大叔和亞特躲在種植在一大片農地上的植物叢裡，苦惱地抱著頭。

傑羅斯他們前進的地方，果然是一座迷宮。

可是在兩人眼前的卻是一片詭異過頭的景象。

——喵————！呼嘎————！

——咕喔喔喔喔喔喔喔！

——噗吱吱吱咿～～嗯！

這裡有一大片種滿了長著貓、狗、豬、馬、熊和老鼠頭的植物的田。

而栽培這些植物的則是地精。

簡直像是聽到某人說「歡迎來到完形崩壞世界」那樣，令人頭痛不已的世界。

「這些奇怪的植物是拿來吃的嗎？」

「這些也有可能是動物喔？畢竟上面長了頭啊。」

要用一句話形容這景象，就是一場惡夢。

搞不清楚究竟是植物還是動物的生命體大量繁殖，而地精們正揮灑著汗水在照料這些玩意。

其中一個地精拔起了這莫名其妙的生命體。

隨著「哞喔——！」的一聲鳴叫，神祕生命體便喪命了。

看樣子那是牛。

「感覺像是地瓜那種根莖類蔬菜……」

「果然是種來吃的啊……」

地精一口咬上牠拔出來的那個像是地瓜的玩意。

然後那個像地瓜的東西便流出了大量的紅色液體。

『『是、是動物嗎？』』

四周滿是血腥味。

感覺很美味地在享用著不明地瓜的地精，被其他地精包圍起來，揍了一頓。

看樣子牠是因為偷吃而挨揍。

「仔細瞧瞧，這些頭部不一樣的植物（？）們，完全是不同品種呢。」

「這難道是跟眼蟲藻一樣，無法分類為動物或植物的生物嗎？」
「不知道……無論這些玩意到底是什麼，都肯定是一種噁心的生物吧。」
異世界的生態系是超越人類智慧的危險世界。
更仔細觀察的話，甚至還有長著人類頭部的植物存在。
而且還咯咯地露出了噁心的笑容。
如果這只是某種擬態，那他們的精神或許還有得救，但他們無法確認真相。
不管怎麼鑑定，都只鑑定得出「真面目不明」的結果。
「……要燒掉嗎？」
「可是地精很用心地在栽培呢。我身為一個農夫是覺得這樣有些殘忍……」
「真要說起來，這算是蔬菜嗎？」
「很難說……我只知道要是這樣放著不管，我們的精神狀態會先完形崩壞吧。」
「反正我們不管怎樣都必須要殲滅魔物吧？要不要在精神崩壞之前先處理掉這些玩意？」
「說得也是呢～……燒了吧……嗯？」
大叔忽然看向左邊，和一個長相討厭的大光頭對上了眼。
不，那個男人的脖子之下是長得像白蘿蔔的植物。
難以言喻的尷尬氣氛在兩人之間流動著。
「……看屁看。」
「「說、說話了？」」

「我不能說話喔？你們不也在說話。有你們可以說話，我卻不能說話的理由嗎？」

「這不是真的吧……對面那傢伙只會咯咯笑耶……」

「喔，你說格拉姆貝魯特嗎？那傢伙三天前被施肥，可爽得呢。然後就一直很亢奮。明明是我長得比較不好耶。」

「……格拉姆貝魯特。名字倒是很氣派呢～」

明明是噁心的生物，卻意外個有個很了不起的名字。

大叔他們的身上不斷流出奇怪的冷汗。

「算了，也罷。既然你們是入侵者，我就得通報一下。麻煩死了。」

「「……咦？」」

「小子們，有入侵者啊啊啊啊啊啊啊啊！」

——咕唔喔喔喔喔喔喔喔喔喔喔喔喔喔喔喔喔喔喔喔喔喔喔喔喔！

聽到了噁心生物的聲音，地精們開始一起發出長嚎。

他們各自抄起農機具或武器，猛烈地逼近傑羅斯他們。

「噁心生物，你、你還真能幹啊！」

「哼，這要怪你們自己傻愣愣跑來這種地方。要怨嘆就怨嘆你們自己運氣差啦。」

「『氣流滅爆』。」

——咻轟轟轟轟轟轟轟轟轟轟轟轟轟轟轟轟轟轟轟轟轟轟轟！

「氣流滅爆」是將經過超高密度壓縮的空氣一舉釋放出去的魔法，不過因為是在迷宮這個密閉空間裡，威力也大幅地提昇了。

所謂爆炸是產生出的衝擊的擴散現象，在有天花板的地方施放這種魔法所產生的衝擊波會帶有指向性，流往有開口的方向。

若那裡是狹窄的通道，集中的衝擊波便會因為牆壁和天花板而聚集起來，增強衝擊的威力。

更進一步會引起的現象，是衝擊波撞擊天花板後反彈，順著天花板和牆壁加速，再朝某一點折回。

這些衝擊波已經化為了亂流，恣意蹂躪著地面，掃倒地精蓋起的家和田地。

「什、什……麼？」

「哼……這都要怪你沒先搞清楚對手的實力就叫伙伴來。要怨嘆就怨嘆你自己愚蠢啦。噁心生物老兄，你的運氣真差啊。」

「不愧是元老級的殲滅者……這破壞活動真不得了。」

「可、可惡的……臭人類。我要詛咒你們……啊啊……一次就好，我好想品嚐美味的堆肥啊……我也想……亢奮一次看看……啊。」

被爆風和衝擊波連根挖起的噁心生物當場斷氣。

看樣子這些生物只要被挖起來就會死。

「……對這些傢伙而言，肥料是酒還是毒品嗎？」

「……天曉得？」

雖然是種充滿謎團的生物，不過他們一點都不想去弄清楚。

棲息於此的地精也全部被打倒，悽慘地曝屍當場。

「把那些沒受損的噁心生物處理掉吧。『暗黑蟲洞』。」

亞特使出了暗系魔法「暗黑蟲洞」，將噁心生物吸入漆黑的黑暗之中。

這種魔法說穿了，就是類似黑洞或白洞的玩意。

屬於一種重力魔法，可以透過超重力壓縮方式將一切都壓縮到量子單位。

應該是這樣的。

以理論上而言是這樣沒錯，但大叔有些在意某件事。

「亞特，你不會很在意暗黑蟲洞的另一頭會怎樣嗎？」

「嗯？為什麼要在意？」

「簡單來說，這個魔法會在瞬間產生超重力力場，扭曲空間。產生的重力沉入空間，在時空中開出一個洞。然後強制性地把魔物給丟進去……」

「不是，理論什麼的不重要。你可不可以先說結論？太複雜的事情我也聽不懂。」

「當被吸入的物質跨越特異點，再過去就是異世界了。如果那些怪物活著抵達了異世界，你覺得會怎樣？」

「！」

長有動物頭部的噁心植物。要是這樣的東西抵達異世界，並在那裡繁殖，會怎麼樣呢。

一想到那玩意還有可能會進化，就真的覺得很可怕。

「那些玩意現在雖然只有一般的草那麼大，但要是進化了，說不定會長成大樹呢。要是這種東西長滿了一整個行星。你不覺得很恐怖嗎？」

「哈哈哈……傑羅斯先生，你在說什麼啊？這種事情雖然有可能會發生，但機率……」

「沒錯，機率在小數點以下。畢竟宇宙可是無限寬廣。然而，那機率絕對不會是零。」

「不不不，你在說什麼恐怖故事啊！這樣嚇我很好玩嗎？」

「……現在想想，我們應該出包了不少次呢。像是『闇之審判』或『暴食之深淵』之類的。」

「闇之審判」和「暴食之深淵」都是超重力魔法。

是以敵人或魔力做為超重力力場的媒介，用重力崩壞產生的衝擊波掃蕩一切的危險魔法。

創造出重力力場這件事，就表示就算只有短短一瞬間，仍扭曲了空間。

若是在發揮出最大威力效果時打穿了時空，就會把魔物送到異世界去。話雖如此，照理來說應該沒有生物能夠在超重力力場中生存。

「以機率來看幾乎是不可能發生，不過……」

「可、可能性……」

「不是零。」

「「…………」」

兩人沉默了好一陣子。

要是他們真的把奇怪生物送到了異世界，就沒有立場去責怪四神了。畢竟這會使生態系陷入混亂。

如果只是哥布林等級的小魔物，多半會被自然淘汰。可是奇怪生物具有植物的特性。非常有可能會一舉大量繁殖。

接續著完形崩壞的惡夢還沒有結束。

「…………我們還是別想了吧。攻略迷宮，完成採集，回家喝酒睡覺。」

「說得……也是。我印象中也有看到具有藥效成分的黏菌吧？」

「啊啊……的確有呢。既然都這樣了，就徹底的採集吧。」

「畢竟有備無患。為了生活，我要大賣特賣回復藥水啦！」

這一天，兩位入侵者踏入了和平的迷宮，帶來了災難。

入侵者狠狠地大鬧了兩天，許多魔物成了他們的手下亡魂。

地精母女只能顫抖著躲起來，等待恐懼離去。強大的魔物因為巢穴遭人破壞而火冒三丈，果敢地挑戰入侵者，卻也反遭撲殺。

大量魔物臨死前的哀嚎響徹迷宮，這裡真的化為了地獄。

擁有智慧的魔物，後來以類似象形文字的獨特文字如此記載著。

那些怪物們在害怕著什麼。

他們為了忘卻那一切，轉而襲向我們……

我們不知道他們懼怕的事物為何。

但是他們的力量強得可怕，有無數同胞悽慘地喪命。
讓那些怪物們懼怕的究竟是何方神聖，我們無從得知。
只知道那想必是格外強大的事物。
外面的世界，究竟是多麼地可怕啊——

魔物們不知道，原因就出在栽種在這個迷宮裡的噁心生物身上。
因為魔物們只是為了生存才會栽種這些奇怪生物的……
這些紀錄直到三百年之後才被發現。
這段文字被視為唯一能夠確認魔物曾擁有知性的紀錄，廣傳於全世界。

第十四話　大叔接受了神的指令

努力想要掌控神域卻陷入了苦戰的路西菲爾一行人，正啞口無言的看著螢幕上顯示出的畫面。

至今為止讓他們費了不知道多少工夫的防護鎖已經解除了15％。這表示觀測者的後繼體「阿爾菲雅·梅加斯」已經漸漸開始取回足以控制一個銀河系的力量了。

可是她無法做細微的控制，要將神域委任給她控管，她的力量還稍嫌不足。

儘管如此，因為獲得了「名字」，確立了她作為「神」的存在，次元管理機構便迅速的解除管理系統的防護鎖，開始將權限轉讓給新的管理者。

然而最重要的世界——星球管理系統的防護鎖依然未能解除，現在仍具有化為次元崩壞特異點的危險性。

「真奇怪。既然防護鎖都解開這麼多了，不過是一個星球的管理權限，應該可以輕易的掌控住才對啊……」

「這是我的猜測，不過我想若是沒有先一度掌握住整個系統，可能就無法更動管理權限吧？那個人還真是用了有夠麻煩的手段呢……」

索拉斯回答了路西菲爾的疑問，他手上建構著超級最先進的系統，同時對在奇怪的地方加上了無謂機能的舊前輩產生了殺意。

要是他沒建構這個多餘的系統，現在馬上就能解決問題了，麻煩的是所有的系統程式就像是智慧之輪一樣，環環相扣。

「喂喂喂……都做到這地步了，還搞這種麻煩啊。我只覺得他個性有夠差的。」

「同意。系統本身雖巧妙得令人嘆為觀止，卻在同時發現到多數存在意義不明的無謂機關。隨意解除防護鎖恐招致危險。」

威爾薩西斯和普洛特・傑洛也深有同感。

做到這種地步，只讓人覺得前任觀測者根本是在找碴，甚至有種前任觀測者在嘲笑他們的感覺。

前任觀測者就是建構了一個如此不可理喻的系統。

「因為那個人對藝術有著無謂的堅持吧。我想他從這個世界被貶職——應該說決定要調轉到其他管理領域去的時候，他一定一臉得意。」

「封印了繼任者的事情也是嗎？要是沒有發生那件事，不管哪個世界都會過得很幸福吧。」

「那件事毫無疑問的是那個人的疏失啊。本來可能派不上用場的笨蛋，在那個人的手腕下也能發揮功用，可是只要沒安排好，之後便會帶來沉痛的打擊啊……」

「所以才會被貶職啊。真會給別人添麻煩……」

前任管理者與其說是良藥，不如說根本是猛毒。

索拉斯和威爾薩西斯因為派來的是分身，所以沒有足夠的情報處理能力。而路西菲爾和普洛特・傑洛分別身為使徒和守護者，在能力上也不那麼完善。

但就這樣坐等觀測者誕生，感覺也有些問題。

因為一個星球消滅的危機正以現在進行式的狀態持續發展中，這裡也有可能會化為引發大規模次元崩壞的特異點。

明明應該可以輕鬆的解決問題的，卻無法出手干涉，讓他們很是焦急難耐。

「簡單來說問題就是他太優秀了。畢竟他從以前就常常惹出事情來啊。」

「這事情是不重要啦，不過索拉斯啊……你用這個外型說起以前的事情，感覺很不對勁耶……」

「年齡對我們是沒有意義的。比起那個，得先確保人力……」

「說得也是……在次世代的觀測者完全復活之前，得想辦法瞞住那些笨蛋們才行。」

「妳要不要再當一次正義的伙伴啊？只要有狩獵她們的人在，那些笨蛋就會在世界上四處逃竄，這樣要隱藏情報就輕鬆多嘍？反正她們根本沒有好好的在管理。」

「拜託不要！」

對路西菲爾而言，她不想再創造出那種黑歷史了。

然而她也注意到了，自己的體內藏有「正義的伙伴」的程式。

只要凱摩先生一時興起改變了主意，她就隨時都有可能變身為正義的伙伴。

「察覺到重力震動，可能出自於不明人士的轉移。提昇警戒層級。」

「轉移？」

「轉移到這裡？如果是幫手就好了……」

「最好是擅長管理系統的人呢。像是奧丁大人，或是思兼大人……」

「最優先事項為使觀測者完全復活。建議派人去討伐適合的活祭品。」

「說得也是。既然這樣，就請那兩個人幫忙打倒那附近的魔物吧。幸好，附近就有個生龍活虎的好獵物呢。」

「那現在立刻聯絡……不過到底是誰來當幫手了呢？」

對路西菲爾而言，現在有幫手前來那真是再好不過了。

可是不管在哪個世界，負責管理次元世界的人手總是不夠。

於是在空間扭曲之後現身的是——

「咿哈哈哈哈哈！邪神洛基，降臨！」

「我是阿瑞斯……敵人在哪裡？」

「呼哈哈哈哈！雷神索爾來啦，趕快來大鬧一場吧！」

「本大爺是素戔嗚尊，因為閒著沒事就來啦。感激我吧。」

「我是波賽頓。所以說要破壞什麼？還有這裡沒有酒嗎？」

「——「滾回去！」——」

來的偏偏全是些問題兒童或是一身肌肉的笨蛋。

他們馬上就想把這些只會作亂的幫手給請回去了。

軍神阿瑞斯還算比較像樣的，但其他四位實在太難搞了。

都是些只會引發問題的單細胞生物，實在不是能在掌控系統方面派上用場的人才。

至於洛基神更是完全在討論範圍外。他搞不好會讓事情演變為最糟糕的事態。

這幾位奉行的都是「既然麻煩，那就全破壞掉」的主義，真要說起來，這根本就徹底挑錯人選了。

為了把這幾位神送回去，他們起了一點小爭執——

在這之後，路西菲爾他們幾個感情很好地一起吃了茶泡飯。

◇◇◇◇◇◇

傑羅斯和亞特在令人頭痛的迷宮裡大鬧了一場。

他們甚至沒有確認作為戰利品取得的素材，或是發現的寶箱裡頭的內容物為何，兩人像是要逃離惡夢似地逃出了迷宮。

迷宮之力在他們的面前也絲毫不足為懼。

在甚至能夠殺掉代理神的兩人的力量之前，擋去他們去路的魔物或頭目根本毫無意義，魔物三兩下就被打倒，可悲地曝屍於迷宮。

對迷宮而言，餌食死了是再好不過的事。大叔他們的在精神層面上卻承受了莫大的壓力。主要是基於罪惡感。

而且擁有超人體能的兩人一點都不覺得疲憊，游刃有餘地稱霸了迷宮。

由神送來的處刑者在走出迷宮時，精神上已經被逼到了極限。

對魔物們來說，他們是惡魔。

「傑羅斯先生……我們是不是犯下了很不得了的過錯啊？」

「……我們下手了呢。做了大量無謂的殺戮……我們想要成為神或是惡魔都行呢～」

「你是哪來的鐵金剛啊……」

大叔沒理會亞特的吐槽，點燃了嘴上叼著的香菸。

但是他的手微微地顫抖著。

為了生存而殺害其他生物是自然的法則，然而這次他們只是為了逃避現實。這實在不是該被容許的行為，他正受到罪惡感的強烈苛責。

他在「Sword and Sorcery」裡是常常會為了賺取經驗值而大肆屠殺，可是換到了現實中，那罪惡感實在是非同小可。

他們毫無疑問地體認到自己是邪惡的一方。

唉，雖說他們沒有沉溺於力量就不錯了，可是相對的，漸漸習慣了這份力量的自己也很可怕。

這跟殺害盜賊之類的罪犯是不同的。

「情緒失控嗎……真可怕啊。」

「……我們的道德觀念說不定已經產生偏差了。」

「因為是單方面的虐殺啊。回想起來真是做了可怕的事情啊……」

「看到了噁心生物後，我們就朝著不同的方向完形崩壞了呢。這下……真不妙啊。」

為了忘卻惡夢，沉迷於力量之中。

要說這行為等於是本末倒置，是因為他們造成的損害實在太大了。

他們的存在本身就是災害。

「說了那麼多，結果我自己也還沒完全擺脫玩遊戲的感覺嗎……這是個大問題呢。」

「如果對人類使出這些攻擊，我們會率先成為人類的敵人喔？」

「會在打倒四神之前就遭到淘汰嗎……唉，畢竟這樣能讓小邪神復活，所以也算是有達成我們的目的了，不過我們的精神可能會撐不住啊。」

他們雖然知道自己的力量有多大的危險性，卻會因為一點小事就失去控制。

正因為人類是擁有感情的生物，力量伴隨的責任非常沉重。

他們不能忘記這件事。

失去這份自覺，也是令他們感到痛苦的原因之一。

「要是可以抑制能力就好了……嗯？」

——叮咚叮咚～♪『有訊息來嘍！好像是緊急指令！』

「「……這什麼？我可不知道有這種機能喔？」」

＝＝＝＝＝＝＝＝＝＝＝＝＝＝＝＝＝＝＝＝＝＝＝＝＝＝＝＝＝＝＝＝

【緊急指令】

目前次世代觀測者正急速地活化。

隨著此現象的發生，為了讓觀測者的完全復甦能夠進行得更為順利，建議討伐更多的異常物種。

為了掌控管理系統的權限，必須盡快解除防護程式。請兩位協助。

作為這次任務目標的異常物種位於兩位距離目前所在地的東北方約十公里處，還請兩位前去打倒目標。

＝＝＝＝＝＝＝＝＝＝＝＝＝＝＝＝＝＝＝＝＝＝＝＝＝＝＝＝＝＝＝＝＝＝＝

「「…………」」

小邪神的復活似乎進行得很順利。

他們不太清楚狀況，不過他們認為是索拉斯發了指令給他們，好讓觀測者徹底復活。

然而說實話，他們已經不想再繼續戰鬥下去了。

「……這個指令，我們不能不去嗎？」

「不行吧～畢竟是真正的神所下達的指令，這麼做也能達成我們的目的。」

「老實說我現在真的沒那個心情……」

「不過啊～這些神可是把世界交給四神那種傢伙管理的神的同類喔？要是無視這個指令，可不知道之後會有什麼下場啊。」

「這還真可怕……對方再怎麼說是屬於我方，而且對方也不是人類，就算道德觀念跟我們不一樣也不是什麼怪事。」

「最慘的情況下，我們說不定會在死了之後被轉生為奇怪的蟲子呢～不知道會被丟去哪個異世界就是了……」

「拜託你不要說那麼可怕的話啦……」

他們兩個沒有選擇權。

如果傳這段文字指令來的是四神，那他們一定會當作沒看到，但這是由真正的神下達的指令，無視的話之後就慘了。

而且現在正處於跨次元世界規模的大混亂當中，既是受害者也是當事人的傑羅斯他們可說是不得不去。

雖然這是題外話，不過路西菲爾他們提出的是請求，不是命令。

只是大叔他們兩個並未注意到這個事實。

「……走吧。」

「也是。總覺得我好像進了不會付我薪水的黑心公司。」

「那根本是奴隸吧。唉，社畜也是差不多的玩意啦……」

兩人就這樣順從指令，朝著東北方前進。

◇◇◇◇◇◇

一道強烈的冰冷吐息穿過雪原。

他們無法判斷釋放出的魔力有多龐大，但是這道吐息直直地穿過山谷，過了一小段時間後產生了強大的衝擊波，徹底破壞了周遭的事物。

「唔喔！」

「嘖，不愧是龍王……已經發現我們了嗎。」

衝擊波捲起了積在雪原上的雪，暫時遮住了傑羅斯他們的身影。

找不到敵人的生物張開了雄壯的翅膀，飛上被雲層所覆蓋的天空。

躲在一旁看著那生物的大叔和亞特發現自己接下了麻煩的指令，懊悔不已。

那副巨大身軀全身覆滿了白銀鱗片。

牠有著足以支撐那身軀的手腳和長長的尾巴，還有長滿銳利的牙齒，有如鱷魚般的下顎。

那說是大自然的威脅也不為過的姿態高大雄偉，而且極為優美。

沒錯，傑羅斯他們面對的是龍。

而且是進化到被稱為是龍王級的「暴雪帝王龍」。

「喂，傑羅斯先生……我知道我們是來採藥草跟討伐魔物的，但這太超過了吧？這根本不是我們應該順便來討伐的對象吧……」

「這話你跟我說也沒用啊～……畢竟是神的委託。」

「這真的很不妙耶……」

「……實際上比四神還強大的生物，是不是意外的還滿多的啊？」

他們潛藏在岩壁後的陰暗處，仔細地觀察來到這個世界後初次遇上的強敵。

龍本來就不是能輕易打倒的生物。在這世界上算是數一數二的強大生物，就算只有等級1也很強。

人類即使練到了等級上限５００級，龍也依然不是人類可以輕鬆戰勝的對手。

人類和龍在基本的體力上就有壓倒性的極大差距，再加上等級的概念，牠完全是自然災害等級的生物。

完全可以理解為什麼光是一條龍就能毀滅一個國家。那正是君臨於生物頂點的王者。

「亞特……你覺得我們打得贏那個嗎？感覺比我想像中的還強耶……」

「老實說很難吧……更何況牠都先出手攻擊了，這表示我們已經踏進了牠的地盤。我想應該很難逃掉喔？」

龍是地盤意識非常強烈的魔物。

牠們不會過度捕食低階魔物，行動範圍也很廣，所以不至於破壞生態系。儘管幾乎整天都在睡覺，飢餓時卻會成為駭人的凶猛掠食者。

此外龍比一般的野獸具有更高的智能以及魔法抗性，又有非比尋常的體力，不是有辦法輕鬆討伐的存在。更別提龍王級了。

俗話常說「遇到龍就別想逃了」，之所以這樣說，最大的原因就是因為牠們是絕對的狩獵者。在確實地殺死獵物之前，會執著地不斷狙擊目標，是攻擊性極強的超巨大肉食獸。

「我回去就能擁抱妻子和小孩了……我不能死在這裡。」

「亞特……你這發言是在預告你的死期喔。而且你的小孩還沒出生吧？你能不能別說這麼觸霉頭的話啊。」

「打倒那傢伙之後，用我珍藏的波旁威士忌乾杯吧。」

「這已經沒救了……拜託你可別真的掛了啊。我會被怨恨的……喂，牠來了！」

——轟轟！

龍王朝著大叔他們潛藏的岩壁又發出了一發吐息。

經高壓壓縮後吐出的空氣，同時也是溫度在零度以下的冰凍寒風。

吐息粉碎岩壁後，將岩壁碎片連同空氣中的水分一併凍結，製造出了巨大的冰塊。

「剛剛的吐息算是有手下留情了？而且憑牠那個大塊頭，真虧牠可以飛那麼久耶。要讓巨大的身體浮在空中，應該也得花上不少魔力啊～」

龍巨大的身軀本來是不可能飛起來的。

是蘊藏在龍體內的膨大魔力使不可能化為了可能。

「可惡————！給我下來！」

能夠自由地在空中飛翔，在自然界中占了非常大的優勢。

特別是大型的掠食者，利用重力加速度使出的身體衝撞將是一擊便能擊倒敵人的強大武器。而且牠的動作意外的靈活。在對方占據了上空時，傑羅斯他們就居於劣勢了。

照現在的狀況，傑羅斯他們的攻擊手段相當受限，所以他們決定先蒐集一些情報。

「我們也飛到天空上嗎？」

「現在不行吧。飛行魔法會耗費掉大量的魔力，最重要的是魔力的回復速度追不上消耗的速度。就算我們兩個持有的魔力量再怎麼多，也沒有龍多啊？」

「那要想辦法把牠打下來嗎？」

「攻擊眼睛或許是可行，可是太常用這招，動物也是會學習成長的呢～只能老老實實地攻擊牠，給牠造成一點損傷了。」

「免不了一場長期戰啊……我們回得去嗎？」

「…………」

要和龍戰鬥，首先得讓龍降到地面上才行。

不過這世上也有只要在飛行中察覺到自身魔力減少，就會立刻飛去其他地方休息，個性謹慎保身的龍。如果眼前的龍王也是這種個性，那他們就得做好長期抗戰的心理準備。

畢竟龍非常的長命，愈是老成的龍，就擁有愈多通曉如何在嚴苛的自然界中生存下來的知識與經驗。活得愈久的龍愈是狡獪且謹慎。

結果傑羅斯他們甚至沒能對龍造成一次攻擊，唯有時間不斷地流逝而過。

「喔？牠好像總算要移動了呢～……」

「我們等了兩個小時，牠的魔力終於減少了喔。」

「畢竟牠也用了不少次吐息，我們該追上去給牠致命性的傷害了。走嘍。」

「這根本不是RPG，是那個正港在狩獵龍的獵人遊戲了嘛……你不覺得掃光所有小嘍囉比較快嗎？」

「這樣一來，龍會因為缺乏食物去襲擊人類吧。一直以來都是人類在破壞生態系喔？牠們是不會區分善惡的。」

「……只能動手了嗎。」

兩人嚴苛的狩獵活動才正要開始。

因為不是真正的夥伴而被逐出勇者隊伍，流落到邊境展開慢活人生 1~6 待續

Kadokawa Fantastic Novels

作者：ざっぽん　插畫：やすも

危險逐漸逼近邊境都市佐爾丹！
即使周遭掀起騷亂，生活也絕對不會受到侵擾！

與神祕老嫗米絲托慕淵源匪淺的大國軍船及最強刺客襲來，佐爾丹面臨前所未有的危機；然而襲擊者們並不知道這個地方有一群世界最頂尖的勇者！雷德與露緹展現卓越的英雄能力，媞瑟對決系出同源的殺手，莉特更因為加護之力而獲得狼的感官能力！

各 NT$200~220/HK$70~73

異世界拷問姬 1~7 待續

作者：綾里惠史　插畫：鴉飼沙樹

Kadokawa Fantastic Novels

就算某人的故事結束，也還是會有後續——
最高峰的異世界黑暗奇幻故事第七彈！

在應該跨越了終焉的世界裡，毫無前兆地出現了來自異世界的【轉生者】，還自稱是【異世界拷問姬】的禁斷存在：愛麗絲・卡羅。她跟【父親大人】路易斯一同將嚴苛的選擇擺到了伊莉莎白面前——新的舞臺就這樣開幕了，不論演員們是否如此期望。

各 **NT$200/HK$60~67**